長編戦記シミュレーション・ノベル

日中世界大戦

1

森　詠

コスミック文庫

本書は二〇一三年六月に学研パブリッシングより
刊行された『日中世界大戦（1）』の改訂版です。
なお本書はフィクションであり、登場する人物、
団体等は、現実の個人、団体、国家等とは一切関
係のないことをここに明記します。

目　　　　　次

軍区と列島線
瀋陽軍区
蘭州軍区
北京軍区
成都軍区
済南軍区
南京軍区
広州軍区
←第一列島線
第二列島線→
琉球諸島方面要図
琉球諸島
伊平屋島
伊是名島
伊江島
粟国島
名護
久米島
嘉手納
沖縄島
渡名喜島
那覇
慶良間列島
伊良部島
池間島
宮古島
来間島
下地島

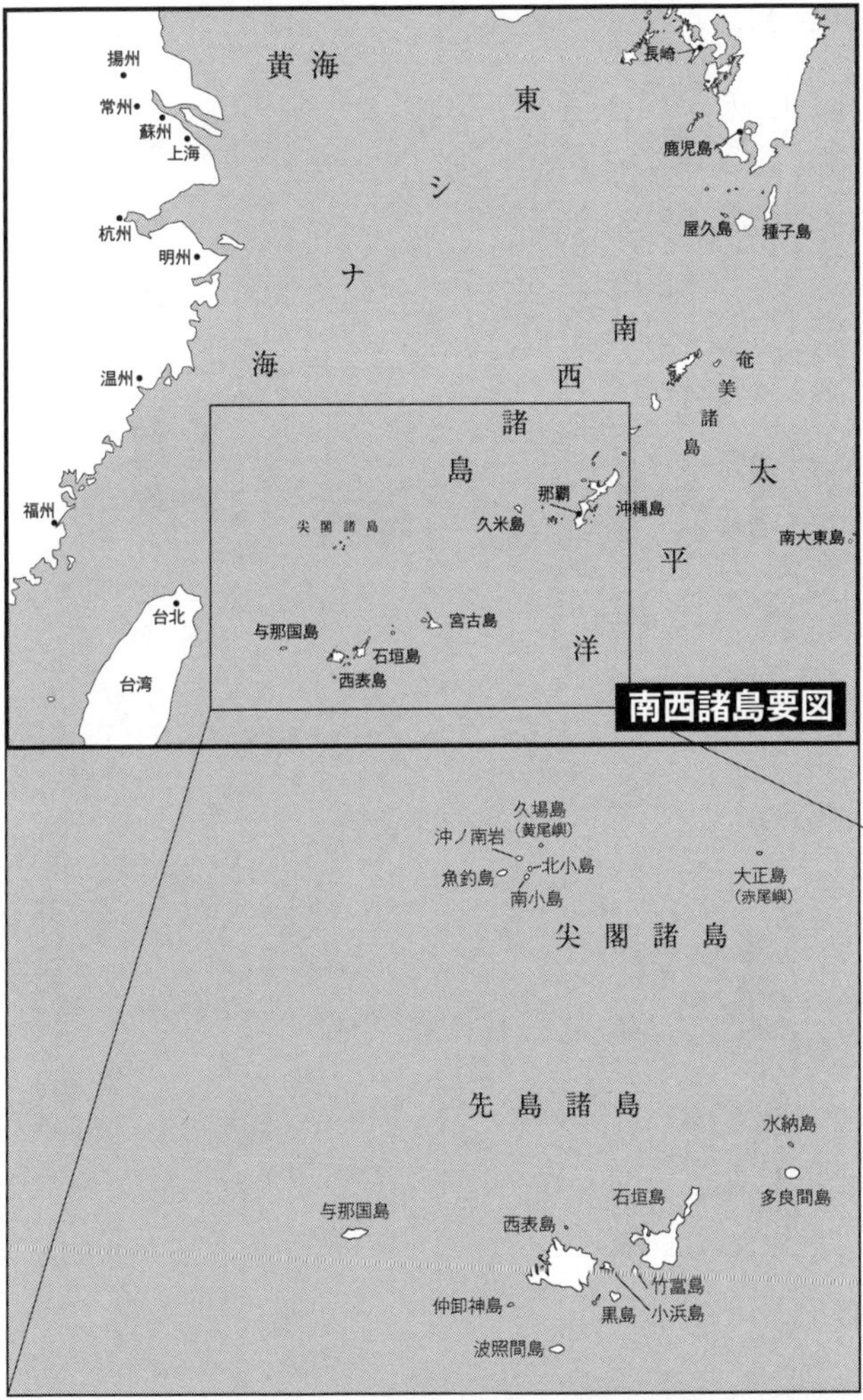
南西諸島要図
黄海
東シナ海
南西諸島
太平洋
揚州
常州
蘇州
上海
杭州
明州
温州
福州
台北
台湾
長崎
鹿児島
屋久島
種子島
奄美諸島
那覇
沖縄島
久米島
南大東島
尖閣諸島
宮古島
与那国島
石垣島
西表島
久場島
(黄尾嶼)
沖ノ南岩
北小島
魚釣島
南小島
大正島
(赤尾嶼)
尖閣諸島
先島諸島
水納島
多良間島
石垣島
与那国島
西表島
竹富島
仲御神島
黒島
小浜島
波照間島

第一章　琉球諸島侵攻

一

０３００時。

夏の終わり。

漆黒の海が広がっていた。満天の星がまたたいている。

青白い流星がまたひとつ、北の空に燃え尽きて消えた。

海上保安部第11管区の巡視船ＰＬ69『こしき』は、尖閣諸島魚釣《うおつり》島南東約一〇キロの海域を巡航し、日本領海を進んでいる。

天候は曇り。南南西の風。風力八ノット。

上空は雲に覆われているが、おおむね天候は良だ。多少うねりはあるが、一〇〇〇トン級の『こしき』にとってさしたる問題ではない。

高橋《たかはし》船長は艦橋から、暗い海面に双眼鏡を向けていた。同海域には僚船《りょうせん》の巡視船ＰＬ68『すずか』ほか四隻が、おおよそ尖閣諸島を囲むようにして警戒にあたっている。

付近に中国漁船の船影はない。昼間、付近で領海内に入って漁をしようとしていた台湾の漁船も、巡視船の度重なる警告と実力行使に、とうとうあきらめて引き揚げた。

ほっとしたのも束の間、管区本部から尖閣列島の北西一〇〇キロメートルに、複数の船舶が現れたという情報が入ったところだった。

上空のどこかで、海上自衛隊の対潜哨戒機Ｐ‐２や空自の早期警戒管制機ＡＷＡＣＳが巡回待機しているはずだが、海上保安部の巡視船『こしき』とは直接連絡を取ることはない。

異変を見つけた場合は、自衛隊、海上保安部双方とも、本部経由で通報し合うことになっている。

（いつまで、こんな面倒な通報システムを採っているのだろうか？　いざ、緊急の非常事態が起こった場合、こんな連携の悪いシステムで、はたして事態に対処できるというのか……？）

高橋船長は、いつも疑問を抱いている。

問題は二つの官僚組織である海上保安庁と自衛隊が、それぞれ自分の職掌《しょくしょう》や責任を主張して譲らずに対立していることだ。

海上保安庁は戦争のような非常時はともかく、平和時においては、日本のコーストガード（沿岸警備隊）――海の警察として、日本領海の主権や権益を守り、日本周辺の治安を守る任務を担っていると考えている。

海上保安部の船艇は海上自衛隊の下っ端ではないし、海上自衛隊護衛艦隊司令部の指揮下にあるわけではない。

しかし、自衛隊は常に、国防は自分たちが担っているという自負を持っている。

だから非常時はもちろん、たとえ平時であっても、海上保安部では扱うのが無理なグレイゾーンの準非常事態が起こった場合、海上保安部の船艇や飛行機は自衛隊統合本部の指揮下に入って然《しか》るべきだと考えている。

いってみれば、双方の主張は、戦争が起こるような事態においては自衛隊が優先するということで総論は一致していても、各論では対立する形になっているのだ。

実際の領海侵犯のようなケースにあっては、海上保安部が対処するべきで、自衛隊が出る幕ではない。

そうした双方の意見の違いがあり、互いに譲り合えないために、いちいち本部経由の回りくどい通報システムを行なうことになっていた。

（いつかは、このような通報システムではなく、海上自衛隊と海上保安部の間を、情報がダイレクトに行き交うようにしなければならないのではあるまいか……）

高橋船長は、内心でそう考えていた。

「船長、二時の方角に船影発見！」

突然、張り出し甲板の見張り員が大声で叫んだ。

高橋船長は双眼鏡を二時の方角に向け、暗い海面に目を凝《こ》らした。

工藤《くどう》1等航海士も、佐藤《さとう》航海長も、双眼鏡で二時の方角を凝視している。

「レーダーはどうだ？」

工藤1等航海士が、レーダー員に確認を求めた。

「微弱ですが、反応ありです」

「距離は？」

「二海里。……船長、反応消えました」

高橋船長は双眼鏡を覗きながら言った。

「潜水艦ではないか」

「本部へ通報しますか？」

工藤1等航海士が訊《き》くと、高橋船長はうなずいた。

「うむ。念のためだ。通報しろ」

「了解」

工藤1等航海士は無線士に、本部への通報を命じた。

高橋船長は、操舵員に命じた。

「針路変更！」

操舵員が復唱する。高橋船長は、船速を上げるように指示した。

巡視船『こしき』には、対潜ソナーが装備されていない。

巡視船は海上を航行する船舶を取り締まる沿岸警備が主な任務であり、潜水艦は取り締まれない。それは自衛隊の仕事なのだ。

しかし、尖閣列島の海上警備ともなれば、潜水艦の接近も想定しなければならず、ソナーも必要に思えた。

何しろ、相手は大国の中国、あるいはロシアである可能性が高い。

ソナーがあれば、潜水艦か否かがわかるのだがと、高橋船長は苛立ちを覚えた。

巡視船は船体を斜めにして、大きく針路を変えた。

「何か見えるか⁉」

高橋船長は張り出し甲板の見張り員に、大声で訊いた。

張り出し甲板に備え付けられた大型双眼鏡は、手持ちの双眼鏡よりも倍率が大きい。

「見えません」

「レーダー？」

「コンタクトあり。潜水艦と思われる船影です」

高橋船長に問いかけられ、すぐにレーダー員が応答した。

「船長、船影発見！　一時の方角！」

見張り員の怒鳴るような声が響いた。

高橋船長は双眼鏡で、真っ暗な海面に目を凝らした。

星明かりの下、波間にセイルや艦橋らしき黒い影が見えた。丸い船体も見え隠れしている。

「潜水艦視認！　無線士、本部へ緊急連絡しろ！　国籍不明潜水艦発見！」

「潜水艦視認！　国籍不明潜水艦発見！」

高橋船長が叫ぶと、無線士が復唱した。

「警報鳴らせ！」

工藤1等航海士が叫ぶと同時に、ブザーが鳴り響いた。

「警備配置につけ」

海上警備隊員が前甲板の機関砲塔に駆けつけ、銃座についた。

「潜水艦上に人影が見えます！」

見張り員が叫んだ。高橋船長は双眼鏡の倍率を上げて、前方の闇を睨んだ。

潜水艦の艦橋から、人影が現れるのが見えた。船体の傍に二艘のゴムボートが、寄り添うように波に上下している。

そのゴムボートに、次々と人影が乗り移っている。

尖閣諸島のどこかに上陸するつもりに違いないと、高橋船長は思った。

上陸は何としてでも、阻止せねばならない。

「全速前進！」

高橋船長が命ずると、すぐに操舵員の復唱が起こった。

巡視船『こしき』は速度を上げ、波を蹴立てて航行し始めた。

「威嚇射撃用意！」

高橋船長は矢継ぎ早に指示を出した。要員が機関銃座に付き、銃身を回した。

『威嚇射撃準備完了！』

銃座についた要員がインターホン越しに叫ぶと、手を上げてオーケーのサインを出した。

高橋船長は、再び双眼鏡を暗い海面に向けた。

「レーダー？」

「船影キャッチしています。島へ向かって移動しています。ゴムボートは二艘と思われます」

「潜水艦は？」

「位置不明です」

星明かりの中、一艘のゴムボートが波を蹴立て、魚釣島に向かって飛ぶように走っている。

「警告を出せ！」

高橋船長の命を受け、中国語の警告が繰り返し流れ出した。

『貴船は日本領海を侵犯している。直ちに領海外へ出なさい。こちらは日本海上保安部巡視船です』

ゴムボートは二艘とも停船する気配がない。波をバウンドするように乗り越えて、突進している。

『ただちに停船せよ。ただちに停船せよ。貴船は領海侵犯をしています……』

どうやら五、六人の人影が、一艘のゴムボートにしがみついている様子だった。

「船長、まもなくゴムボートは島に到達します」

「よし、やむを得ない。射撃手、威嚇射撃せよ」

高橋船長はデジタル時計に、ちらっと目とやった。

０３１１時。

航海士が航海日誌に記録している。

機関銃が吠え、曳光弾が闇夜に飛んだ。

二艘のゴムボートの影が、ちらりと曳光弾の光に照らされた。

なおもゴムボートは突進している。魚釣島の島影は、目の前だった。

「照明弾を発射！」

「照明弾発射！」

前甲板から要員が上空へ照明弾を上げると、周辺の海が明るく照らされた。

「本部へ至急に許可を要請しろ。領海侵犯者への射撃を許可されたい」

無線士が復唱し、本部へ許可を要請した。

「まもなくボートが島へ到着します！」

レーダー員が緊張した声で報告した。

高橋船長は双眼鏡を覗いた。ボートは島の海岸に到着し、人影が岸へ向かって動き出そうとしている。

「本部から返答です。射撃要請は却下とのこと。射撃は不許可。射撃は不許可です」

「何てこった。じゃあ、やつらが島に上陸するのを指を銜《くわ》えて見ていろというのか？」

「本部から命令。上陸阻止は不許可。島に上陸した者を監視し、退去を命令せよ。退去しなかった場合、上陸して全員を逮捕拘留せよ」

高橋船長は頭を振りながら、やむを得ず命じた。

「島までぎりぎり接近せよ」

操舵員が復唱した。

いきなり艦橋の窓ガラスに何かが当たり、ビシビシッという音を立てて防弾ガラスにひびが入った。

「被弾！　被弾！」

機関銃手があわてて叫んだ。

高橋船長は大声で怒鳴った。

「全速後退、全速後退！」

巡視船の船体がびりびりと震え、再び銃弾が艦橋を襲った。

「上陸した敵は銃撃している。本部へ応戦の許可を要請しろ！」

無線士が緊迫した声で復唱した。

その時、ほかの航海士が高橋船長に意見を具申《ぐしん》した。

「船長、これは正当防衛にあたります。応戦を許可願います」

「だめだ。本部が許可しないうちは反撃はするな」

高橋船長は歯軋《はぎし》りする思いで、窓ガラスから島の方角に目をやった。

照明弾が薄くなって消え、辺りに闇が戻った。

「船長！　負傷者が出ました。機関銃手二名とも負傷しています」

「よし。本船は僚船に任務を交替し、直ちに現場を離脱して負傷者を搬送する」

高橋船長は命令を出し、撤退を決意した。

二

０３１０時。

天空に無数の星々がきらめいていた。

航空自衛隊第９航空団第２０４飛行隊所属のＦ‐15Ｊ改の二機編隊は、宮古《みやこ》諸島上空を大きく旋回していた。

高度一万二〇〇〇メートル。

一色尚也《いっしきなおや》１等空尉は機体をややバンクさせ、キャノピー越しに真っ暗な洋上を眺めた。

（何てこった。本当に中国は日本と戦争をやろうとしているのか？）

一色１尉は武者震いに襲われた。

北西およそ五五海里《マイル》（約一〇二キロメートル）の海上に、中国海軍の空母艦隊が迫っている。

最新鋭の攻撃型空母二隻を擁《よう》する一大艦隊だった。

ＡＷＡＣＳからの報告では、空母を中心にした護衛艦一二隻からなる本格外征艦隊ということだ。

情報本部の情報によれば、中国海軍の空母はすでに三隻が就役しており、この三隻の空母を中心にして二つの艦隊が編制されているという。

二艦隊のうち、ひとつは朝鮮半島の西海岸に張りついている。そして、もうひとつの艦隊が、沖縄海域に南下を始めたというのだ。

すでにAWACS早期警戒機から、中国海軍の空母から艦載機が多数発進したという警戒情報が入っていた。

いきなりレーダーの警戒音が鳴った。

レーダーが国籍不明機の機影を捕捉したという報せだ。

ディスプレイに相手の機影が映っている。

機影は四機。

敵味方識別装置に応答がない。

高度七〇〇〇メートル。

マッハ0・8。

距離五〇マイル。およそ、九〇キロメートル前方だ。

『サム、お客が増えた。六〇マイル先に、さらに四機』

二番機の福田《ふくだ》2尉の声が、ヘッドフォンから聞こえた。

「ラジャ。キッド、後続の四機は、ブルたちに任せよう。前方の四機が相手だ」

サムはサムライのサム、一色1尉のコールサインだ。キッドは福田2等空尉のコールサインである。

『ラジャ、サム』

一色は福田2尉の二番機が右斜め後方についているのを目で確認しながらスロットルを開き、高度は維持したまま、大きく左へ旋回を開始した。

「サムからブルへ。バックアップを頼む」

松本《まつもと》1尉率いる第二エレメントは、五キロほど後方を飛行している。

『了解、サム。バックアップする』

すかさずヘッドフォンに、松本1等空尉の応答が返った。松本1尉のコールサインはブル。第二エレメントの編隊長だ。

レーダー警戒音が、ピーピーと喧《やかま》しく響いた。

距離三〇マイル（約四八キロメートル）に接近。中距離ミサイルの射程内だ。

自動武器管制装置が、対空ミサイルを選択している。いつでも発射できる態勢だった。

ヘッドフォンを通して、中国語訛《なま》りの英語の警告が入った。

『……国籍不明機は、直ちに我が艦隊の八〇海里（一四八キロメートル）圏外に退去せよ。さもなくば、敵対機として迎撃する。こちらは中国空軍《チャイナ・エアフォース》……』

いきなり中国空軍機のパイロットが、警告を発してきた。

（何を言うか！）

一色は中国空軍機のチャンネルに、無線回線を合わせた。

「中国空軍機に告ぐ。貴機は日本領空を侵犯しつつある。直ちに領空外へ退去せよ。こちらはジャパン・エアフォース（日本航空自衛隊）」

『……貴機こそ、我が艦隊防空圏を侵犯しつつある。即刻、我が空域から退去せよ。警告する。これ以上接近したら、敵機として攻撃する。こちらは中国空軍だ』

突然、コックピットで鋭い警報が鳴り響き始めた。

ＨＵＤ（ヘッドアップディスプレイ）に、敵ミサイルからロックオンされたという警告が表示された。

中国軍機は、対空ミサイルを発射しようとしている。

（ちくしょう！　本気か？　本当に戦争を仕掛けてくるというのか!?）

一色は焦《あせ》り、福田２等空尉に言った。

「キッド、ロックオンされた。ブレイクして回避する」

『ラジャ』

「俺がたとえミサイル攻撃で落とされても、反撃するな。司令部の命令に従え」

『ラジャ』

　一色は司令部を呼び出した。

「一色より司令部。ミサイルをロックオンされた。このままでは撃墜される。反撃の許可を願います」

『司令部より、編隊長へ。反撃は不許可。反撃は絶対にするな』

「では、このまま撃墜されろとでも言うのか！」

『……ともかく、反撃は不許可だ。いま中国側と連絡を取っている』

日中間では、偶発的な戦闘行為を防ぐためのホットラインを結んでいる。

「ラジャ」

　一色は歯嚙《はが》みする思いだった。ロックオンを外すには、フレアやチャフをばらまき、回避運動をするしかない。

「キッド、ブレイクして、ロックを外す」

「ラジャ」

福田2尉の緊張した声が、ヘッドフォンから聞こえた。

「ブレイク！」

一色は操縦桿《レバー》を横に倒し、機体をロールさせながら、ダイブを開始した。

高度計の針がめまぐるしく回転し、高度がぐんぐんと下がって行く。

Gがかかった。頭に血が上る。

けたたましい警報が鳴りやんだ。ロックオンが外れたのだ。

一色は冷汗が背筋に流れるのを感じた。

ロックオンは、こちらの回避運動で外れたのか、それとも、中国軍機はあえてロックオンをして脅しただけで、ミサイルを発射しなかったのか。

（野郎、バカにしやがって！）

一色は舌打ちすると、操縦桿を引き、急上昇に移った。

敵機との距離、二〇キロメートル。

レーダーに四機の機影が映っている。

自動武器管制装置は、ＡＡＭ-３空対空ミサイルを選択している。

上空からダイブをかけながら、一色は彼方《かなた》の中国軍機を睨んだ。

（ようし、今度はこちらの番だぜ！）

一色は四機のうちの二機に、ミサイルのレーダーをロックオンした。

「一色から本部。敵機にミサイルをロックオン」

『何！　一色、やめろ。戦争になるぞ！』

司令部要員のあわてふためく声が響いた。次いで福田2尉の喚く声が無線から聞こえた。

『サム、どうした？　攻撃不許可が出ているのだぞ』

「大丈夫。脅しただけだ。向こうが先にロックオンしてきたんだ。お返しをしないと、気がすまない」

一色のレーダーのディスプレイに、大あわてでブレイクし、回避運動をする中国軍機の機影が映っていた。

三

河井《かわい》邦男《くにお》首相は夢現《ゆめうつつ》の中で、非常ベルが鳴るのを聞いた。

枕元を手探りし、スタンドを点灯させる。

非常ベルと思ったのは、電話機の呼び出し音だった。デジタル時計は、夜中の3

時21分を表示している。

河井首相は受話器を取り上げ、耳にあてた。

『総理、田中《たなか》です。こんな時間に起こしてしまって申し訳ありませんが、緊急の報告がございまして……』

危機管理担当の官房副長官田中敦夫《あつお》の声だった。

河井首相は嫌な予感に襲われた。先刻まで見ていた悪夢の続きかと思ったが、いまは現実《うつつ》である。

「うむ、いったい何が起こったのかね」

『中国の空母艦隊が、東シナ海から琉球《りゅうきゅう》海域に接近しております』

河井首相は、あわてて軀《からだ》を起こした。

中国の空母艦隊が数日前に青島《チンタオ》を出て、東シナ海洋上にいるという報告はすでに聞いていた。

中国外務部の非公式声明では、毎年夏に行う通常の軍事演習だということだった。

「現在地は？」

『尖閣諸島の東北東約一〇〇キロメートル、沖縄本島の西北約二〇〇キロメートル付近です。我が国の経済水域におります。なお、中国艦隊は、まっすぐ宮古諸島方面を目指して南下しています』

「自衛隊は対処しているのだろうな」

『空自と海自がともに、海上と空中から監視を続けています。中国艦隊に接近した海自対潜哨戒機が、空母から発進した艦載機数機にスクランブルをかけられ、八〇海里圏内の空域からの退去を命じられました。それを無視して飛行していたところ、警告の威嚇射撃を受けました』

「何だと」

『そのため、対潜哨戒機は急遽、中国艦隊から一〇〇キロ以上離れ、引き続き飛行監視中です。それでも中国軍機がしつこく対潜哨戒機につきまとい、監視任務の妨害を行っています』

これまで、対潜哨戒機が中国艦隊に接近監視した場合、中国軍機がスクランブルをかけることはあっても、ただ対潜哨戒機にまとわりつくだけで、威嚇射撃をしたことはなかった。

「対潜哨戒機は無事なのか」

『はい。無事です。空自戦闘機が対抗処置として、スクランブルをかけました。目下、洋上で中国軍機と一定の距離を取って睨み合っています』

「まさか戦闘はしておらんだろうな」

『はい。ホットラインで中国軍側に挑発行為を直ちに止めるよう警告しています。わが方には攻撃する意図なしと伝えました』

「返答は？」

『なし、です』

「ない？　変だな。もし、中国軍機から攻撃されても、応戦するなと命じておいてほしい」

『総理、撃墜されても反撃するなと仰るのですか？』

「そうだ。万が一攻撃されそうになったら、回避して逃げるようにするのだ。もし反撃して、相手機を撃墜でもしたら、それを口実にして中国は我が国に戦争を仕掛けてくる。いくら挑発されても、開戦の口実を作らせてはならない。我が国は忍従《にんじゅう》に忍従を重ね、国際社会に訴え、無抵抗の抵抗をする。絶対に戦争にならぬように振る舞い、万が一衝突しても、紛争か偶発的な事故に止《とど》める。それならば、外交によって解決することができる。戦争は最後の最後の手段だ。外交や政治的な努力では、どうしても解決できぬ場合の最終手段だ」

『総理、お言葉ですが、それでは自衛隊員に犠牲者が出てもやむを得ないと言うのですか?』

河井首相はため息をついてから答えた。

「……やむを得ない。犠牲者が出たら、責任は最高司令官である私が取る。中国との戦端を開かぬためにも、犠牲者が出るのは仕方がない。だから自衛隊員に、無用な衝突は避けるよう言ってくれ。攻撃されたら、ともかく逃げてほしい。こちらから中国軍の挑発に乗らないことだ」

『わかりました。統合幕僚長には、そう指示しておきます。ともあれ、総理、すぐに危機管理センターにお出でいただきたいのですが』

「うむ。そちらに行ったら、緊急国防会議を開く。関係閣僚と統合幕僚長らに、非常呼集をかけておいてくれ」

『はい。すでに関係方に招集をかけてあります』

「そうか、わかった」

『では、危機管理センターでお待ちしております』

河井首相は電話を切り、通話は終わった。

妻の華恵《はなえ》はすでにベッドから起き、台所でコーヒーを点《た》てていた。

河井首相はベッドを抜け出し、洗面室に入ると冷たい水で洗顔した。

「あなた、コーヒーが入りました」

ダイニングキッチンから、華恵の声が聞こえた。

「うむ、ここに持ってきてくれ」

「はい」

河井首相は寝室に戻り、パジャマを脱いだ。

華恵がコーヒーカップを載せた盆を持って現れた。

河井首相はコーヒーを啜《すす》り、眠気を振り払った。

「いったいどうなるのですか?」

華恵は着替えを手伝いながら訊いた。電話の会話から、おおよそのことは察している様子だった。

「最悪のことも考えておかねばなるまい。今夜からはしばらく官邸に泊まることになるだろう」

「はい、わかりました。私も後から官邸の方へ入ることにします」

「うむ、頼んだぞ。テレビを点けてくれ」

「はい」

華恵はリモコンのスイッチで、テレビを点けた。

テレビは、お笑いタレントのトーク・ショーの録画を流していた。ほかのチャンネルも、映画や自然の景観を放映している。

尖閣諸島の異変については、どのチャンネルもまだ報じていない。

河井首相は支度を整え、華恵に見送られて迎えの車に乗り込んだ。

東の空がやや白み始めている。

今日は長い一日になりそうだと、河井首相は思った。

四

0340時。石垣島石垣港。

まだ夜明けまでには時間があった。

漁船第二栄丸《さかえまる》の外間《ほかま》船長は暗いうちに漁場に出て、仕掛けた網を引き揚げたいと思っていた。

発達した熱帯性低気圧が南太平洋を北上しつつあり、海は次第に時化《しけ》に向かう。その前に網を上げておかねばならない。

外間船長は出航の準備をしながら、ふと上空に飛行機のエンジンの重い響きを聞いたような気がした。

東の空には細い三日月が、かかっているだけだった。黒い飛行機の影が相次いで二機、その星空をゆっくりと過《よぎ》っていくのが見えた。

石垣空港は深夜から明け方にかけては閉鎖され、飛行機は離発着しない。飛行機は大きく旋回している様子だった。航空灯を点灯していない。民間機ではなさそうである。

こんな時刻に飛来するのは、きっと自衛隊の飛行機に違いない。

(だからわしは、自衛隊が石垣島に基地を造るのに反対していたのだ。沖縄はかつての太平洋戦争で、あんなにも多大な犠牲を払ったというのに、ヤマトンチューはまだ沖縄に犠牲を強《し》いようとしている……)

外間船長は深い溜め息をついたが、それ以上は気にも留めず、キャビンへ入り、エンジンをかけた。

船体が震動し、エンジンが快い音を立てていた。

「おーい、出航するぞ」

外間船長は弟の漁労員に、舫《もや》い綱を外すように怒鳴った。

「兄貴……」

弟は舫い綱を外すのも忘れて、あらぬ方角を指差した。

「どうした？」

「あれを見ろ。いったい何だ……」

外間船長はキャビンから、弟が指し示した方角を見た。

石垣空港の方角で、上空にいくつもの明るい光が点《とも》っていた。地上を照らす照明弾のようである。

「花火か？」

「馬鹿言うな。こんな早朝に花火を打ち上げるやつがいるものか。照明弾だろう」

「空港で何かやっているのかな」

先刻の飛行機が、また上空を低空で過るのが見えた。

真昼のような明るさの中で、鈍重そうな機体が、空港へ着陸姿勢を取って降下を始めた。

ふたたび照明弾らしい光がいくつも空中に上がり、消えそうになった光に替わった。

もう一機の飛行機が上空に現れ、先ほどの飛行機と同様に、滑走路へ向かって降りていく。

「ありゃ、輸送機だな。民間機ではないな」

「輸送機だ？　こんな夜中に演習でもやってんのか？　人騒がせだな。ようやく米軍が出て行ったと思ったら、これだからな。だから自衛隊も、沖縄から出て行ってほしいんだよ。やつらがいるから、戦争が起こる。軍隊なんかなければ、戦争なんぞ起こらないんだ」

「ちがいねえ」

「出るぞ、いいか」

「あいよ」

弟は舫い綱を船上に放り込み、自らも飛び移った。

外間船長は船を微速後退させ、桟橋から徐々にゆっくりと離れた。

石垣港から、ほかにも数隻の漁船が出航しようとしていた。

「兄貴、妙な船が入って来るぞ」

弟がキャビンの脇に立ったまま言った。

外間船長は港の出入口に目をやった。

いつの間にか、黒々とした大型船が、出入口の半分を塞《ふさ》ぐようにして入って来ようとしている。

船上から一斉に何本ものサーチライトが点灯し、第二栄丸も強烈な光に照らされた。

「危ねえな。進路妨害しやがって」

外間船長は警笛を鳴らし、面舵に切った。

いきなり銃声が起こり、キャビンの窓や船体に銃弾が飛び込んできた。

「うわっ！　な、何だ！」

外間船長と弟は、慌てて物陰に飛び込んだ。

「停船せよ、停船せよ！」

訛りの強い日本語の警告だった。拡声器から声が聞こえる。

「いったい、何だよこれは！」

外間船長は怒鳴った。

「停船せよ、停船せよ！」

ふたたび拡声器から警告が響くと同時に、また威嚇射撃が行われた。

外間船長はエンジンを止め、両手を上げた。

「わかった。言う通りにする」

サーチライトのひとつが船体を照らした。驚くことに、それは砲塔がいくつも並んだ軍艦だった。

船尾で見慣れぬ旗が風に揺れている。中華人民共和国の国旗だった。

内火艇がするすると下された。

内火艇は第二栄丸に横付けしたかと思うと、黒いヘルメットに防弾チョッキをつけた特殊部隊員が、ばらばらと甲板に乗り移った。彼らの手には、銃が構えられている。

「手を上げろ！」

ヘルメットにゴーグルをかけた兵士たちが、外間船長と弟に銃を突きつけた。

「本日から、我が中国軍がこの石垣島を解放し、占領統治する。諸君もおとなしく従ってほしい。抵抗さえしなければ、我々は寛大に処置する」

外間船長と弟は何が何だかわからず、両手を高々と上げた。

五

危機管理センターは、殺気立った空気に包まれていた。

河井首相は秘書官を従え、危機管理センターの会議室に入って行った。

成嶋大吾《なるしまだいご》内閣官房長官が議長席に陣取り、要員たちを指揮していた。

「ああ、総理、お待ちしていました」

成嶋官房長官は、ほっとした顔で立ち上がった。寝不足らしく、目を真っ赤にしている。

「こちらへ」

成嶋官房長官は、議長席を河井首相に譲った。

「その顔からすると、また何か厄介なことが起こった様子だな」

「はい、とんでもないことが……」

「あまり、心臓に悪い話はしないでくれ」

河井首相は成嶋官房長官を落ち着かせるために、わざと鷹揚《おうよう》に言った。

「中国艦隊の動きに合わせて、中国海軍の潜水艦が魚釣島近海に浮上、快速ゴムボート二隻で、特殊部隊員が魚釣島に上陸した模様です」

「上陸した？」

「はい。海上保安部には中国の上陸部隊を排除する力がないので、自衛隊水機団の防衛出動を要請しています」

陸自には、島嶼《とうしょ》防衛のための水陸両用の水機団が用意されている。

「ううむ、まだいかん。統合幕僚長に、防衛出動をしてはだめだと伝え給え」

「しかし、それでは……」

「中国軍の動きは放っておけ。海自、空自、陸自のいずれの部隊も手を出してはいかんぞ。魚釣島は無人の島だ。占拠されても、さしたる問題ではない。じっと静観する。中国はそのまま部隊を常駐させるつもりなのか、それとも一時的なデモンストレーションなのか、よく見極める必要がある」

河井首相は腕組みをして、目の前に掛けられた電子状況表示板を睨んだ。

秘書官が河井首相に、大声で告げた。

「真崎《まさき》防衛大臣、佐々城《ささき》外務大臣が到着したそうです。まもなくこちらへ」

「うむ」

河井首相は生返事をしながら、腕を組んで考え込んだ。

しかし、いったい何という時代になったというのか。日本は危機につぐ危機に見舞われている。

久しく平和な、いや平和過ぎる時代を謳歌《おうか》していた日本は、二〇一一年三月十一日、マグネチュード九・〇という超巨大地震と、その直後に押し寄せた巨大津波に襲われ、東北関東の沿岸部にほぼ壊滅的な被害を受けた。そのうえに、巨大地震と津波によって、福島第一原発、第二原発も深刻な打撃を受けた。

当時稼働中だった三基の原発は緊急自動停止したものの、電源が破壊されたため、燃料棒を冷却することができなくなり、三基ともメルトダウンした。

巨大地震、巨大津波、その上に原発事故による放射能災害というトリプルパンチを受けて、日本経済の景気は完全に失速し、経済破綻寸前にまで陥ってしまった。

一五年以上が経ったいまも、福島第一原発の周辺地域は強い残存放射能のために住むことができず、瓦礫《がれき》は残されたまま廃墟と化し、いまもって復興できない状態になっている。

いわゆる、3・11非常事態といわれる未曾有《みぞう》の国家危機だったが、なんとか日本は危機を乗り越えた。

日本国民の不屈の精神と勤勉さ、そして忍耐力でもって、一五年のうちに、被災地の東北関東地域は（福島第一原発地域を除いて）、曲りなりにも復興を遂げた。

それもこれも、日本がアメリカの最も忠実で有能な同盟国として、その強大な軍事力の傘の下で庇護《ひご》され、自国の災害復興と経済発展に専念することができたからだった。

だが、日本が復興する一方で、今度は日本の強力なパートナーだったアメリカの状況が悪くなり、経済的疲弊から昔日《せきじつ》のような世界に冠《かん》する強大な軍事力を維持できなくなった。

そうした事態を見透かしたかのように、まず韓国がアメリカから離れ、北朝鮮や中国、ロシアに接近しはじめた。日本国内でもアメリカの属国から独立し、自前の軍事力を増大させて、日本独自の戦略を追及する路線を歩もうというナショナリズムが台頭した。

アメリカにとって、ある意味では、日本の自立は経済的に助かることだった。

それでなくとも、アメリカは巨額な軍事費がかかるアジア戦略を見直しにかかっており、同盟国である韓国や日本、沖縄に展開していたアメリカ軍を漸次《ぜんじ》縮小し、ハワイ、グアムまで引き下げることを考えていたからである。

河井首相は、日本はアメリカ軍をあてにしない独自の軍事力を持ち、日本独自のアジア戦略と外交政策を持つべきだという国民世論に押されて、政権を執《と》ることができたのだ。

だが、現実問題として、日本が本当にアメリカの軍事力を頼らずにやっていけるかとなると、正直言ってその自信はなかった。

日本はまだその段階にないと、河井首相は考えていた。

これまでの日本は、アメリカが助けてくれることを前提としたうえで軍事力の強化を計ってきたので、陸海空三自衛隊は、アメリカ軍依存の偏《かたよ》った編成になっていた。

海自ひとつをとっても、主要装備は対潜対空戦闘能力重視で、これはアメリカ第七艦隊の空母を護ることを念頭に入れたものだ。情報もすべて第七艦隊とリンクしており、日本独自のシステムではない。

空母がないのに、空母護衛型の艦隊を持つ変則的な海軍になっていたのだ。

空自も陸自も、アメリカ軍との共同作戦を前提にしてシステム化されていた。いわば、自衛隊はアメリカ軍の一部となっていたのである。

経済的に疲弊したアメリカは、これまでの日本や韓国との同盟関係の見直しを始めた。

アメリカがアジア太平洋地域に軍事的プレゼンスを続けるには、あまりにコストがかかりすぎると考えたのである。

そこで、アメリカは日本や韓国の防衛はその国に任せることにし、大幅に極東アジアの戦略を縮小し始めた。

その結果、アメリカ軍は日本との軍事同盟を見直しをするとともに、友好条約に変え、日本を含む極東アジアから全面撤退を決めた。

それにともない、米軍は沖縄本島からも撤退し、グアム、サイパンまで基地を後退させた。

沖縄の米軍基地は返還され、替って航空自衛隊や陸上自衛隊、海上自衛隊が入った。いまや米軍は通信施設を残すのみになっていた。

しかし、そうしたアメリカ軍の戦略的後退によって生じる大きな穴は、自衛隊だけでは埋めようがない。

その結果、アジア太平洋地域に、巨大な軍事的空白が生じる事態になっていた。

この機会を中国が見逃すはずはなかった。

それを見越したように、南シナ海では中国軍が軍事的プレゼンスを強め、北方四島ではロシアが圧力を日本にかけはじめていた。

特に中国は太平洋での覇権を求めて、これまで着々と陸海空の軍備を増強し、空母を有する外征艦隊を運用するまでになっていた。

中国の狙いは、いうまでもなくアメリカが後退した空白地域に、今度は自らが乗り出して、アジア太平洋の覇者になることである。

こんなことになるなら、もっと早く手を打っておくべきだった。

河井首相が深い溜め息をついた時、佐々城晋《しん》外相が現れた。

「総理、遅くなりました」

続いて真崎正雄《まさお》防衛大臣も姿を見せた。

「おう。二人ともご苦労さん。外相、状況は聞いたな」

「はい。すでに日本政府は中国政府に対して、あらゆる外交チャンネルを使い、厳重に抗議をしています」

「うむ」

「直ちに敵対的な行為を中止して、攻撃態勢を解除してほしい。そして、中国艦隊を日本領海内に入れないようにしてほしいと呼びかけています」

「中国側からの返事は？」

「中国政府はこれまでのところ、尖閣列島をはじめ琉球列島は、もともと歴史的に中国領土であった、それを日本が奪い取ったものだと、あいかわらず非難を繰り返すばかりで、まだ明確な返答はありません」

「アメリカに支援を頼んでくれないか」

「総理、アメリカはあてにできないと、申し上げておきます。アメリカは口本と中国の間で戦争が起こっても、前面に出て日本の防衛をすることはできないと、以前から通告してきています」

「そうだったな……」

河井首相は嘆息《たんそく》した。

アメリカ軍の撤退によって生じた東アジアの軍事的空白は、計り知れないほど状況を激変させている。

朝鮮半島では北朝鮮が経済封鎖解除による急速な経済開放により、キム体制が揺らいでいた。キム一族の独裁体制は半ば崩壊していた。北朝鮮内部では各地に反乱が起こり、治安が乱れに乱れていた。

数百万人もの難民が中国、韓国、ロシアへ流出した。

こうした事態に、韓国は中国と協力して北朝鮮を助け、南北朝鮮の統一を果そうと目論んだ。韓国は核を持つ北朝鮮を取り込んで、中国と並ぶアジアでの核保有国になろうとしているのだ。

極東アジアが急激な変貌をするなか、日本はアメリカ軍が東アジアから撤退するのを受けて、自国の防衛力を増強する方針に転換せざるを得なかった。

海上自衛隊はアメリカ海軍第七艦隊の補完的存在から、中国空母艦隊に独自に対抗するため、急いでヘリ空母二隻を擁する外洋艦隊に改編されることになった。

さらに日本政府は、二〇三〇年までに、極秘裏に本格的な攻撃型空母二隻を追加保有することを目指し、イギリスやアメリカで空母要員の養成と訓練に全力を上げていた。

朝鮮半島の危機に対して、日本政府は韓国、中国との対決を避け、一切口出しをせず静観することを決めた。

中国は韓国支援のため、空母艦隊のひとつ、空母「遼寧《リャオニン》」打撃群を対馬海峡に差し向けたのだった。

さらに中国政府は、保持している空母艦隊の第二空母打撃群を沖縄海域に向けて出動させたのだ。

河井首相は、溜め息をついた。

中国はいったい何を考えているのか。韓国を支援して朝鮮半島を自国の支配下に置くだけでは飽きたらず、今度は琉球弧《こ》を狙おうというのか。

ともあれ、降り掛かる火の粉は払うしかない。

河井首相は電子表示板に点滅する赤や青のランプの動きをじっと眺めていた。

六

0400時、与那国島《よなぐに》。

狩股《かりまた》警部補はベッドの中で眠りを妨げられ、うんざりした思いで寝返りを打った。どこかで爆音が聞こえた。

まだ夜も明けない。そんな早朝に、誰がヘリコプターを飛ばしているというのか。きっと、新聞社か放送局の報道ヘリコプターなのだろう。尖閣諸島の問題が起こると、決まって本土から大勢押し掛けてくる。

昨日まで、本土の役人やら報道陣、警察のお偉方たちへの接待に追われていた。やっと終わったかとほっとしているというのに、今夜一晩くらいゆっくりと休ませてほしいものである。

いきなり警電のベルが鳴り響いた。

「やれやれ、那覇の県警本部からの緊急指令が出たのだろうか。こんな朝早くに、ご苦労さんなことだ……」

狩股警部補はぶつぶつ言いながら、受話器を取り上げた。

「はい、狩股です」

『与那国駐在所の狩股所長ですか？』

相手は念を押すように言った。

「そうです」

『こちらは県警本部通信指令室です。そちらの現在の状況を報せてください』

「現在の状況ですって？」

狩股は何のことかわからずに訝《いぶか》った。

「何も起こっていませんが」

『何もない？　本当に異変はありませんか？……』

その時、受話器越しに、通信員の背後でざわめきが起こった。

『……何をしている！　狩股警部補に外を見ろと言え』

『所長……』

上空でヘリコプターの爆音が響いた。その爆音があまりに大きいので、相手の声が途切れがちになる。

「もしもし、ヘリコプターの爆音が大きくて、よく聞こえないのですが」

『……自衛隊からの通報では、中国空軍機が多数領空侵犯し、与那国上空にも飛来しているということですが……』

「中国空軍機？」

狩股ははっとして、受話器を持ったまま窓の外を覗いた。

上空に何機ものヘリコプターの黒い機影がホバリングしていた。いずれも航空灯を消している。

「本部、本部。国籍不明のヘリコプターが上空でホバリングをしている。どうしますか？」

『……せよ。直ちに関係……に連絡……』

「え？　何ですって？　自衛隊へ連絡するのですね」

『……住民の避難と安全確保に全力を……』

そこまで言うと、相手の通話が不意に切れた。

自衛隊に連絡するか。

狩股は電波事情の悪さに悪態をつきながら、携帯電話の短縮ボタンを押した。

非常時の自衛隊の連絡先は、あらかじめ聞いている。

携帯電話を耳にあて、相手が出るのを待った。

与那国島の人口は、およそ二〇〇〇人ほどである。それに対して、駐在所の警察官は本来、狩股警部補一人なのだが、いまは新しく応援で派遣されてきた渡嘉敷《とかしき》巡査長がいた。

狩股は東海岸地区の町を、渡嘉敷巡査長が西海岸地区の集落を担当している。

島に駐屯する自衛隊は、百人もいない。通信偵察が任務と聞いていた。

窓の外を見ていると、寝静まった町の通りに、大勢の黒い人影が駆けつけるのが見えた。街灯の明かりに照らされた彼らの姿は、まさに異様だった。

全員が黒装束でヘルメットを被《かぶ》り、ゴーグルをかけ、手に手に銃器を抱えている。

人影は駐在所の前に殺到し、乱暴にドアを蹴り開けた。

狩股は携帯電話を手にしたまま、呆然とした。

与那国では、泥棒など滅多にいない。治安がいいので、普段から家の玄関の扉に鍵を掛けてない。

まして警察の派出所は、誰でも出入りできるように、入口の戸はオープンになっていた。

人影はいきなり土足で、室内に上がってきた。

「あんたたちは何者だ⁉」

狩股警部補は携帯電話を持ったまま、侵入して来た人影に怒鳴った。

「手を上げろ！」

覆面をした人影が銃を構え、奇妙な抑揚の日本語で命じた。

狩股は机の後ろのロッカーに回り込み、扉を開けた。

「両手を上げて、伏せなさい」

「私は日本国の警察官だ。おまえら無断侵入者の命令には従えない」

狩股はロッカーから拳銃を取り出した。

いきなり人影の手元が光り、銃声が轟《とどろ》いた。

狩股は寝巻姿のまま、銃弾を浴びて壁に吹き飛ばされた。

『こちら自衛隊。警戒してください。直ちに避難してください……！』

床に転がった携帯電話から、必死で怒鳴る声が響いていた。

七

０４３０時、宮古島平良《ひらら》。

東の空が白々と明るくなっていた。空の紺碧《こんぺき》も薄れ、星の数も減り始めている。

「隊長、フラフォー、自爆準備完了したとのことです」

通信兵の古林《ふるばやし》3等陸曹が、ヘッドフォンを耳にあてたまま告げた。

大川《おおかわ》1尉はうなずいて応えた。

「大山《おおやま》2尉に命令。敵に占拠される前に、フラフォーを破壊しろ。絶対に敵に渡すな」

古林3等陸曹は、小声で命令を伝えた。

「大山2尉、了解とのことです。二分後にフラフォー破壊します」

「うむ」

フラフォーというのは、自衛隊内部ではそう呼ばれている通信・電波情報収集（SIGINT）施設のことである。

沖縄本島の南西約三〇〇キロメートルに位置する宮古島、そのほぼ中央部の小高い丘の上にフラフォーは設置されている。

高さ約三〇メートルほどの巨大なサイロ風の塔が二棟。隣にほぼ同じ高さの、六角形を真ん中で二つに切ったような形をした建物が一棟。建物の表面は、すべて緑色の迷彩《めいさい》を掛けてある。

正式名称は地上電波測定装置J／FLR－4A。きわめて秘匿性の高い最新鋭電子機器で、航空自衛隊宮古島分屯地《ぶんとんち》の敷地に設置され、厳重に警備されていた。

フラフォーは航空機や地上の通信施設が発するあらゆる通信や電波を受信し、分析する装置だ。

航空機の無線交信、搭載レーダーの電波、航法支援システム、火器管制システムなどが発する電子音をキャッチして、いかなる航空機かを判別する能力がある。

フラフォーは自衛隊が備える最新鋭の電子機器施設であり、宮古島の同施設は、福岡市の脊振《せふり》山に次いで二ヶ所目になる。ちなみに、もう一基は五島《ごとう》列島の福江《ふくえ》島に設置されている。対中対北朝鮮を警戒してのことであった。

ここでフラフォーが集めた情報は、すべて東京・府中の航空自衛隊作戦情報隊に転送され、そこで分析されるのだ。

このフラフォーが万が一にも敵の手に渡ったら、秘匿中の秘を握られることになるので、そうなる前に自爆させようというのである。

「隊長、アグレッサーが来ました。まもなく着上陸開始です」

「うむ」

大川1尉は窓辺に寄り、上空に飛来したヘリコプターの機影を窺った。

薄明の中に見える機影は、中国軍Z‐9汎用ヘリコプターだ。

「……中国軍ヘリボーン部隊が着上陸を開始した。アグレッサーは、大隊規模と見られる。繰り返す……」

　薄暗い部屋の隅で、通信兵の古林3等陸曹が、無線機にかじりつくようにして、司令部に報告を続けている。

　大川1尉は古林3等陸曹に命じた。

「古林、港湾にもアグレッサーを視認したと伝えろ」

「了解」

　マンションの四階からは、平良港を一望することができる。

　大川1尉は暗視スコープを平良港の出入口に向けた。

　海面に黒々とした潜水艦の艦橋が突き出している。海上自衛隊の潜水艦の艦橋とは違い、ロシアのキロ級潜水艦によく似ていた。おそらく宋《ソン》級潜水艦だろう。

　潜水艦は平良港を封鎖するかのように浮上し、ゴムボートが何艘も下ろされている。兵員が乗り込み、一艘ずつ白波を立てて、埠頭の方に突進して来る。

　その埠頭には海上保安部の巡視船一隻、巡視艇二隻が停泊していた。

　埠頭を走る空挺部隊の隊員たちの姿が見えた。いずれも完全武装をしており、巡視船のタラップを駆け上り、艦橋に走り込んでいる。

　当直の海上保安官たちはほとんど抵抗もできずに、両手を上げているのが見えた。

「報告。海上に宋級潜水艦一隻視認。特殊部隊がゴムボート四艚《そう》で上陸しようと埠頭へ接近中」

古林3曹が無線機の送話器に向かい、大川1尉の報告を復唱した。

突然、大音響を上げて爆発音が響いた。窓ガラスがビリビリと震える。

丘の上のフラフォーが爆破された音だ。

大川1尉は思わず唇を噛んだ。

続け様に三度、大爆発が起こる。

「隊長、大山2尉から報告。爆破成功しました。撤収するとのことです」

「うむ」

背後の丘が、赤々と燃えている気配がする。

しかし、これで最新機器を敵に手渡さないですんだ。それだけでも一応、ここでの任務は果たしたといえる。

大川1尉は防潮堤の外海にスコープを向けた。外海には伊良部《いらぶ》島の島影が見えるほかには、数隻の漁船の船影が確認できるだけで、中国海軍艦艇の姿は見当たらなかった。

「外洋にはまだ艦艇の艦影なし。上空には、中国空軍の殲《ジエン》10（J‐10）戦闘機が飛来し、旋回している」

古林3曹が、無線機に囁《ささや》くように報告した。

『了解。報告受領した。無線機等を破壊し、暗号表など機密書類を処分して、速やかに撤収せよ。以上。送れ』

「命令受領。送れ」

古林3曹は小声で応答した。

いきなりドアをノックする音が聞こえた。

警備の渡辺《わたなべ》陸曹が拳銃を構え、誰何《すいか》した。

合言葉が聞こえ、渡辺陸曹がドアを開けた。

下条《しもじょう》2尉と三井《みつい》陸曹長が、中に転がり込んできた。

「下条2尉、ご苦労。状況は？」

「隊長、空挺部隊が町に突入しました。我が通信施設やレーダーサイト、警察署や海上保安部の通信施設の制圧を目指そうとしていると思われます」

「やはりな。いつの間にか敵は、宮古の施設を事前に調査していたのだろう」

「おそらく観光客を装ったスパイが、潜り込んで調べたのでしょう」

「うむ。下条2尉、三井陸曹長、司令部から撤収命令が出た。ここも、すぐに見つかるだろう。いまのうちに、セイフハウス（隠れ家）に撤収する。用意はいいか」

「了解」

下条は険しい顔でうなずいた。

「古林、ここの無線機はすべて破壊しろ。極秘書類は焼却しろ」

「了解！」

古林3曹は叫ぶように応ずると、直ちに無線機を壊し始めた。

大川1尉は率先して机や棚の重要書類を取り出し、浴室に運んでバスタブに放り込み、火を点けた。

「陸曹長、まとまって逃げたら見つかる。作業を終えた者から、三々五々《さんさんごご》脱出し、次の隠れ家に集まるようにしろ」

「了解」

三井陸曹長が大声で答えた。

「よし、さっさと作業を済まそう。敵がやってくるぞ」

大川1尉は大声で、部下たちを励ました。

八

緊急国防会議は、冒頭から沈痛な空気に包まれた。

下山徹也《しもやまてつや》国土交通大臣が、重い口を開いた。

「現状を見ると、これは自衛隊マターですな」

議長の成嶋大吾内閣官房長官は、外山大介《そとやまだいすけ》統合幕僚長を見て言った。

「まず統合幕僚長に、最新情報を基にして、事態がどうなっているのか報告してもらおう」

外山統合幕僚長は、補佐官に合図した。

会議室の正面の壁に、巨大なハイビジョン・テレビの画面が現れた。

画面に沖縄本島を中心にした、琉球諸島の地図が映し出された。

琉球弧の宮古島、石垣島、与那国、尖閣諸島の四ヶ所に、赤い光点が点滅している。

「点滅している紅点のある島——すなわち、尖閣諸島の魚釣島、宮古島、石垣島、与那国島が中国軍に奇襲されました。占領部隊の規模はまだ不明です。魚釣島には十数人の特殊部隊が、上陸占拠しているものと見られます」

「直ちに水機団を出して、中国軍を島から駆逐《くちく》できないのかね」

河井邦男首相が訊ねると、外山統合幕僚長はほかの幕僚長たちと顔を見合わせて笑った。

「中国軍を駆逐するのは、それほど難しくはありません。魚釣島については無人島なので、敵上陸部隊を艦艇からの砲撃で完膚なきまで叩き、敵を蹴散らせばいいでしょう。しかし、与那国、石垣、宮古は住民を楯に使われるでしょうから、少々厄介なことになると思われます。方法としては、空挺や中央即応部隊、離島専門の水機団を着上陸させ、攻撃して駆逐するしかありません」

「うむ」

「一方で、護衛艦隊と空自の爆撃隊が長く伸びた敵の補給線を断ち切り、上陸部隊に対して、空海からの支援を行う必要がありましょうが……」

外山統合幕僚長はハイビジョンのテレビ画面に、赤いレーザービームをあてた。

「現在、中国海軍の空母艦隊が、この尖閣諸島と宮古諸島の間に進出しております。それに対して、我が護衛艦隊は沖縄本島の東一〇〇キロ付近の海上に待機しているところです」

画面に中国艦隊を示す赤いマークが映っている。沖縄本島の南に、旭日旗《きょくじつき》のマークが表示されていた。

「石垣などの奪還は急がねばなりません。中国は占拠した島々を実効支配し、自国の領土にしようとしている。そうさせないためにも、できるだけ早くに取り戻さなければいけません。中国軍が占領した島々を包囲し、十分な砲撃を加えて補給線を叩いて孤立させ、降伏させる。ただ、こうした対応策を取るには、重要な前提があります」

「ふむ、どういうことかな」

「それは、私から話しましょう」

真崎防衛大臣が、外山統合幕僚長に代わって言った。

「総理にご決断を願いたい。最悪、中国との全面戦争を行う決意が必要です」

佐々城外相が、驚いて口を開いた。

「真崎防相、君はいったい何を言い出すのかね。我が国は憲法で、戦争を放棄すると謳《うた》っているのだよ。あくまで紛争は、戦争ではなく外交で解決しようというのが、我が政府の方針だ」

真崎防相は大きくうなずいた。

「それが問題なのです。中国はいくら日本を攻めても我々は反撃しない、中国軍と全面的に事を構える覚悟がない、つまり戦争をする気がないと思っている。だから図に乗って、中国軍は魚釣島のみならず、宮古島、石垣島、与那国を占領したのです」

「なるほど。真崎防相、そうだとして、もし中国との全面戦争になったら、我が国は勝てるのかね？」

河井首相が問うと、真崎防相は外山統合幕僚長を見て言った。

「それについては、統合幕僚長から答えてもらおう。どうかね？」

「短期的に勝つことはできましょう。しかし、長期的に考えると、非常に難しいかと思います」

「では、やはり佐々城外相が言うように、外交で押し戻すしかないことになるが」

河井首相の言葉に、佐々城外相が我が意を得たりという顔で口を開いた。

「すでに国連大使に訓令を出して、国連安保理議長に提訴し、中国非難の決議を要請しております。常任理事国である中国が拒否権を使うのは目に見えていますから、決議はおろか、議長声明すら出ない可能性がありましょう。だが、国連加盟国全体に中国の暴挙を訴えて、国際的に孤立させることができるだろうと思われます」

「私は外相の考えに賛成ですな。国際的に中国を孤立させ、武力は使わず、粘り強く外交手段で、琉球諸島から中国軍を引き揚げさせる。それが最善の策だ」

村島延夫《むらしまのぶお》厚生労働大臣が、うなずきながら言った。

河崎由雄《かわさきよしお》経済産業大臣がこほんと咳をして、河井首相に発言を求めた。

「どうでしょうか、総理。私は中国を国際的に孤立させることこそ、かなり難しいと思いますが」

「ほう、なぜかね？」

河井首相が訝ると、河崎経済産業相は話を続けた。

「アメリカをはじめ世界各国は、中国市場にどっぷりと浸かっています。我が国もそうですが、中国の市場なしに、経済発展はできない状態にある。さらに、たとえばアメリカは国債の大半を中国に買ってもらっています。もちろん、我が国もアメリカの国債をかなり購入してアメリカ経済を支えていますが、中国に比べては少ない。国際的にも、中国に比較して日本市場は小さく、また日本は先進国にとっては競争相手でもあります。そういう状態である以上、世界各国は今回の中国による琉球諸島への侵略が間違っていると思っても、あまり関わりたくない、中立でいたい、というのが本音でしょう。となると、中国を孤立させるというのはかなり難しいと思われます」

「なるほど」

河井首相がうなずくと、真崎防相が賛同して言った。

「もともと中国は国際的に孤立したとしても、一度手に入れた領土は、そう簡単に手離そうとはしません。たとえば、チベットがそうですし、新疆《しんきょう》ウイグル地区がそうです。中国がまだ占領しておらず、主権は自国にあると主張している台湾に対しても、決して独立を認めようとしない。ですから、私も真崎防相や統合幕僚長の意見に賛成です。何はともあれ、相手からの奇襲攻撃は電撃的に叩き返す。それがいまは最も重要だと思うのですが」

「私も河崎経済産業相と同意見です。はっきり申しまして、戦争で失ったものはテーブルでは取り返せません。外交で中国軍を撤退させることができるなら、軍隊などいらないでしょうからな」

成嶋官房長官が、きっぱりと言い切った。

「真崎防相は全面戦争も辞さぬという強い姿勢が必要と言っているが、官房長官もその通りだというのですか?」

下山国交相は成嶋官房長官に訊いた。

「まったくその通りだと思います。侵略には火の玉となって反撃する。そういう姿勢がないと、侮られ、中国は次々に手を打ってくるでしょう」

「しかし、全面戦争も辞さぬ姿勢を取れば、本当に中国と泥沼の戦争状態に陥る危険もあるのではないか。それは大変危険だと思うが」

　村島厚労相が危惧するように言うと、真崎防相が答えた。

「しかし、もし黙って手をこまねいていれば、中国は図に乗って、今度は日本本土を攻撃して来るかもしれない。したがって、我が国はそれに対して、針ネズミのように身を固めていないとならない。そうですな、統合幕僚長」

「はい。その通りです。世界には、これは自衛戦争であるとアピールする必要があるでしょう。そして、我々は中国に反撃して、琉球諸島から中国軍を駆逐し、自国領土を守るだけであり、中国を侵略する意図はまったくないと表明して戦う。我が国が自衛権を発動する上で、国際社会の理解と支援を受けることは、大変重要なことだと思います」

　外山統合幕僚長は、しっかりとした口調で答えた。

　河井首相は腕組みをし、憮然《ぶぜん》とした表情で話を聞いていた。

　連絡官が会議室に入って来ると、陣内猛彦《じんないたけひこ》陸上幕僚長に歩み寄り、メモを手渡して、何事かを耳打ちした。

陣内陸上幕僚長は、隣に座った篠崎護《しのざきまもる》航空幕僚長と柄沢次郎《からさわじろう》海上幕僚長にメモを回した。

幕僚長たちは、みないっせいに顔をしかめた。

「統合幕僚長、新しい情報が」

陣内は外山統合幕僚長にメモを見せた。

「うむ」

外山統合幕僚長はメモを見てうなずくと、居並ぶ閣僚たちに言った。

「いま入った情報によりますと、宮古島に中国軍空挺部隊が着上陸し、平良ほか主要町を占領した模様です。フラフォーが敵の手に落ちぬようにするため、やむを得ず同施設を破壊しました」

「フラフォー？　いったい、それはどういう施設なのかね」

太田真吾《おおたしんご》財相が訝しげに訊くと、外山統合幕僚長は謝りながら答えた。

「失礼。通信電波情報収集施設『地上電波測定装置Ｊ／ＦＬＲ・４Ａ』のことです。我々は通称フラフォーと呼んでおりますが、敵航空機の無線通信を傍受するほか、搭載しているレーダーの電波、航法支援システム、火器管制システムなどが発する電子音を捕らえ、どういう航空機かを割り出す最新式の施設です。フラフォーで得た情報は、アメリカNASAにも送っています」

「日米同盟時代の名残りの施設だな。いまでも情報は米国に送っているのか」

「はい」

「それは、かなりの値打ちものなのでしょうな」

太田財相が苦虫《にがむし》を噛み潰したような顔になると、真崎防相は笑いながら言った。

「しかし、破壊せずに敵の手に渡るよりはましだと思われます。これまで、フラフォーで得た情報は、日米英豪で今後も活用できるわけですから、十分にその役割は果たしたといえるでしょう」

真崎外相の後を受け、外山統合幕僚長が話を続けた。

「現地からの報告では、敵部隊の規模は宮古島に一個大隊、与那国にも一個大隊規模、石垣島はまだ一個中隊ほどではないかとのことです。尖閣諸島の魚釣島には、一個分隊ほどと思われます」

「その大隊規模というのは、どのくらいの兵員なのかね？」

「およそ六〇〇人です」

太田財務大臣が、苦々しい表情で言った。

「どうして、こんなにも易々《やすやす》と琉球諸島が、その程度の規模の中国軍に占領される事態になったのですか？　これまで大金を遣って、最新兵器を大量に保持させた自衛隊にしては、いささか腑甲斐《ふがい》ないと思うが、いかがですかな」

この問いかけに、真崎防衛大臣が憤然として発言を求めた。

「太田財相、何をいいますか。中国軍による宣戦布告もない不意打ちなのですぞ。わが方は防衛出動の命令も出していた。だからこれまでも私は、口を酸っぱくして申し上げたはずです。事前に与那国、石垣島、宮古島には陸上自衛隊の大部隊を派遣し、駐屯させておくべきだと。防衛部隊がいれば、中国軍が島を攻撃しても、そう簡単には占領できない。それに対して、予算がないから島への部隊派遣はできないと言って反対したのは、太田財相、あなたではありませんか」

「いや、あれは地元対策の費用がかかりすぎるという意味だ。離島へ自衛隊の派遣を行うには、地元の協力が不可欠ですからな。地元の根強い反対運動を封じ込めるには、地域の振興策を取らねばならず、かなりの大金が必要となる。そのため、金がかかりすぎるから、慎重にしなければならないと言っただけだ。まさか、こんな事態になるなどとは思わなかった」

太田財相は不機嫌そうに、扇子《せんす》をぱたぱたと扇《あお》いだ。

琉球諸島奇襲要図

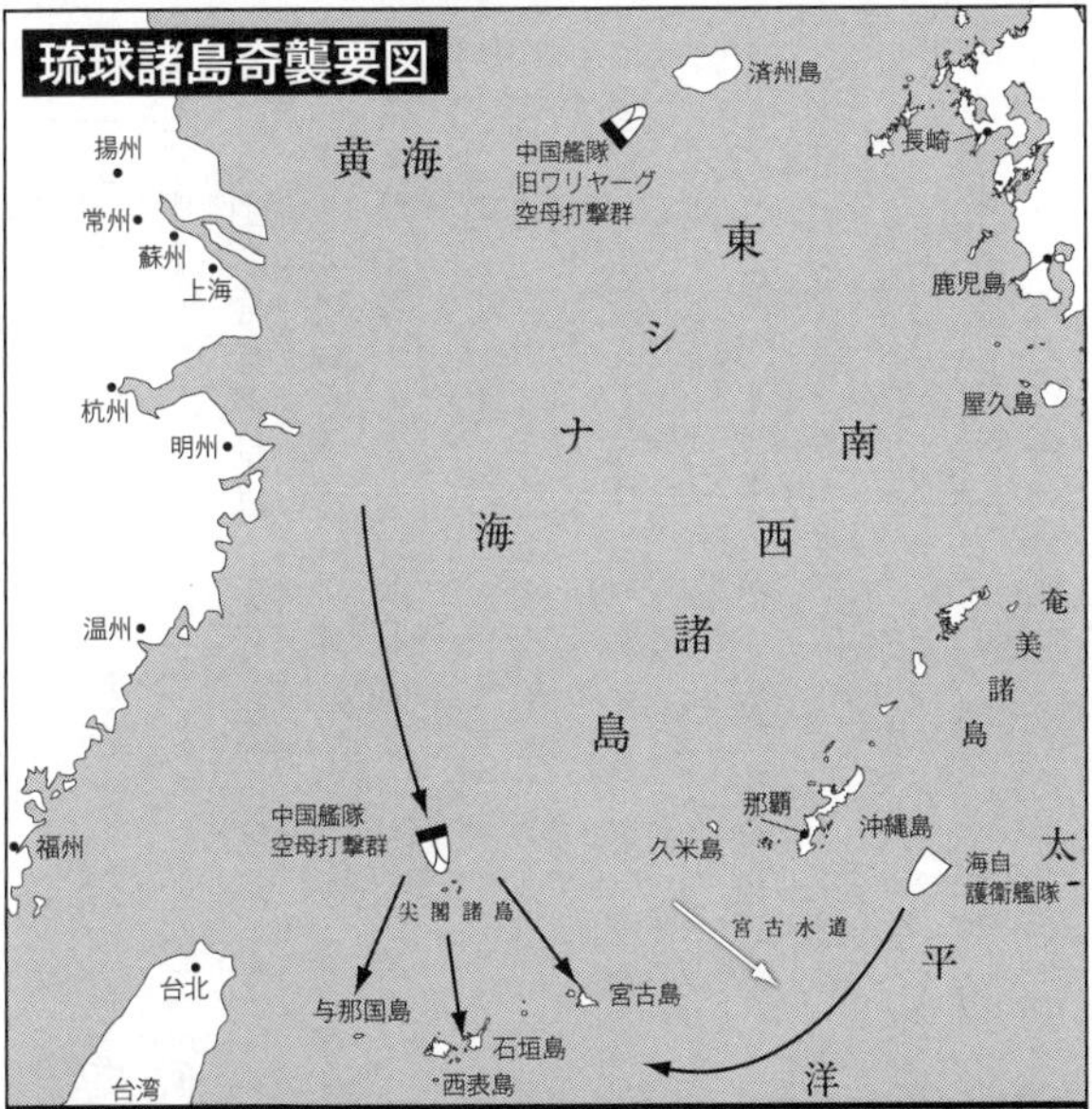

先島諸島要図

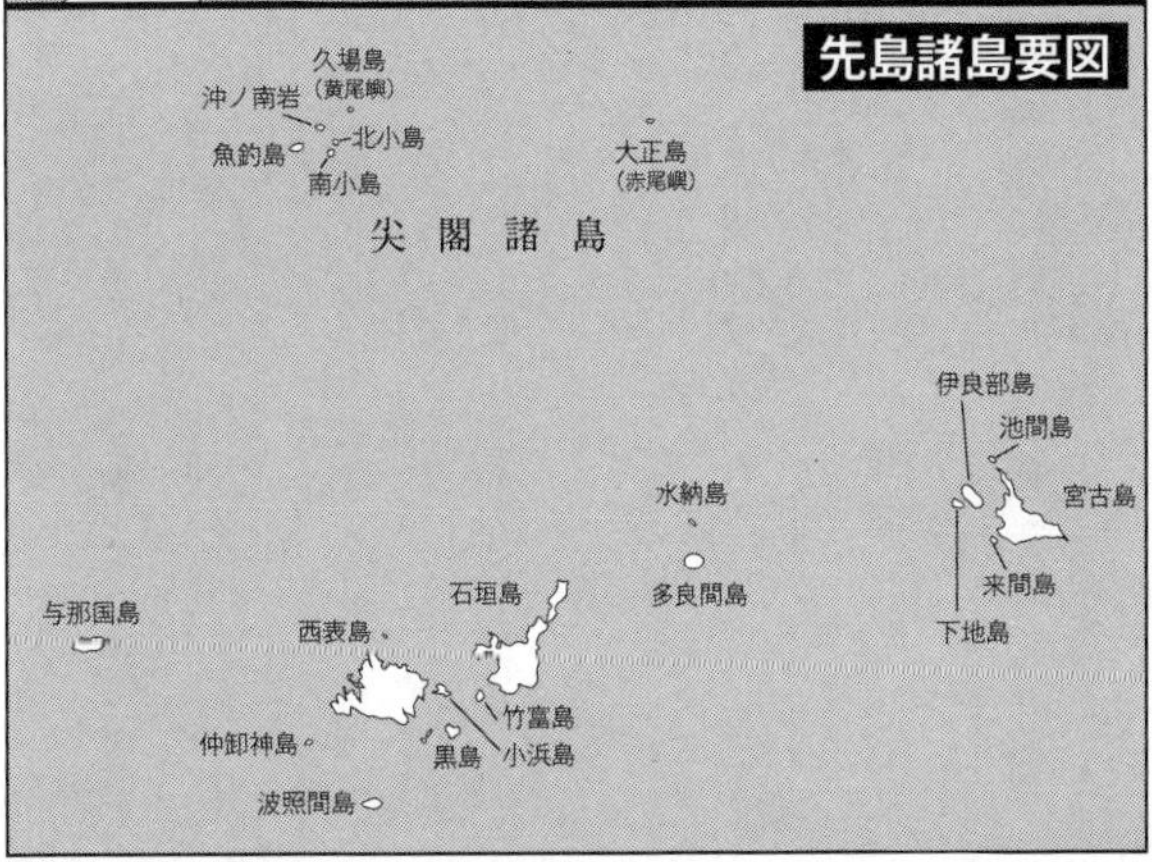

河井首相は太田財相と真崎防相の二人を、取りなすように言った。

「まあまあ、いまさらそんなことを言い合っても仕方あるまい。それよりも、今後、どうするかだ。統合幕僚長、いったい中国は何を目論んでいると思うかね？」

外山統合幕僚長は、手元の報告書に目をやりながら言った。

「その目的は、おそらく中国の防衛線となる第一列島線の出入口にある宮古水道の確保だと考えます。宮古水道は中国にとって、覇権を求めて太平洋へ乗り出すための重要な出入口であり、そこを我々に押さえられてしまうことに、少なからず危機感を抱いていたと思われます」

「なるほど。つまり中国は、太平洋に覇権を求めているということだな」

「はい。問題はアメリカがこうした中国の覇権主義に、どう対処するつもりなのかということです。それを、ぜひ政府間で話し合っていただきたいのですが」

外山統合幕僚長の進言に、河井首相は黙ってうなずいた。

河崎経済産業大臣が、佐々城外相を見て質問した。

「外相、アメリカはどう動くと思うかね？　今回の事態に対して、我が国を支援してくれるだろうか」

「もちろんアメリカは、要請すれば、きっと日本を支援してくれると信じます」

佐々城外相の返答を聞き、河崎経済産業相は唸るように言った。

「私は本当にアメリカが支援してくれるかどうか、不安を覚えているのだ。アメリカは経済的にも軍事的にも、中国と蜜月《みつげつ》状態にあるのだろう？　両国とも、持ちつ持たれつでやっている。だから、太平洋も暗黙のうちに、米中二国で分け合おうと密約を結んでいるのではないかと危惧しているのだが」

「たとえそうでも、まさかアメリカが、友好国である日本を簡単には見捨てないと思いますが。一応、アメリカと日本は、最恵国待遇の間柄ですからな」

真崎防衛大臣が異議を申し立てると、河崎経済産業相は頭を振った。

「真崎防相、そもそもは、前政権の防衛政策と外交政策の失敗の付けが、今回の事態を生み出したと言っていいでしょうからな」

「ううむ」

二人の話を黙って聞いていた河井首相は唸り、考え込んだ。

河崎経済産業相は、なおも話を続けた。

「前連立政権はアメリカの経済的疲弊を見て、後先を考えず、あろうことか日米安保条約を事実上、破棄し、友好条約にしてしまった。その結果、在日アメリカ軍は沖縄から撤退し、グアムにまで後退した。その間隙を縫って、中国がグアムの第二列島線まで進出することを許す結果になったわけですからな」

村島厚生労働大臣が、渋い顔で異議を申し立てた。

「ちょっと待ってください。前連立政権の一端を担った我が党としては、あくまで県民の要望である米軍基地のない沖縄の実現を目指しただけです。その第一歩として、沖縄の軍事的負担の軽減を行うため、日米安保条約を見直し、代わりに日米友好条約を結んだのです。まさかアメリカ軍が完全撤退し、さらに今回のような事態が起こるとは、想定外のことだった」

「厚労相、いまさら前連立政権の弁護をされても困りますなあ」

町田《まちだ》恒彦《つねひこ》法務大臣が失笑すると、村島厚労相はあわてて訂正した。

「いや、正確を期するために申し上げますが、日米安保条約を破棄したわけではない。ご存じのように、新しい友好条約は軍事同盟の面を弱め、平和的な相互経済協力面に重点を置く経済安保条約にしたわけですから」

「しかし、日米軍事同盟を解消したことは確かでしょう？　軍事的に在日米軍基地を漸次自衛隊基地へ転換し、日米の相互防衛の双務義務も廃止するということになったのですから」

二人の言い合いを聞きながら、成嶋官房長官は頭を振った。

「いまさら日米軍事同盟に戻れという話でもないでしょう。経済安保が最優先される時代ですからな。その代わり、日本はアメリカに遠慮せずに、独自に軍事強化を行うことができるようになったわけです。そのメリットとデメリットを日本は選んだわけでしょう。したがって、こういう事態になった以上、アメリカを頼らず、あくまで我が国が独力で解決するしかないと思われますが」

成嶋官房長官の意見に、河崎経済産業相が疑問を呈《てい》した。

「独力で解決すると仰るが、それはかなり難しいのではありませんか？　何しろ、相手は大国中国ですからな。日本が前面に出て対処することを前提にしたとしても、やはり国際社会の支援がなければ、中国軍を撤退させることは難しいのではないですか」

戸田《とだ》一誠《いっせい》副総理兼国家戦略局担当大臣が、大きくうなずいて言った。

「わしもそう思う。我が国にいま必要なのは、五十年、百年先を見越した国家戦略だ。それなしに、安易に今回の事態に対処すると、国が進むべき道を誤りかねない。専門家の意見も十分に取り入れて、大至急に対中国戦略を練り直さねばならないと思うが」

河井首相も、戸田副総理の考えに同意した。

「その通りだ。私も戸田君の意見に賛成だ。我が連立政権が発足して、まだ半年しか経っていない。国家戦略を作成するために創られた国家戦略局が政争の具に使われ、これまで機能不全に陥っていたが、ぜひ我が連立政権において再建したいと考えている。さっそく対中国、対アジア情勢に詳しい専門家たちを招集し、国家戦略局別室に参加してもらうつもりだ。そこで、対中国戦略、対アジア戦略を作成してもらおうと思っている。それで異論はないかね？」

真崎防相は、すかさず河井首相に疑問を投げかけた。

「総理は、どういう方々をお招きしようと考えておられるのですか？」

「それは私に一任願いたい。事が事だけに極秘裡に進めたいので、誰を招集するか、ここで明らかにするのは容赦願いたい」

佐々城外相が不満気な顔で、口を挟んだ。

「総理、対外政策を行うのは、我が外務省の専権事項です。国家戦略局別室が政策作りをするとすれば、外務省と競合することになると思うのですが、いかがでしょうか？　作られる政策が一致するならいいのですが、もし相反するような内容になった場合はどうなるのでしょう？　さらに申し上げれば、我が外務省情報局にも、似たような対中国情勢や戦略を研究している部署があります。そうした部署に外部のですが」

「外相、ここではっきりさせておこう。国家戦略局は、内閣直属の国家非常事態省ともいうべきものだ。外務省だけでなく、防衛省も厚生労働省も、すべての省庁や関係機関は、国家戦略局の政策や指示に従っていただく」

「それでは、専権事項を剝奪《はくだつ》されるようで、外務省としては困ります」

「外相、いまは平和時ではない。国家存亡の危機に直面している非常時だ。もし私の指示に従えないということならば、辞職してもらう。また、外務官僚が協力できないというならば、それらの人には辞めてもらうことになるだろう。それでも辞めない場合は、私がクビにする、そう省内に伝えてくれたまえ」

「……はい。わかりました」

佐々城外相は、額《ひたい》に浮かんだ汗をハンカチで拭《ぬぐ》った。

議長の成嶋官房長官が、河井首相をちらりと見て言った。

「ここで総理の方針を、ぜひお聞かせ願いたいものですが」

河井首相は、全ての関係閣僚たちを見回して口を開いた。

「まず中国に対しては、毅然《きぜん》とした態度で外交攻勢を仕掛ける。国連に提訴して、徹底的に中国非難を行うのだ。国際社会に訴え、次は貴国かもしれないと言って危機感を煽《あお》ろう。これは佐々城外相、君のところでやってほしい」

「はい。もちろんです」

「第二に、真崎防相と私は、急遽アメリカ大統領や国防総省に軍事支援を要請する。具体的に軍を派遣してもらえればそれに越したことはないが、それが無理でも補給を要請したい。アメリカから武器弾薬の支援が確約されれば、我が国は中国に対抗できる」

河井首相は外山統合幕僚長に向き直ると、厳しい表情で言った。

「第三に、自衛隊の諸君には、直ちに有効な反撃作戦を練ってほしい。アメリカの軍事支援が確約される目途がついたら、直ちに陸海空の兵力を総動員して、琉球諸島から中国軍を駆逐する。もちろん、対中全面戦争覚悟の上だ。いいな」

「わかりました」

外山統合幕僚長は傍にいる陸海空三幕の幕僚長と、顔を見合わせてうなずき合った。

「ただし、あくまで日本は自衛のために戦争を行うのであり、琉球列島防衛のための地域限定戦争であることを宣言する。中国大陸に対して、何の野心もないことをあらかじめ宣言しておくのだ。これは、佐々城外相、君のところで頼む。国連総会の場で、日本はやむにやまれず自衛戦争を行うことを訴え、各国の理解を得てほしい」

河井首相は、ふたたび佐々城外相に念を押した。

「はい。全力を尽くします」

佐々城外相は、大きくうなずいた。

「第四に、戸田副総理、これまで君には国家戦略局を預けて、国家百年の大計を練ってもらってきたが、新たに国家戦略局別室を作り、短期的なものでいいので、今後の対中国、対アジア戦略を練ってもらう」

「わかりました」

「それから、外山統合幕僚長、三幕の幕僚長諸君、君たちには大いに働いてもらうことになる。全力を挙げて、日本のために戦ってほしい。よろしく頼む」

河井首相はそう言うと、深々と外山統合幕僚長たちに頭を下げた。

第二章　国家戦略局NSA

一

先刻から、携帯電話にメールが届いているという着信音が何度も鳴った。

電話も何度か掛かっていたが、松平孝俊《まつだいらたかとし》は電話には出ないで、ベッドに横たわっていた。

まだ夜明け前だというのに、いったい誰だというのか。

きっと夜討ち朝駆けの新聞記者たちだろう。こんな八ヶ岳《やつがたけ》の山荘にまで問い合わせてくるなんて、本当にしつこい連中だ。

おそらく数日前に、ウェブ論壇に発表した論文『落日の海―中国の属国の道を歩む日本国に未来はあるのか』の内容があまりにも過激だったので、マスコミが不必要に騒ぎ立てているのだろう。

松平はマスコミの執拗な攻撃に耐えかね、勤め先である大学へも出られなくなった。そこで、休暇を取って、八ヶ岳の麓にある知人の別荘を借り、しばらく身を潜めることにしたのだった。

別荘にはテレビもラジオもない。もちろん、パソコンも置いていないので、ＳＮＳもできない。

それにしても、情報機器がない生活というのは、何とのんびりしていることか。この別荘に転がり込んだ最初の日こそ、テレビもラジオもない生活は落ち着かなかったが、二日目になったらもう慣れてしまい、いまではそうしたものが煩《わずら》わしくてたまらなくなった。

携帯電話もマンションに置いてこようかと思ったが、唯一、外の世界との繋《つな》がりでもあるので、別荘まで持ち込んでしまった。

松平はベッドのクッション枕に頭を沈め、外からの刺激や問い合わせをいっさいシャットアウトしていた。

うとうとしているうちに、また松平は深い眠りに誘われていった。

その眠りが破られたのは、バリバリという工事のような音だった。

（煩《うるさ》いなあ。朝から喧しい音を立てて……）

松平は目を覚ますと、ふと我に返った。

先刻から聞こえる音は、工事の音ではなく、ヘリコプターの爆音だった。

それも家の上から聞こえる。頭上でホバリングでもしているというのか。実に迷惑な話だ。

ヘリコプターのローター音は別荘前の庭の方に回り、吹き上げた風が窓ガラスを揺らしていた。

松平は腹を立て、ベッドから起き出して、ガウンを羽織った。寝室は二階にある。

窓から外を覗くと、東の空はすでに白み始めていた。

庭先の草原に、いましも轟音《ごうおん》を上げて、一機のヘリコプターが着陸した。

そのヘリコプターから数人の人影が降り立ち、庭から入って来るのが見えた。

人の安眠を妨害するのも厭《いと》わず、ヘリを着陸させ、勝手に人の庭に入って来ようとしている。

(ええ？　嘘だろう？　この家を訪ねて来るというのか)

松平があれこれ考える暇もなく、玄関のチャイムが鳴り響いた。

この別荘の持ち主である友人は、財界人だった。もしかして、その友人を訪ねて来たのかもしれない。

松平は溜め息をつき、部屋の電灯を点けた。

廊下に出て、インターフォンのボタンを押した。

「どちら様ですか？　この家の主人は東京にいるのですが」

『松平孝俊さんですね？　開けてください。総理の使いでまいりました。至急に総理官邸にお越し願いたいのです』

友人ではなく自分の名前を呼ばれ、松平はどきっとした。

「……何ですって。よく聞こえなかったが、どちら様ですか？」

『内閣官房の秘書官をしている桜木《さくらぎ》と申す者です。至急に官邸へお越し願いたいということで、伺いました』

「し……少々、お待ちください」

松平は仕方なく階段を駆け降り、玄関のドアを開けた。

外の爽やかな空気とともに、数人の背広姿の男たちが、どやどやと室内に入って来た。

「突然伺いまして、まことに申し訳ありません。至急に東京の総理官邸にお越しいただきたく、ヘリでお迎えに上がりました」

男たちを代表するかのように、一人の中年の紳士が名刺を差し出した。

松平は明かりに名刺をかざした。

桜木正雄《まさお》。総理秘書官と書かれている。

「私は松平孝俊ですよ。誰かほかの方とお間違いなのでは？」

桜木は背広の内ポケットから書類を取り出し、書類の写真と松平の顔を見比べた。

「慶応大学の元教授で、東アジアと中国の研究をされている国際問題研究家の松平孝俊さんですよね。最近、ウェブ上に論文『落日の海―中国の属国云々《うんぬん》』を発表なさった」

「たしかに私だが……」

「あなたに緊急の招集がかかっているのです。委細は東京へ向かうヘリの中でお話しします。すいませんが、すぐに支度をお願いいたします」

桜木はほかのメンバーに目配せをした。男たちは手分けして、一階の居間や二階の寝室に入って行った。

「すぐに着替えていただきたいのですが」

「ちょっと待ってくれ。だしぬけに招集だなんて、いったいどういうことなんだ？」

「首相補佐官の大門和人《だいもんかずと》さんをご存じですよね。大門補佐官が、ぜひ松平さんに戦略局の委員になっていただきたいと仰ったので、お迎えにまいったのです。すでに大門補佐官から、メールや電話が届いているかと思いますが」

「面倒なのでメールを受けても読まなかったし、電話にも出なかったので……」

「やっぱりそうでしたか。どうしても連絡が取れないが、あなたはこの別荘におられるはずだと大門補佐官が言われたので、お迎えに上がったのです」

「戦略局の委員だって？」

「はい」

桜木がうなずくと、松平はますます怪訝そうな顔になった。

「突然だな。いったい何が起こったというのだ？」

「テレビかネットで、ニュースをご覧になってはおられないのですか？」

「いや、見ていないが……」

「琉球の四島が、中国軍の奇襲を受けて占領されました。宣戦布告なき対中国戦争が始まったのです。それで、今後どうするべきかを議論するために、国家戦略を立てたいと、総理がお考えになったのです」

「中国軍が突然に、琉球諸島の一部を占拠したというのかね？」

「はい。尖閣諸島の魚釣島、先島諸島の石垣、宮古諸島の宮古、八重山《やえやま》諸島の与那国の四島です」

二階と一階の居間に散ったスタッフたちが、トランクやスーツケースに本やノートパソコンなどを勝手に入れて運んできた。

「ぜひ出立のご用意を」

「もし断ったら？」

「申し訳ありません。強制的にでも、お連れしろと言われております」

「……仕方ないな」

寝室から運ばれたスーツケースから、松平はしぶしぶとワイシャツやダークスーツを取り出し、着替えを始めた。

傍にいた男たちが、甲斐甲斐《かいがい》しく着替えの手伝いを始めた。

その間にも、桜木は携帯電話で誰かと連絡を取っていた。

二

別荘から舞い上がったヘリコプターは、総理官邸の屋上のヘリポートに着陸した。

桜木に促されて、松平孝俊はヘリコプターから降りた。ローターが風を巻き起こしている。

松平が階段の入口に向かうと、一人の大男が駆け寄った。

「松平さん、お待ちしてました」

走り寄ってきたのは、首相補佐官の大門和人だった。

「総理がお待ちです。どうぞこちらへ」

大門が先に立って歩き出し、エレベーターに乗り込んだ。

松平が案内された先は、会議室だった。そこには、すでに数人の男たちが集まり、話し合いを行っていた。

テレビで見覚えのある河井首相や戸田一誠副総理が立って、松平を迎えた。

「突然にお呼び立てしてしまい、申し訳ありません。総理大臣の河井邦男です」

「副総理の戸田一誠です。国家戦略局担当大臣を務めております。よろしく」

「どうも……」

松平は何と挨拶をしたらいいものやら戸惑った。

「よろしく。国家の危機に、ぜひ先生のお知恵をお借りしたい」

河井首相は気さくな態度で、松平と握手をした。

戸田副総理が松平に言った。

「すでにお集まりの方々を紹介しましょう」

会議室のテーブルには、五人の識者が席に着いていた。そのうちの何人かは、学会での顔見知りだった。ほかの人たちも、新聞の論壇やテレビ討論で見た顔である。

「左回りに、軍事アナリストの千田《ちだ》靖夫《やすお》さん、戦略会議座長で中国研究家の児玉敬《こだまたか》夫《お》さん、中国軍事問題研究家で地政学者の山川泰山《やまかわたいざん》さん、中国政治研究家の来島広《くるしまひろ》子《こ》さん、そして、東アジア地域問題研究家の小笠原三千雄《おがさわらみちお》さんです。そして、こちらが中国東アジア研究家で、最近話題の論文『落日の海―中国の属国への道を歩む日本に未来はあるのか』を発表された松平孝俊さんです」

「よろしく」

松平孝俊は、それぞれの人に向かって挨拶した。

「こちらこそ」

「よろしく」

テーブルについている皆も、各々が挨拶を返した。

河井首相が全員を見回すと、改めて口を開いた。

「よろしいですか。さっそくですが、会議を続けたいと思う。では、座長の児玉敬夫さん、お願いします」

「わかりました」

戦略会議で、おそらく最長老と思われる児玉敬夫が話を始めた。

「引き続き中国の琉球諸島占領事件について、戦略的観点に立ち、どう対処すべきかについて、ご意見をお聞きしたいと思います」

児玉敬夫は松平孝俊の目の前に置かれたパソコンを、手で指し示した。

「現在の情勢については、そのＰＣにリアルタイムでデータが表示されておりますので、そちらをご覧ください。それから、これまでの論議の内容についても、表示してありますのでご覧ください」

松平孝俊はうなずき、ＰＣのディスプレイに目をやった。

中国艦隊の動向や海自護衛艦隊、空自の航空部隊、陸自の配備状況が、一目で見られるように表示されている。

カーソルでページをめくると、戦略会議での話し合いの内容が論点ごとに整理され、表示してあった。

松平はざっと目を通し、中国軍と日本の自衛隊の動きを頭に入れた。

パソコンから目を上げると、千田靖夫委員が話していた。

「……ということで、今回の中国の琉球占領は、我が国と本格的に全面戦争をするという意図の下での攻撃ではない。これまで中国政府が繰り返し主張してきた琉球諸島は自国領であるということを示す、一種の示威《じい》行動だといっていいでしょう」

「とすると、中国は局地的、限定的な戦争を挑んできたというのですか。その根拠となるのは、いったい何なのですか？」

河井首相が訊ねると、千田委員は大きくうなずいた。

「全面戦争を行うつもりならば、中国はまず初めに日本本土を核ミサイルで叩いてきたでしょう。中国はこれまで、核の先制使用を辞さないと言っておりましたからな。陸海空三自衛隊の基地がある沖縄本島を核ミサイルで叩き、我が国の抵抗拠点を潰すことから開始していたはずです。それがないということは、全面戦争ではなく、沖縄に限定した局地戦で終わらせたい。戦争拡大は望んでいないと見ていいのではありませんか？」

河井首相が、我が意を得たりという顔で訊いた。

「千田委員、では、我が国はどう対処したらいいと？」

「中国としては、当面全面戦争をするつもりがないのですから、方針を転換しないうちに、即刻、自衛隊に反撃させて占領軍を駆逐する。それも早ければ早いほどいい。相手に反撃の余地を残さぬように、叩いて叩いて叩き潰す。二度と同じような行為をしないように、とにかく叩き潰すのです」

千田委員が熱っぽく語ると、河井首相はうなずいた。

「なるほど。しかし、占領軍を駆逐された中国軍が、黙って引っ込むとは思えないのですが。さらなる攻撃に、火を点けることになりませんか。それを口実に、中国軍は戦争拡大をしてくると思うのですが、いかがですか？」

「それはないと思いますよ。中国政府もそこまで馬鹿ではない。全面戦争になったら、日本各地にミサイルの雨が降ることになるでしょうが、そうなれば我が自衛隊も黙っていない。後方に引いたとはいえ、アメリカも座視はしないでしょう。日米軍が上海《シャンハイ》や青島《チンタオ》、杭州《ハンチヨウ》、広州《コワンチヨウ》、北京《ペキン》などの主要都市へ報復爆撃をするだろうし、そうなれば中国もかなりの出血を余儀なくされることになる。それを覚悟して、中国政府が全面戦争をするとは思えないですな」

千田委員は自信たっぷりに言い切った。

座長の児玉敬夫が、ほかの委員に目をやって訊ねた。

「ほかの方々のご意見はいかがですか。どうです？　山川泰山委員のお考えは？」

「私は千田委員の考えは、危険だと思います。いや、危険過ぎる。これまでの中国の先制攻撃を見る限り、こちらの出方を窺っていると言ってもいいでしょう。したがって、我々は慎重に動く必要がある」

「というと？」

河井首相が訝ると、山川泰山はさらに話を続けた。

「つまり軍事的な行動はしばらく手控え、様子を見た方がいいと。と申しますのも、中国には多数の日本企業が進出し、日本人も大勢滞在している。中国としては、日本人と日本の資産を人質にしている状態です。中国が本格的な攻撃を控えているのは、沖縄を分断して宮古諸島などを占領しても、日本がすぐには反撃して来ないと見ているからでしょう。もし中国が全面戦争をするつもりなら、まず人質にしている日本人を捕虜とし、日本の資産をすべて没収することから始めると思われます。そうしないのは、千田委員が言うように、中国は局地戦で止めたいと考えているからでしょう。その点は千田委員と同じ考えなのですが、無闇に反撃すると、中国は応戦してくると同時に、在留日本人の一斉逮捕を行うでしょう。さらに日本資産の凍結没収を開始すると思います」

戸田副総理が、山川泰山に訊いた。

「現在、日本人は中国本土にどのくらいいると？」

「観光客や留学生を含めて、およそ三万人以上いると思われます」

河井首相が深い溜め息をついた。

「そんなに行ってますか」

「はい。上海や広州、武漢《ウーハン》、大連《ターリエン》、香港《ホンコン》などの海岸部だけでなく、北京や西安《シーアン》、成都《チョンドゥ》、重慶《チョンチン》、ハルピンなど、内陸部にもたくさん日本人や日本企業は散っています。彼ら全部を救出するのは、極めて難しいかと。最悪の場合、彼らを見棄てるしかなくなるかもしれない。そういう事態は避けたいと思います」

「最悪の場合、彼らを見棄てるだと？」

河井首相は戸田副総理と顔を見合わせた。

「残酷な言い方になりますが、三万人を救うよりも、日本国一億三千万人の運命を考えることが重要です。したがって、当面はそのまま放置するしかありますまい」

「進出した日本企業の資産も犠牲にするということだな」

「やむを得ませんな」

「どのくらいの日本資産が失われると？」

「工場など、これまで日本企業が投資した資本は、およそ四兆円を超えましょう。それらがすべて、中国に没収されることになると思われます」

「ううむ……」

「さらに、日本の製品は中国市場から駆逐されるでしょう。日本は一挙に貿易赤字が増えて、円は下落。景気も落ち込んで、不況のどん底に叩き込まれるはずです。こうした諸事情を考えれば、腹は立つが軍事的反撃は控えて、様子を見るのが最善の策ではないかと思いますが」

河井首相は腕組みをして考え込むと、ややおいてから訊いた。

「では、座長の児玉敬夫さん、あなたはどうお考えですか」

「私も原則的には、山川委員の考えに賛成です。琉球諸島の一部を占領されたくらいで、大騒ぎをするのは得策ではないと考えています」

「では、やはり様子を見るということですか」

「はい。軍事的に反撃したいところを我慢して、国際社会に中国の非道を広く訴え、中国を孤立させる。そのうえで、占領地を包囲して圧力をかけ、中国軍を追い出す。時間はかかるでしょうが、それが双方にとっても、最善の収拾策ではないかと思います」

「では来島広子委員は？」

河井首相が問いかけると、来島広子はうなずいて言った。

「私も山川委員や児玉座長の意見に賛成です。国際社会を味方につければ、中国も世界を相手に理不尽なことはできないでしょう。損得を考え、きっと兵を引き揚げると考えます。時間がかかっても、平和的に解決するべきです」

「小笠原委員のご意見は？」

小笠原三千雄委員は、顔をしかめながら口を開いた。

「私も座長の意見に賛成ですな。東アジア諸国は、南沙《ナンシャー》諸島で中国と領海を争っています。そうした東アジア諸国に日本が中国の非を訴えれば、彼らと共同戦線を張ることができる。そのような環境を整えてから、軍事的に追い出しても遅くはないと思うのだが」

「ううむ。一対四に意見は割れましたか」

戸田副総理は唸ると、ちらりと松平の顔を見た。

「到着したばかりですが、どうでしょう。松平孝俊さんのご意見を伺いたいところですが」

「アメリカは、うまく逃げたなあ」

ＰＣのディスプレイを見ながら、松平孝俊は呟くように言った。

「何ですって？」

戸田副総理は、眉をひそめて問い返した。

「いや、中国の太平洋戦略について、アメリカはよく研究しているると言ったのです。

そのあたりは、我が国もアメリカを見習わねばならんとね」

「それは、どういう意味ですか？」

河井首相が訝ると、松平孝俊はディスプレイの海洋地図を指差しながら言った。

「まあ、おいおい話します。ともあれ、中国軍が第一列島線まで実際に軍を出し、琉球諸島の一部を占領したのは、それだけの裏付けがあってのことです。これは容易には、中国軍は島から撤収しないと見なければならんでしょう。そうですな、千田委員」

「うむ。そう簡単には中国軍は引き揚げるとは思いません」

ようやく賛同者が現れたので、千田靖夫がほっとした顔でうなずいた。

戸田副総理が真剣な顔で、松平に訊いた。

「その裏付けとなるのは、いったい何ですか？」

「第一に、中国海軍の空母艦隊が完成して、実戦配備されたこと。第二にDF-21D対艦弾道ミサイルの性能が飛躍的に向上し、実戦配備が可能になったこと。つまり、中国軍の海軍発展大戦略計画がうまくいき、自信を持ったということでしょう」

河井首相は不思議そうに問いかけた。

「その中国海軍発展大戦略計画とは、いったい何かね？」

「それについては千田委員が詳しいので、ご説明いただければと思います」

松平孝俊は千田委員に説明を譲った。

千田委員は皆に、ＰＣを見るよう促した。

「それは21世紀中葉までに行おうという、中国の国防および軍隊の近代化建設『三歩走発展戦略』のことです」

「三歩走？」

河井首相が、わずかに首を傾げた。

「三歩走……つまり三段跳びです。『三歩走発展戦略』は、一九九七年末に開催された、当時の中央軍事委員会拡大会議で策定されたもので、第一歩に二〇一〇年までに、機械化と情報化の堅実な基礎固めを行うこと、第二歩に次の一五年の間に……つまり二〇二五年までに重大な発展を達成すること、そして、第三歩として、来たる二〇五〇年までに、中国軍を情報化が進んだ軍隊に改編し、基本的な国防近代化を実現することを目指すというものです」

「うーむ、そうか。それで、中国は現在、どういう歩にあるのですかな」

「現在、第一歩と第二歩を踏み進んで、いまは第三歩に跳んでいる状態です」

「なるほど……」

「中国海軍に限って言えば、三歩走発展戦略の目標は、まず第一歩として、二〇一〇年までに、飛、潜、快……つまり飛行機、潜水艦、ミサイル艇の発展充実を計る。各種艦艇の開発と人員養成を行い、黄海《ホワイハイ》、東海《トンハイ》、南海《ナンハイ》など、第一列島線内の海域を支配する力をつける」

PCのディスプレイに、日本列島から琉球諸島、台湾、フィリピンを結ぶ第一列島線が表示された。

「第二歩として、二〇二五年までに大型戦闘艦艇と支援艦艇の建造を行い、人員も養成して、第二列島線までの海域を支配できるようにする」

続いてディスプレイに、日本列島中部からグアムに伸びる第二列島線が表れた。

「すると、第三歩というのは？」

河井首相が訊くと、千田委員はディスプレイにある第二列島線を指差した。

「第三歩は、二〇五〇年までに、本格的な空母機動艦隊を保有し、第二列島線を越え、アメリカ本土の沿岸に進出できるまで実力を充実させることです」

「グアムを越え、ハワイ諸島も勢力下に置こうというのかね。そんなことをすれば、アメリカも黙ってはおらんだろう」

「もちろんです。いくら経済大国でなくなったとはいえ、前庭まで中国に踏み荒らされれば、アメリカも黙ってはいないでしょう。しかし、アメリカも我が国同様に、経済的に中国に依存しているところが多い。だから、アメリカは本音では、中国とあまり対立したくない」

「なるほど……」

「おそらくアメリカは大声で中国の沖縄侵略を非難するが、それはあくまで形だけで、本格的に軍を動かす気持ちはない。もしかすると、アメリカと中国は、裏で手を握っているかもしれません。少なくとも中国はアメリカが出ないと読んで、沖縄侵略を始めたと思います。アメリカがいまも沖縄の基地に軍を置いていればそうはいかなかったでしょうから、内心ほっとしていることでしょう」

千田委員の話を聞きながら、松平孝俊が口を開いた。

「総理、だからアメリカはうまいと言ったのです。私も千田委員と同じ考えです。今回の中国軍の琉球諸島進出は、事前に中国とアメリカの間で、何らかの取引があったのではないかと私は見ているのです」

「何だと？　アメリカと中国の取引ですと？」

河井首相は気色《けしき》ばむと、戸田副総理が自嘲気味な笑いを浮かべて言った。

「以前、アメリカ軍の高官が訪中した時、中国軍の高官が冗談めかしてハワイ諸島を境にし、太平洋をアメリカと中国で分け合おうと言ったそうですが、案外本気だったのかもしれません」

会議室はしんと静まり返った。

千田委員は、こほんと空咳《からせき》をした。

「話を戻します。中国は第三歩の段階になって、本格的に太平洋に覇権を求めることになるでしょう。第三歩目の段階では、中国海軍は東太平洋だけでなく、南シナ海からマラッカ海峡を経て、ベンガル湾、インド洋に進出し、さらにペルシャ湾、紅海へも勢力を拡大したい。中東アラブの産油国、アフリカ諸国との海上輸送路を確保するのが、目標となるでしょう。いわゆる一帯一路戦略です」

「なぜ中国はそこまで範囲を拡大するのかね？」

河井首相が疑問をぶつけると、松平が千田委員に代わって言った。

「それは私が答えましょう。中国は中東の石油とアフリカの鉱物資源を狙っているのです。それから、中国の商品を売る市場の拡大のためですな。つまり中国の外洋戦略は、単に太平洋における覇権のみを求めているのではなく、中国の資源戦略や経済戦略に裏打ちされているのですよ」

河井首相は慨嘆《がいたん》し、深い溜め息をついた。

「中国は東太平洋からアフリカまで海洋権益を求めるだけでなく、資源戦略や経済戦略を持っているということですか。それでは、本格的な外洋戦略にならざるを得ない」

小笠原三千雄委員も、驚きの声を上げた。

「それは東アジア諸国にとっても、大変な圧力になりましょうな。中国に南シナ海の権益をすべて占有されてしまう事態にもなりかねない」

千田靖夫委員はうなずくと、再び話を始めた。

「そうなんです。中国は海軍発展計画の第二歩段階に入り、急速な艦艇の近代化を行ってきました。それが、相次いで建造した艦船の数々です。すなわち、商《シャン》型攻撃原潜、晋《ジン》型戦略原潜、元《ユアン》型潜水艦、改宋《ソン》型潜水艦、旅洋《ルヤン》型、同型ミサイル駆逐艦、旅州《ルジョウ》型ミサイル駆逐艦、江凱《ジャンカイ》型、同型フリゲート、紅稗《ホウベイ》型ミサイル艇、福池《フーチー》型補給艦、ドック型輸送揚陸艦。つまり空母艦隊に必要な艦艇を揃えながら、いよいよ国産の空母二隻を登場させたのです」

河井首相が訝しげな顔になった。

「いま朝鮮半島に出ている中国空母艦隊とは別にかね」

「はい、別にです。朝鮮半島へ派遣した空母艦隊の空母『遼寧』は、ロシアから購入した旧型空母ワリヤーグを中国独自に改良し、攻撃型空母に仕立てたもので、まだ訓練用の空母です。空母艦隊というよりも、初心者マークを付けた空母練習艦隊と言っていいでしょう。だからといって、空母『遼寧』の実力を侮ることはできませんが、ロシアの軍事技術思想に中国の軍事技術思想を接木したもので、どこかちぐはぐなところがあり、その分、戦闘能力は減退すると思われます」

「なるほど。では、今度沖縄に登場した空母艦隊は、本格空母艦隊というわけか」

「その通りです。空母練習艦隊で十分に訓練を積んだ要員たちが搭乗し、今度の空母艦隊を運用しています」

戸田副総理が不安げな顔で訊いた。

「その空母艦隊は、どういう編制になっているのだね？」

「新たな空母打撃群は中国国産の空母二隻を中心にし、新型駆逐艦四隻、フリゲート四隻、艦隊支援艦二隻、さらに攻撃原潜四隻から編制されていると見られます」

「ほう、かなり大規模な大艦隊だな」

河井首相が唸るのを見て、戸田副総理が笑いながら言った。

「いや、これぐらいの空母艦隊だったら、我が国の海上自衛隊の自衛艦隊で十分に対応できるでしょう」

千田委員もうなずいて応じた。

「そうですね。私も海自の護衛艦隊で対応はできると思います。ですが、これは第一段階です」

「第一段階だと？」

「はい、中国は密かに、さらに四隻の空母を建造していると思われます。その四隻の空母をもとに、二隻ずつを擁する空母打撃群二個を造るつもりです。そうなれば『遼寧』空母艦隊を含めて、中国海軍は四個の空母艦隊を持つことになりましょう」

「ほほう、四つも艦隊を持つのかね」

河井首相と戸田副総理は、思わず顔を見合わせた。

「いま韓国沖に展開中の『遼寧』空母打撃群は黄海艦隊所属のものですが、将来的にはこれが戦術予備となる。黄海艦隊、東海艦隊、南海艦隊が、それぞれ二個ずつの空母打撃群を持つことになるでしょう。これにより、黄海艦隊の空母艦隊は対日および東シナ海を、東海艦隊の空母艦隊が主に対米にあたり、東太平洋を担当する。そして、南海艦隊の空母艦隊が、南シナ海から遠くインド洋まで遠征するということになるかと思います。これは海のシルクロード戦略です」

戸田副総理と河井首相は、苦笑いしながら口々に言った。

「海洋大戦略だな」

「まったく。それで世界に君臨しようというのですな」

松平孝俊がうなずいて口を開いた。

「大筋では千田委員の言う通りなのですが、それはまだ先の話です。中国はこれまで空母艦隊を運用した経験がない。つまり実戦経験がないので、今回も恐る恐る空母艦隊を出していると見ていいでしょう」

「それは、どういう根拠に基づいて言っているのかね」

河井首相は訝りながら訊いた。

「中国は第一列島線ぎりぎりまで空母艦隊を出して、様子を見ているのです。もし自信があれば、一気に艦隊を琉球諸島に向かわせ、宮古、石垣、与那国などだけでなく、沖縄本島の占領を行ったでしょう。沖縄本島からアメリカ軍は撤退しているのですから、自衛隊しかおらず、手薄になっている。それなのに、離島の占領しかしないのは、空母打撃群の運用の自信がまだない。アメリカの出方を窺っていると考えていいでしょう」

「ほほう」

「アメリカもずるい。アメリカは中国軍の実力がどの程度のものか、様子を窺っていると言っていいでしょう」

「何だって？」

「なぜ中国艦隊が、第一列島線からあまり出ようとしないのかおわかりですか」

「補給線が伸びるからではないですか？」

「もちろん、それもあります。だが、それ以上に、中国海軍は戦略として、沿岸防衛力を前提にした空母艦隊の運用を企図しているのです。それが自信のない証拠なんです」

「沿岸防衛力？」

河井首相は、思わず顔をしかめた。

「中国は以前の台湾危機で懲《こ》りているのです。覚えておられますか？　一九九六年、中国は本気になって台湾に軍事圧力をかけた。その時、アメリカは二隻の空母からなる打撃群を台湾海峡や周辺海域に接近させ、中国の武力行使を牽制した。結果として、中国は沿岸でアメリカ海軍の軍事圧力を跳ね返す力がなかった。それに懲りて、中国は『接近阻止・領域拒否』能力を高める戦略を採るようになったのです」

「『接近阻止・領域拒否』能力というのは何かね？」

「中国が採用している戦略です。その後、中国は沿岸に接近する他国の艦隊を撃ち払う対艦弾道ミサイルや潜水艦の開発を急いだのです。沿岸に近寄る敵を寄せつけない……つまり『接近阻止』です」

「ふむ、なるほど」

「中国が開発した地上発射巡航ミサイルSS—N—27の射程は、およそ三〇〇キロメートル。これで、ほぼ沿岸三〇〇キロメートルに接近した敵艦隊を撃破できます」

松平孝俊はディスプレイに、沿岸から三〇〇キロメートルの線を表示させた。

「おう、三〇〇キロ圏内には、台湾全島がすっぽり入ってしまうな」

「こうした領域を守るために、さらに中国で開発されたのが、短距離弾道ミサイル改良型のDF‐15です。射程はおよそ八〇〇キロメートル。これが第一列島線外縁をカバーすると言っていいでしょう。こちらなら、十分に台湾も射程内になる」

「ううむ、台湾解放を考えてのことか」

河井首相が頭を振るのを見て、松平孝俊は話を続けた。

「中国としてはまだ台湾を解放していないが、実質的に支配下に置いたという示威行動でもあるのです。再び台湾危機が起こった場合、アメリカが空母艦隊を台湾の周辺海域に送ろうとしても、今度はそれを撃退する打撃力を持っているという意志表示なのです。つまり、これが『接近阻止』というわけです」

「なるほど……」

「中国軍が石垣、与那国など台湾の東の海域を支配下に置いたのも、対日だけでなく、台湾を全包囲するための布石でありましょう。しかし、これだけでは中国政府は満足しない。何しろ、中国は台湾だけでなく、それに連なる琉球諸島も自国領だったと主張しているのですから。それから日本海溝までの大陸棚は、中国の経済水域だとも考えています」

「欲張っているなあ」

河井首相は、深い溜め息をついた。

「そこで、もうひとつ。中国は日本海溝までの大陸棚の権益を確保し、領域への立ち入りを阻むために『領域拒否』政策を取っています」

松平孝俊はディスプレイを指差しながら説明した。

「この領域拒否政策を裏づけるものとして、中国が開発したのが、射程一二〇〇海里（約二二五〇キロメートル）の空母キラーです」

「空母キラー？　それは何なのだ？」

「対艦弾道ミサイルASBMです。ASBMは中距離弾道ミサイルDF - 21Dを改造したもので、沿岸から一五〇〇キロメートル以上離れた洋上の空母を攻撃できるミサイルです」

「中国の中距離弾道ミサイルは、命中率といい、そんなに性能がいいのか?」

「よくなりました。とくに中国は宇宙開発に乗り出したことで、飛躍的にその能力を高めています。ミサイルを空母に命中させるといっても、とりあえず空母の近くの上空で爆発できればそれでいい。爆発物が空母を沈めなくても、甲板や艦橋を破壊して機能不全にすればいいのです」

「ううむ、なるほど」

「アメリカ国防総省は、中国がこのASBMの運用能力を保持したと見ています。そのために、中国はまず琉球諸島の占領に踏み切ったと考えているのです。中国がいう第二列島線というのは、その対艦弾道ミサイルの射程とほぼ一致します」

「ほほう……」

河井首相と戸田副総理は、感心したようにうなずいた。

「そういうことですから、アメリカは口ではいろいろ言うが、今度の事態に空母艦隊を出してまで、日本を支援しようとは考えていないと言っていいでしょう」

会議室は重苦しい空気に包まれ、出席者たちは一様に黙った。

「では、我が国はどうしたらいいのか？」

河井首相は松平孝俊に訊いた。

「方法はひとつです」

松平孝俊は不敵な笑みを浮かべた。

「日本はアメリカをあてにせず、独自の対中国戦略を展開するしかない」

「勝つあてはあるのかね」

「勝ち負けは勝負の運。どの道、我が国は前に進むしかほかに道はないでしょう。中国に勝つことはできなくても、負けない方法はあります」

「それは何かね？」

河井首相と戸田副総理は、同時に身を乗り出した。

三

在北京日本大使館武官の下桐勇次《しもぎりゆうじ》２佐はメールを受けると、直ちに田中陸曹長とともに行動を開始した。

二人はパソコンにある重要な機密情報をすべて消去し、本部との交信記録も消去処分にした。暗号ソフトのディスクも、本部から送ってきた書類も、すべて焼却処分に回す。

金属製の塵罐《ちりかん》に書類を入れ、ライターで火を点けた。めらめらと青白い炎が上がる。

大使館前の通りには、いつになく公安の数が多い。装甲車が二台も現れた。

「下桐さん、大使がお呼びです」

3等理事官の佐藤が、ドアを開いて言った。

「すぐ行く。田中、後を任せていいか」

「了解」

下桐2佐は田中陸曹長に残りの処分を任せ、急いで階段を駆け上がり、三階の大使室に走り込んだ。

「大使、何でしょう?」

鯨岡《くじらおか》大使は机の後ろの肘掛け椅子にどっかりと座り、スコッチのグラスを傾けていた。

「どうやら、君の言う通りらしいな。政府高官から通告が入った。まもなく、国家安全部が大使館に乗り込んで来るそうだ」

「そうですか……」

「どうだ、一杯やらんか」

「はい」

鯨岡はマッカランの一八年ものを、もう一つのグラスになみなみと注いだ。

下桐2佐は机に近づくと、グラスを受け取った。

「乾杯しよう」

「大使、何に乾杯するのですか？」

「そうだな。この国の民主主義の死を悼《いた》んでとしよう」

「はい。乾杯」

下桐2佐はグラスを口につけ、一気に飲んだ。苦い酒精だった。

卓上のインターコムが鳴り、大使がボタンを押した。

『大使閣下、国家安全部の……』

警備員の声が、途中で切れた。

階下でガラスが割れる音が響き、次いで中国語で喚く声が聞こえた。

階段を駆け上がる靴音が響いてくる。

「来ましたな」

「うむ」

下桐2佐は机の下に設置したスイッチを入れた。

鯨岡はマッカランを、下桐2佐と自分のグラスに注いだ。

ドアが勢いよく開き、制服の公安たちと一緒に私服の男たちが現れた。

「おう、大使閣下、それに武官の下桐大佐。ご機嫌はいかがかな」

「あまりご機嫌は麗しくないですな。ところで、趙《チャオ》大佐。私を勝手に昇進させても困るのだが。まだ自分は2佐でしてね。あなたたちの階級でいえば、まだ中佐ですよ」

「そうでしたか。では下桐中佐、貴官をスパイ容疑で逮捕連行しようと思うのだが、温和《おとな》しくご同行願えますかな」

「趙大佐、外交特権はご存じでしょうな。武官には被逮捕特権があるのだが」

下桐2佐は苦々しい口調で言った。

「あいにく我が国では、そのような特権は認めておらぬのでね」

鯨岡大使は皮肉な笑みを浮かべて応じた。

「ほう、常々中国は国際法を遵守すると国際社会で公言してきたが、それは嘘だと仰るのかな」

「そんなことは、我々は言っていない。外務部とは違いましてね、我々は自らの判断で動くことが許されている」

趙大佐はにんまり笑うと、さらに話を続けた。

「大使閣下は、公然と我が国の内部で国家転覆罪に触れるようなことをなさっていた。そのことについて、説明していただこうと思っております」

下桐２佐は趙大佐を睨みつけて言った。

「あなたたちがこれからやろうとしていることが、どれほど国際法に反しているのか、後からわかっても遅いですぞ」

「それは結構ですな。我々は何も困ることはない」

「そうですかな。この不当逮捕の様子が、インターネットで全世界に流されていてもですか」

下桐２佐は机の上にあったパソコンのディスプレイを趙大佐に見せた。

そこには趙大佐とその部下たちが、鯨岡大使や下桐２佐を恫喝《どうかつ》している様子が映っていた。

「…………」

趙大佐は慌てて周りを見回し、隠しカメラを探した。部下たちもディスプレイの光景から、カメラの位置を特定しようと、きょろきょろしている。

趙大佐はディスプレイからカメラの位置を割り出し、急いで指差した。部下たちが壁に掛かった風景画を叩き落とした。

「無駄ですな」

画像が変わり、絵画を叩き落としている公安たちの姿を、別の角度のカメラが捉えていた。

「あれだ！」

趙大佐がカメラを指差した途端、さらに別の角度から撮影するカメラが、その姿を捉えていた。

突然、画面が変わり、最初に趙大佐たちが部屋に入ってくる光景に戻った。そこで、趙大佐と下桐2佐や鯨岡大使のやりとりが繰り返されていく。

趙大佐は顔色を変え、部下を怒鳴りつけると、本部に連絡して、ネットを遮断するように命じた。

「趙大佐、もう遅いですぞ。いまの映像はすでに衛星を経由して、全世界にばらまかれた。誰でも自由に、その情報にアクセスすることができる。ここで行われている暴挙は、リアルタイムで世界へ流れているのですからな」

鯨岡大使が不敵に笑うと、趙大佐の携帯電話の呼び出し音が鳴り響いた。

趙大佐はおもむろに、携帯電話を耳にあてた。

「長官……」

趙大佐は姿勢を正し、短く何度も返事をすると、苦々しい顔で携帯電話を切った。

「引き揚げだ」

趙大佐は部下たちに命じた。

「我々を逮捕しないのですかな」

下桐２佐が訊くと、趙大佐は低い声で言った。

「よくも我々を罠にかけたな。このことは決して忘れないからな」

「この発言も放映されていることを知って、話しているのですか」

趙大佐は下桐２佐と鯨岡大使を睨みつけると、踵《きびす》を返して引き揚げて行った。

入れ替わるように、田中陸曹長が階段を駆け上がって来た。

「ご無事でしたか」

「うむ。大丈夫だ。何か押収された物はあったか？」

下桐２佐は机の下のスイッチを切りながら言った。

鯨岡大使はほっとした顔になったが、すぐに深い溜め息をついた。

「いえ、何も」

「しかし、これですむとは思えぬな」

「たしかに。今日は何とかしのぎましたが、これから様々な嫌がらせをしてくるでしょう」

下桐2佐が応えると、いきなり卓上電話が鳴り響いた。

受話器を取って耳にあてた下桐2佐は、すぐに鯨岡に手渡した。

「大使閣下へです」

「誰からかね?」

「ディープスロウト『中南海』からです」

下桐2佐は、にやりと笑った。

中南海は中国共産党中央委員会のある場所だ。秘匿名『中南海』は、党中央に潜む協力者である。

鯨岡大使は盗聴防止のスクランブルが掛かっているのをたしかめてから、受話器を耳にあてた。

「はい。鯨岡です」

『大使閣下には、我が国の国家安全部や公安機関が、大変申し訳ないことをした。お詫び申し上げたい』

「もう情報が入ってましたか。早いですな」

『事前にご連絡しようと思ったのですが、それではトップの情報が漏れていると問題になりますからな。用心のために言わなかったのです』

「そうでしたか。ネットをご覧になっていたのかと思いました」

『ああ、ネットの映像も部下から言われて見ました。そのため、こうして電話をした次第です』

「閣下、中国はどこまでやるつもりなのですかね？」

『いま上での意見が割れています。対日強硬派と対外協調派が、真っ向からぶつかっている状態でしてね。対日強硬派はアメリカ軍が出て来ないうちに、沖縄列島を占領実効支配せよと言い、対外協調派は朝鮮半島情勢や南シナ海情勢を考慮して、ここは沖縄の半分を帰属させることで我慢した方がいい、と主張しているのです』

「どちらに傾きそうですか？」

『対日強硬派の方が勢いがありますな』

鯨岡大使は顔をしかめると、電話の相手に訊ねた。

「もし日本が反撃したら、どうなりますかね」

『対日強硬派は、ともあれ日本と一戦を交えると言って引かぬでしょう。中国はもう一度日本と戦い、過去の歴史の恥辱を晴らしたいのです。日本が強いとわかれば、少しは薬になるかもしれませんが』

「なるほど。ところで、中国はこのまま戦争が拡大すれば、全面戦争になることを覚悟しているのでしょうか？」

『総参謀部は、そこまでは考えておらぬでしょう。準備もしていない。ですが、もし我が国の軍が負け、日本軍が大陸を再侵略するような事態になると見たら、全面戦争になるでしょう』

鯨岡大使は、大きく首を振った。

「日本に大陸侵略の意図はまったくありません。その国力もないし、メリットもない」

『我が国の人民は過去の辛酸《しんさん》を忘れないので、いくら日本が口でそう言っても信じないでしょうな。残念だが、そういう遅れた民族意識を利用して、国を動かそうとする連中がいるのです。その連中が日本との戦争を扇動すると、どうなるかわかりません』

「その人たちというのは？」

『上海派に支援された習近平《シー・チンピン》主席と、その側近の劉源《リユウ・ユエン》、秦衛江《チン・ウエイチアン》といった太子党《タイズーダン》の連中です。彼ら冒険主義者たちの言動に、注意しておくといい』

「わかりました」

『では、いずれまた』

電話が切れ、鯨岡大使は肘掛け椅子にどっかりと座った。

（太子党か……）

この国は、革命元勲《げんくん》の息子たちに食い物にされている。

習近平主席からして、父親は革命元勲で、副首相の習仲勲《ヂョンシユン》の息子である。しかし、習仲勲は彭徳懐《ポン・ドーフアイ》将軍の側近であったため、毛沢東《マオ・ツオートン》に睨まれて失脚した。

政治局常任委員で総装備部部長の劉源は、やはり文革で毛沢東に失脚させられた劉少奇《シヤオチー》国家主席の息子である。

軍事委員で総参謀部部長の秦衛江の父親秦基偉《ジーウエイ》は元国防相で、鄧小平《ダン・シヤオピン》の側近だった。

その背後には、故江沢民《チアン・ツオーミン》の右腕曽慶紅《ゾン・チンホン》を中心とした上海派がついている。

彼らは対日強硬派で軍部と深く結びついており、なおかつ台頭する中国軍産複合体の支援を受けているグループなのだ。

受話器を置いた鯨岡大使に、下桐2佐が問いかけた。

「どうしました？　何かいい情報でも入りましたか」

鯨岡はグラスを傾けながら言った。

「今度の沖縄侵攻作戦は、太子党と利権集団の上海派主導による策動だ。国際協調派の団派は冷ややかに見ているらしい」

「やはりそうですか」

江沢民―曽慶紅系の上海派に対して、胡錦濤《フー・チンタオ》前国家主席―温家宝《ウエン・チアバオ》首相系の共産主義青年団出身派、いわゆる団派の権力争いは、結局、習近平主席を誕生させた上海派の勝利に終わった。

だが、団派の力がなくなったわけではない。依然として、上海派に対抗するくらいの力は残っている。

いままでは、派手なポピュリズム路線の政治局委員の薄熙来《ボー・シーライ》や王岐山《ワン・チーシャン》らが中間派として台頭はしているものの、まだ力不足だった。

「軍は習近平主席を支持するのでしょうか？」

下桐2佐が訊ねると、鯨岡大使は頭を振った。

「さあ、わからないぞ。〝中南海〟の話では、一応、習近平主席も劉源も軍部の受けはいいが、軍が彼らに絶対の忠誠を誓っているかどうかはわからないそうだ。軍部のある者は、特権階級である太子党に反感を抱いている。革命元勲の子孫だからといって、地位や軍歴は世襲されないからな」

「軍部の離反もあるというのですね」

「うむ。だが、それも考えものかもしれない。太子党に反感を抱く連中の多くは、共産党の若手理想主義者たちだ。毛沢東思想を信奉している極左冒険主義者が多い。彼らは原理主義者で、真の共産社会を目指している。純粋だが、その半面融通が利かない。徹底した反日思想の持ち主たちだ。彼らが政権を握ったら、中国は昔のような過激な共産国家へ逆戻りしかねないからな」

「そうですね。共産主義の原理原則を主張する革命派は、沿岸部の経済発展に眉をひそめ、内陸部の貧しい農民や労働者に同情しています。上海派のように、経済発展した地域の共産党員を信じていない。中国にもう一度革命が起こり、彼らが政治の実権を握ったら、中国はかなり危険な国家になるでしょう」

その時、窓のカーテンの陰から外を窺っていた田中陸曹長が言った。

「下桐2佐、監視部隊が増強された模様です。装甲車がさらに二台増えました」

下桐2佐は鯨岡大使を見て言った。

「閣下、我々はこの大使館に、しばらく籠城《ろうじょう》することになりましょうな」

「そうだな。食糧と酒の備蓄は、どのくらいあるかな」

「酒はどうかわかりませんが、たしか食糧は、全職員が三ヵ月ほど籠城するくらいの備蓄はあるはずです。こんな日が、いつかくるであろうと想定していましたから」

「そうか。家族を早めに国へ帰しておいてよかった」

鯨岡大使が安堵の息をついた直後に、ドアにノックがあった。

「どうぞ」

ドアが開き、近藤《こんどう》書記官が入ってきた。

「大使閣下、本省から公電が入りました」

「どれ」

鯨岡大使は近藤書記官から公電を受け取った。

『極秘至急』という朱文字が入っている。

鯨岡大使はじっくりと公電に見入った。

下桐2佐は大使が口を開くのを待っていたが、それはかなり長い時間のように思われた。

「近藤書記官、直ちに中国外務部へ連絡してくれ。これから至急に、外務大臣にお目にかかりたいと」

「かしこまりました」

近藤書記官は、急いで部屋を出て行った。

「何か重要な決定がなされたのですか?」

「政府は抗議のために、中国から大使の引き揚げを決めた。外相に政府からの抗議文を手渡さねばならない」

「大使引き揚げですか……」

下桐２佐は顔をしかめた。大使引き揚げは、国交断絶の一歩手前である。

いよいよそこまできたかと、下桐勇次２佐は腹を括《くく》った。

四

台北《タイペイ》、０９００時。

中華民国国防省の玄関前に、一台の黒塗りのベンツが滑り込んだ。

玄関先に立った衛兵たちが、一斉に捧げ筒をした。

玄関で待っていた制服の参謀中佐がにこやかな笑みを浮かべ、ベンツのドアを開いた。

「ようこそ、大隈《おおくま》先生」

「どうも、お久しぶりです」

「呂《ルー》国防相や張《チャン》総参謀長がお待ちです。さ、どうぞ」

「では」

大隈省三《しょうぞう》は背広の衿《えり》を正し、参謀中佐の後について、国防省のロビーに入って行った。

広いロビーは受付の係員以外に人影はなく、森閑《しんかん》としている。

二人はエレベーターに乗り込み、四階に上がった。

「東京は、いまごろ大騒ぎなのでしょうな」

参謀中佐は流暢な日本語で言った。

「てんやわんやです。たまたま私がこちらにいたから訓令を受け、こうして駆けつけて相談できるが、誰もいなかったらどうするつもりだったのか」

大隈は思わず愚痴をこぼした。

台湾には日本政府の公式の出先機関はないことになっている。

日本は田中角栄時代に、中国はひとつと認めて国交を回復、大陸の北京政府を承認した。それに従い、自動的に台湾の中華民国と外交を断ち、今日に至っている。

とはいえ、台湾を実効支配している中華民国を認めないわけにもいかない。

そのため、民間団体である日台交流協会の台北事務所が外務省の出先機関を代行し、渡航手続きや貿易取引の事務手続きを行っていた。

だが、外務省の正式な大使館ではないので、日本政府の意向を伝えたり、政治的な交渉を行う点で不具合なことが多い。

（まして、このような非常時においては……）

大隈は深い溜め息をついた。

二人はエレベーターを降り、赤い絨毯を敷き詰めた廊下を歩いた。

警備兵が二人に敬礼した。参謀中佐は軽く答礼して、正面のドアの前に立ち、ノックをした。

中から返事があり、ドアが開いた。秘書官が二人を中に招き入れた。

部屋には恰幅《かっぷく》のいい紳士と四星を付けた将軍、空軍と海軍の制服姿の参謀たちが控えていた。

恰幅のいい紳士をはじめ、皆が一斉に立ち上がった。

参謀中佐は静かな口調で言った。

「ご紹介します。こちらが日本の国家戦略局参事官の大隈先生です」

「どうぞよろしく」

大隈は一礼した。恰幅のいい紳士がにこやかに笑い、握手をするために手を伸ばした。

「大隈先生、私は以前、何度かお目にかかっておりますな。この度、国防大臣に就任した呂雄善《ショヨンシャン》です」

「呂先生、新大臣就任おめでとうございます」

大隈は呂国防相としっかり握手を交わした。

「こちらが、総参謀長の張大将、空軍参謀長の林《リン》中将、海軍作戦部長の明《ミン》中将です」

大隈は将軍たちと握手すると、流暢な北京語で皆に詫びた。

「突然にお呼び立てして、申し訳ありません。状況が状況なので」

呂国防相が笑みを湛えながら言った。

「いえ、こちらこそ、日本が国家の危機をどのように乗り切るつもりなのか、ぜひ大隈先生に伺おうと思って参集したところです」

「ありがとうございます」

「ところで、インターネットで見ましたよ。在北京日本大使館に、中国の国家安全部が外交特権を無視して乗り込んで、大使や武官を逮捕しようとする動画を。中国は人の目がなければ、何をしでかすかわからない。それを如実《にょじつ》に示した事件でしたな」

「そうなんです。事態は逼迫《ひっぱく》しております」

大隈は一同を見回すと、呂国防を見て言った。

「本日、私は河井首相の名代として、こちらへまいっております。それというのも、台湾と日本は一衣帯水《いちいたいすい》の間柄にあり、昔から関係が深かった。一時、台湾を殖民地にしたような不幸な時代もありましたが、その後、日本と貴国は、おおむね良好な友好関係を築いてこれたと思っております」

「まさにその通りです」

「現在、両国の共通の敵は、中国と言っていいでしょう。中国は沖縄を支配下に収めたら、必ずや次は台湾併合を考えるに違いない。その目的もあって、与那国を占領したのでしょう」

呂国防相はうなずくと、真顔で言った。

「大隈先生、我々の認識も同じです。与那国を中国に占領されると、我が国は海峡を挟んだ対岸からだけでなく、背後からも撃たれることになる。与那国と我が国の東海岸の距離は、わずか一〇〇キロメートルほどしかない。そこに中国軍の橋頭堡を造られては、我が国としてはたいへん辛い状態になります」

海軍作戦部長の明中将が大隈に訊いた。

「なぜ日本は、与那国や石垣島などを中国軍に占領された時に反撃しなかったのですか？　反撃していれば、いまのような状態にはならなかったはずですが」

「明部長、貴官の仰る通りです。反撃できなかったのは、まだ中国と戦争をする準備がまったく整っていなかったせいなのです」

「馬鹿な。あのような堂々たる護衛艦隊を備えた海上自衛隊がありながら、準備ができていないとはとても思えません」

空軍参謀長の林中将が、頭を左右に振りながら言った。

「明部長の言う通りです。もし海上自衛隊が動けなかったとしても、航空自衛隊がいたではないですか。我が空軍よりも最新鋭の戦闘機や攻撃機を保有する空自が、中国軍の侵攻を許さなかったら、戦況はまるで変わっていたはずです」

「皆さんのご批判はもっともなことです。私もそう思います。日本はいま、たしかに後手に回っております。だが、必ずや近いうちに反撃をするでしょう。それも中国軍の補給態勢が脆弱《ぜいじゃく》なうちに、打撃を与えるはずです」

「そう願いたいですな。必要ならば、我が軍がお手伝いするが」

総参謀長の張大将が口を開くと、大隈はうなずいた。

「先ほど言い忘れたのですが、我々が準備をできなかった一番の理由は、中国がどこまでやるつもりなのか、まだ読み切れなかったからです」

「といいますと？」

「中国は第二砲兵による核攻撃をしかけてくるのではないかという懸念があったからです。その対処なしに戦いはできぬと」

「二番目の理由は何です？」

「第二には、アメリカの傘は有効か否か、つまり戦争になったらアメリカは日本を助けてくれるか否か。アメリカの核をあてにできるかが読めなかったからです」

「お互い核を所有しない国の悲哀ですな。我が国も核を持っていないですから、そのことはよくわかる」

呂国防相が自嘲気味な笑いを浮かべた。

「我が日本は世界で唯一の被爆国です。核兵器など決して持たないと、国民は思っている。福島原発事故もそうでしたが、核の恐ろしさを十分過ぎるほどに知っているのだからこそ、日本は核を持つわけにはいかないのです」

「なるほど、たしかにそうですな」

「ところで、呂国防相は我が国の松平孝俊氏と親しい間柄だとお聞きしましたが」

大隈が改めて問いかけると、呂国防相は大きくうなずいた。

「ええ。松平孝俊先生はハーバードの戦略研究所で一緒に研究した同志ですから、よく知っています。お互い多少意見は違うが、なかなかの好敵手でしたな」

「松平委員はこの度、日本の国家戦略局の上級委員に就任されたのです」

「ほう、それはいいことです。彼の英知を放っておくのはもったいない」

「実はその松平委員から私に、至急に呂国防相閣下にお会いして、相談するようにとの指示があったのです」

「ほう、そうでしたか」

「私が指示された任務は、二つあります。ひとつは、我が国と台湾の間で、秘密の相互防衛軍事協定を結ぶことができないかという打診です」

大隈の提案を聞き、総参謀長の張大将たちがどよめいた。

「松平先生が、そう言ったのですかな？」

「はい」

「ははは。それは、かつて私が主張していたことだ。日本は『中国はひとつ』という立場を取っているので、松平先生は中国を刺激するような、そんな秘密協定は結べないと反論していたのだが」

「おそらく、宗旨《しゅうし》を変えたのでしょう。松平委員も、その提案をしたら、きっと呂先生は驚かれるだろうと私に言っていました」

「いまの日本政府に、そのような秘密の軍事協定を結ぶことができるのですか？」

「はい、中国から直接的な脅威を受けているいまだからこそできるのです」

呂国防相は頭を横に振って言った。

「むしろ、我が国の方が無理かもしれませんな。いまの野党がそうであるように、我が国には中国に併合されることを望む勢力もかなり多い。わざわざ侵略を受けている日本と軍事協定を結び、戦争に巻き込まれる道を選ぶべきではないと反対する向きも多いでしょう。そうした意見は、現政府内部にもある」

「わかります。ですが、中国が沖縄を占拠した後、南シナ海で南沙、西沙《シーシャー》諸島の領有権を確立する事態になったら、台湾は四面楚歌の状態になりましょう。中国の最大の狙いは、貴国台湾を自国領に併合することです。その台湾包囲網を打破すべき楔《くさび》を打ち込むことなしに、貴国の未来はないと思うのですが」

「つまり台湾の未来を、日本に託せと仰るのですかな」

「いや、あくまで台湾の運命は台湾の方々がお決めになることで、日本に託せとは申しません。台湾はどこの従属国でもない独立国です。台湾が独立を求めるならば、我が国と一緒に進む道はある。日本と台湾の共通の敵が中国だとすれば、秘密裏に共闘するのが得策だと申し上げているだけです」

「ううむ」

呂国防相は考え込み、張総参謀長たちと顔を見合わせた。

「それで、大隈先生が松平先生から指示された、もうひとつの任務とは何なのですかな？」

呂国防相が改めて問うと、大隈はうなずいた。

「それは、呂先生にお訊ねすればいいと、松平委員は言っておりました」

「ほう、何のことでしょう？」

「松平委員は、それは呂先生の研究テーマだと言っておりました。二〇年前に、核非保有国の非核防衛戦略について、呂先生は研究論文を発表されたことがあったと。

それを、いま台湾で実行なさっているのではないかと。その内容を伺い、我が国も取り入れたいというのです」

「ははは。松平先生はそんなことを仰っておられるのですか」

呂国防相は笑いながらも、満足そうにうなずいた。

「いかがですか？」

「松平先生のご推察通りだと申し上げておきましょう」

「呂先生は研究論文で、核大国の核兵器に対抗する手段は、サイバー攻撃しかないと仰っておられるとお聞きしましたが」

「その通りです。我が国は中国の軍事力に対抗するだけでは、独立を守ることはできないと思っています。小さな領土である台湾に、ミサイルを雨あられと撃ち込まれたら、迎撃ミサイルだけではとても防ぎきれません。我が台湾が独立を守るためには、サイバー攻撃で勝つしかないと信じています。そのため、我が国はサイバー戦争に万全を期しているといっていい」

「松平委員も、呂先生の考えに賛同しています」

「そうですか。以前は違うと仰っておられたが」

「中国が沖縄侵攻を開始し、状況が変わったため、松平委員は自らの意見を変えたと言っておりました。我が日本も狭い国土ですから、中国からミサイルを次々と撃ち込まれればお手上げです。核ミサイルなら、数発で日本は壊滅するでしょう。そうさせないためには、呂先生のサイバー戦略を採用するしかないと話していました」

「気がついていただいたのであれば、うれしく思います」

松平がようやく自分の考えを理解してくれたと知り、呂国防相は満足げだった。

「これは我が国からの正式な提案ですが、そのサイバー戦争を日本と共闘しませんか。そのための人材養成、ハード、ソフト両面での協力関係を結び、中国に対抗するのです」

「なるほど。それはいい考えですな」

「実は松平委員の指示で、別のスタッフがすでにインドやアメリカに飛び、対中サイバー戦争に備えて、秘密軍事協定を結ぼうと提案をしているところです。ぜひ台湾にも、そうしたサイバー同盟の輪に加わってほしいのですが、いかがでしょう?」

呂国防相は総参謀長や空軍参謀長、海軍作戦部長と顔を見合わせ、互いにうなずきあった。

「わかりました。私も総参謀長も賛成です。秘密軍事協定を結ぶ方向で、すぐに検討しましょう」

「ありがたい。そうなると、話は早い」

「我が国としても、沖縄が中国軍の手に落ちたら、国家存亡の危機です。何としても日本に勝ってもらわねばなりません。そのためなら、全面的に支援しましょう」

呂国防相と大隈は、がっしりと手を握り合った。

「では、大隈先生、どんな支援を行えばいいか、話を詰めたいと思うのですが」

「本日夕方までには、自衛隊のサイバー担当チームがこちらに入ります。実務的なことは、彼らと話し合っていただきましょう」

「結構です。では、到着の便さえわかれば、迎えを出しましょう」

呂国防相は満面の笑みを湛えて言った。

五

首相補佐官大門和人はコーヒーを啜りながら、国家戦略局（ＮＳＡ）の窓から霞が関のビル街の谷間に差し込んでくる朝日に目をやった。

国家戦略局は官邸の一角に設置され、危機管理センターといつでも行き来できるようになっている。

国家戦略局別室は官邸の三階に設置され、常時、座長の児玉敬夫以下、松平孝俊、千田靖夫、山川泰山、来島広子、小笠原三千雄の個室が並んでいた。

彼らはいつでも話し合いができるように、当分の間、別室に詰めて共同生活をしてもらうことになっている。

大門が河井首相から国家戦略局担当の参事官に抜擢されたのは、もともと外務官僚だったが防衛省に長年出向し、日本の防衛問題に詳しく、自衛隊にも広く人脈を持っていたためであった。

新しく委員に就任した松平孝俊にせよ、座長の児玉敬夫、委員の千田靖夫も、すべて大門の推薦で河井首相が抜擢した人材だった。

戦略会議は滞りなく終わり、いろいろな戦略的政策が打ち出された。それをいかに実行するかが、これから大門たちスタッフの腕の見せ所となる。

今回のような有事が起こることを想定し、河井首相の承認の下、大門はこれまで欧米諸国はもちろん、ロシアや中国国内、アジア全域、中東アフリカにまで、一年がかりで可能なかぎりの布石を打ってきた。

その成果を見せる時がきたのだ。

ドアにノックの音が響いた。大門が返事をすると、秘書官の島原《しまばら》まゆみが顔を出した。

「局長がお呼びです」

局長とは、戸田一誠副総理兼国家戦略局担当大臣のことである。戸田は河井首相の影武者のように、河井首相にはできないダークサイドの政策を担当していた。

「すぐ行く」

大門は机の上のノートパソコンを手に取り、島原の後を追った。

「今度、夕食でも一緒にどう？」

「忙しくて、そんな暇はないんでしょう」

島原まゆみは笑みを浮かべると、ちらっと大門を見た。

「いや、作る」

「前にも、そう仰っていたけど……」

「もう一度チャンスをくれ」

島原まゆみは何も言わず、戸田局長の部屋のドアを開けた。

「頼むよ」

大門は島原まゆみの耳もとでささやいた。

「考えておくわ」

大門は島原まゆみにウィンクすると、部屋に入った。

部屋には四人の男が控えていた。一人は防衛官僚、残る三人は陸海空三自衛隊の幕僚幹部だった。

「おう。ご苦労さん」

戸田局長は満面に笑みを浮かべて、大門を迎えた。

「こちらの人たちとは面識があるそうだな」

「はい」

大門が目礼すると、四人も会釈を返した。

「例の『暁《あかつき》』計画だが、今後はうちの管轄になるので、担当者たちに来てもらったのだ」

「なるほど」

大門はうなずくと、四人の顔を見回した。

秘匿名「暁」計画とは、日本の空母建造計画である。

空母建造については秘匿を要するうえに、将来の日本の国防を担う大計画であるため、歴代内閣が内閣機密費を運用して、着々と準備をしてきた。

先の連立内閣の時に、第八次防衛計画大綱《たいこう》を策定し、在日アメリカ軍の撤退に合わせて、密かに日本も空母を持つ外洋艦隊を保有することが決定され、国会でも大論議の末に承認可決されたのだ。

「本日、現状がどうなっているか、報告してもらうことになっている。君も情報統括責任者として、聞いておいてほしい」

「了解しました。では、よろしくお願いします」

大門が促すと、防衛省装備局長の大沢卓馬《おおさわたくま》が書類を手にしながら訊いた。

「『暁』計画については、ご承知なのでしょうか」

「いや、新聞に載った観測記事や噂話ぐらいしか知らないのですが」

「では、簡単に進行中の計画についてお話ししましょう。現在、我が国は密かに空母一隻を建造中です」

「うむ。呉《くれ》で建造している空母ですね」

「いえ、あれは『いずも』の改修型軽空母です。二万トン級ですからヘリ空母としては決して小さくはないが、本格空母ではない。言ってみれば、中国の目を誤魔化すダミーのようなものでして、中国があれに注目してくれれば時間稼ぎになる。我々は『いずも』とは別に、本格的攻撃型空母を建造中なのです」

「ほう……。それはいったいどこでですか？」

「それは秘匿中の秘匿事項なのですが、お教えしましょう。場所はフランスです」

「フランスで？」

「はい。マルセイユで建造中です。表向きはフランス海軍の空母ということで建造しており、わが国の空母とは発表していない。すでにほぼ完成し、先日には進水式も行われたところです」

「ほう、それは凄い」

大門が感心すると、戸田局長が勢い込んで言った。

「その空母は、すぐに運用できるのかね？」

「すぐには無理です。これから艤装《ぎそう》が行われ、航海試運転がなされます。それから乗組員たちの慣熟航海訓練が行われ、初めて運用できる状態になるのですから」

「それはそうだろうな」

戸田局長はうなずくと、肘掛け椅子にどっかりと腰を戻した。

大門は実に興味深げな顔で、大沢に訊ねた。

「本格空母というと、トン数は？」

「総排水量四万二〇〇〇トンです」

「まさか動力源は原子力では……」

「原子力ではありません。通常動力推進のＰＡ２です。原子力空母では、日本の国民の理解を得られないでしょうからね」

大沢はそう言うと、一枚の写真を戸田局長と大門の前に置いた。

写真にはドックで建造中の空母の船体と、進水式での空母の姿が写っていた。

「形としては『シャルル・ドゴール』に艦影が似ているな」

大門は顎《あご》を撫でた。海自幕僚幹部の杉勇次《すぎゆうじ》2佐が、大沢に代わって言った。

「ドックの寸法制限もあって四万二〇〇〇トンとなりましたが、ほぼ『シャルル・ドゴール』と同じくらいと言っていいでしょう。カタパルト二基と、舷側エレベーター二基を備えています。アイランドは空母としては珍しく、ステルス設計を採用しております。シャルルのいいところを取ったというところでしょうか」

「搭載機は？」

戸田が訊くと、空自幕僚幹部の橘稔《たちばなみのる》2佐が、航空機の写真を前に出した。

「ＳＴＯＬ型のＦ‐35Ｂを予定しています。フランス政府はシュベル・エタンダール戦闘攻撃機も離発着可能だからと、購入を迫っていますが……」

「空母の搭載機数は？」

「F‐35Bを三四機、ヘリコプター四機の予定です」

大門が訝しげな顔で問いかけた。

「多機能型の空母ではないのか？」

「一応計画当初には、ドック型輸送揚陸艦を兼ねた空母案も上がったのですが、さまざまな機能を加えると、スペースや人員の問題があり、やめにしました。やはり空母は空母だけで、揚陸艦は揚陸艦として、建造した方がいいということになったのです」

「そうだろうな……。ところで、主なスペックを聞かせてくれませんか」

杉2佐がうなずき、説明を始めた。

「先ほど言いました通り、満載排水量は四万二〇〇〇トン、基準排水量三万七〇〇〇トン。全長二六一メートル、幅三一メートル、飛行甲板最大幅六五メートル。それから、吃水《きっすい》一〇メートル、ガスタービン四基の四軸、出力二〇万馬力、速力三〇ノット。乗員は一九〇〇人。概要は以上ですね」

「艦名は何と付けるのかね？」

戸田局長の質問に、大沢が答えた。

「それは河井首相や真崎防衛相の了承を得ないとだめなのですが、一応『しなの』

はいかがかと」

「『しなの』か。太平洋戦争では、たしか事故で沈んだ船ではなかったかな」

「はい、それを新型空母として甦らせようというわけです」

大沢の説明を聞きながら、大門は頭を振った。

「なるほど。しかし、乗員一九〇〇人とは、かなりの数だな。それだけの人員を訓練するのは、容易ではないな」

空母一隻を運用するには、それなりの乗員の確保が必要になる。船を運転し、航海させる乗組員だけでなく、空母の場合は航空機の整備員やパイロット、兵装要員、誘導員、消火要員、救助要員など、さまざまな人員が要求されるのだ。

彼らを養成し、空母要員として慣熟させるには、どんなに短くとも三年以上の訓練が必要だった。

一朝一夕で、空母は運用できないのだ。

「はい。しかしこの数年、極秘裡にフランス海軍、アメリカ海軍、イギリス海軍に要員を派遣して、養成に努めてきました。日本でも『かが』などのヘリ空母を使って、要員を育成したので、彼らをすべて掻き集めれば、約五〇〇〇人は人員を確保できる見込みです」

「ほほう、五〇〇〇人もいるのか。空母二隻を動かせる人員ではないかね」

戸田局長が感心したように言うと、大沢が質問を投げかけた。

「『暁』計画が、昨年、大幅に修正されたことはご存じですか?」

「いや、知らないな」

「自分も知りません」

戸田局長と大門は、同時に否定した。

「そうでしょうね。これは極秘中の極秘事項ですから。実は、空母は一隻ではないのです」

「何だって? ほかにも建造しているというのかね」

戸田局長が驚いた声を出すと、大沢は頭を横に振った。

「いいえ、それではいまのような事態が起こった場合に間に合わないということで、もう一隻は既存の空母を購入したのです」

「購入した? どこから?」

「イギリスからです」

「何を買ったというのかね」

「『クィーン・エリザベス』級空母の二番艦です。イギリスが『インヴィンシブル』級の代替として建造した大型Ｖ／ＳＴＯＬ空母ですが、搭載を予定していたＦ‐35Ｂ戦闘機の開発費高騰で、二番艦『プリンス・オブ・ウェールズ』の運用を断念し、密かに売りに出したのです。それを我が国が購入したわけです」

「高かったろうな」

「いえ、空母一隻を建造するよりも、だいぶ経費は節減でき、三分の一ほどですみました。もっとも、その後、使い易いように改造しましたので、その分の費用はかかりましたが」

「そちらは、いつ運用できるのかね？」

「これも、すでに慣熟航海を開始できる段階です」

杉２佐が戸田局長と大門の前に、新たに大型Ｖ／ＳＴＯＬ空母の写真を出した。

「スペックは？」

「満載排水量は六万六〇〇〇トンです。特徴的なのは、ツイン・アイランド型でして、エンジンはガスタービンです」

杉２佐の説明を聞きながら、大門と戸田局長は写真に見入った。

アイランドが二本建つ艦影は特異だった。そのアイランドは、どちらもステルス設計になっている様子である。

　飛行甲板の一部には、スキージャンプ型が採用されている。

　陸自幕僚幹部の小板橋茂《こいたばししげる》2佐が、おもむろに口を開いた。

「実は、こちらには多任務艦としての機能が備わっていまして、格納庫に戦車や装甲車両を収容することができます。空母ではあるが、揚陸艦としても運用できるので、目下、どう運用できるのか、鋭意検討中なのです」

「すばらしい。この二隻の空母が日本に回航して、自衛艦隊の要《かなめ》となれば、鬼に金棒だ」

　戸田局長は目を輝かせ、称賛の声を上げたが、大沢は渋い顔で言った。

「しかし、まだ時間が必要です。とりわけ、空母艦載機のパイロットが足りない。F‐35Bの機数も不足しています。F‐35Bの機数を確保しながら、パイロットを至急養成しなければなりません」

「その目途は立っているのですか？」

　大門が訊ねると、大沢は頭を横に振った。

「空自のF‐15乗りをかなり引き抜いて、空母に回さねば間に合いません。中国は待ってくれませんからな」

「ううむ……」

「パイロットだけならともかく、整備員、空母要員の養成もやらねばならない。それを、この一年の間に行わなければいけません」

戸田局長はうなずくと、大沢に訊いた。

「なるほど。たしかに大変な作業ですな。ところで、その二隻の空母を、近いうちに日本へ回航させるわけですな」

「そうです」

「日本まで回航するには、どのくらいの日数がかかると？」

「スエズ運河回りなら、およそ二〇日ほど。ケープタウン回りだと、約三〇日だと思います」

大沢の返答を聞き、戸田局長は訝った。

「タンカーならば、もっと早いように思うが」

「日本へ回航するにあたり、どこかで護衛艦隊と合流する必要があります。空母単艦だけで行動したら、中国の潜水艦の格好の餌食《えじき》になる。それを避けながら、回航せねばなりません」

「艦隊で行動するとなると、さらに制約があるでしょうな」

大門が唸るように言うと、大沢はうなずいた。

「そうです。艦隊行動をするには、それなりの訓練が必要になる。つまり、さまざまな戦闘を想定して戦闘訓練をしながら艦隊行動し、日本まで回航するので、時間がかかるのです。ただ航海して、日本へ回航するのではありませんから」

「なるほど……」

「日本近海は、中国のミサイルの射程内ですから、回航したはいいが、すぐにミサイル攻撃を受けて沈没するということになったら、目もあてられませんからね」

杉2佐の話を聞いた大門は、首を傾げながら疑問を呈した。

「しかし、たとえ日本に回航したとしても、そんな速成要員で、中国空母艦隊と本格的に戦えるのですかね」

杉2佐は、にやりと不敵な笑みを浮かべた。

「我々も中国軍も、空母艦隊の運用に関しては、まだ若葉マークをつけた初心者です。どちらが勝《まさ》っているかは、日頃の訓練と習熟度、乗員の士気の高さ次第となりましょう。その点では、日本は決して中国海軍に負けることはない。そう信じています」

「なるほど、おおよその現状はわかりました。いまは現有の護衛艦で中国海軍と戦うが、いずれは空母艦隊で戦うことができるというわけですな」

　大沢は真剣な顔で言った。

「そのためにも、一日でも多く時間を稼いでほしいのです。まず先制攻撃で中国を叩き、しばらく動けないようにしてもらいたい。さらにいえば、中国諜報部の監視が厳しくなるので、空母艦隊の機密をどう守るかをＮＳＡの方でも考えてほしいのです」

「わかりました。全力を挙げて対策を練ります」

　大門が区切りをつけるように言うと、大沢は立ち上がった。

「お願いします。では、今後のことは、また後日、報告いたします」

　大沢に従うように、ほかの三人も一斉に席を立って敬礼した。

　大門と戸田局長は敬礼を返すと、引き揚げて行く四人を見送った。

「さあ、これからが我々国家戦略局の出番ということですな」

「うむ。頼りにしているぞ、大門」

　戸田局長の言葉に、大門は大きくうなずいた。

第三章 「暁」計画始動

一

沖縄・嘉手納《かでな》。

轟音を立てて、二機のF‐15J改イーグル戦闘機が滑走路を離陸して行った。

見る見るうちに、二機のイーグルは東の空に銀翼をきらめかせ、雲間に消えた。

一色尚也1尉はF‐15J改イーグルのキャノピーを上げ、誘導路にタキシングさせながら、飛び去るイーグルを見送った。

ねっとりとした風がコックピットに吹き寄せる。

一色1尉はヘルメットを脱ぎ、新鮮な空気を吸った。飛行服の下は汗でぐっしょりだった。

誘導員の旗の指示に従って、愛機を駐機場の所定の位置へ着け、エンジンを切った。

急に愛機は息を止めたようにおとなしくなる。

整備員の久保《くぼ》空曹が梯子をかけて、上ってきた。

「一色1尉、お疲れさまです。何か不具合はありませんでしたか？」

「特にない。すべてＡＯＫ《エイオーケー》」

一色1尉はシートベルトを外し、コックピットから軀を出した。

僚機の福田機もエプロンに止まり、エンジンを落とした。

今日一日、何度もスクランブルに飛び立っている。福田2尉も疲れ切った顔で、Ｆ‐15Ｊ改イーグルから下りてきた。

飛行中は神経が張り詰めているので、疲れや眠気は感じないが、夜間も眠らずに出撃しているので、かなり疲労は蓄積している。

一台のジープがエプロンに走り込み、運転席から千葉《ちば》3尉が敬礼した。

「一色1尉、お迎えに上がりました。福田2尉と一緒に、飛行司令のところへ出頭してください」

「飛行司令のところへ出頭だって？　何だろう？」

「さあ、自分にはわかりません」

千葉3尉はジープを福田2尉のもとへ走らせて、ピックアップした。千葉3尉は福田2尉に、同じことを告げた。

「おれたち、何かへまをしたかな?」

「いえ、そんなことはないと思いますが」

福田2尉は答えながら、肩をすくめた。

へまをしたといえば、中国空軍の戦闘機と何度となくドッグファイト寸前にまでいったことだろう。

相手からミサイルをロックオンされ、それを逃れて逆にロックオンをかけ、脅し返したぐらいなものだ。

一触即発。

いつまで、こんなことを繰り返しているというのか。

何度も極限の緊張状態を続けているうちに、いつしか慣れてしまい、シミュレーションか、ロールプレイング・ゲームをしているかのような感覚に陥ってしまう。

ジープは航空管制棟の前に滑り込んで止まった。

一色1尉と福田2尉を下ろすと、ジープは排気ガスを噴き上げながら走り去った。

二人は建物に入り、ヘルメットや気密服を脱いで、壁に掛けた。ロッカー室で汗ばんだシャツを脱いで、乾いたシャツに着替える。

福田2尉も疲労困憊《こんぱい》しているらしく、いつになく無口になっていた。

「行こうか」

一色は福田2尉が着替えを終えた頃合を見計らって、声をかけた。

飛行司令は管制室にいる。二人は駆け足で階段を駆け上り、ドアを開けて中に入った。

管制室は出撃している飛行隊と交信する声や電子音に満ちていた。

飛行司令の竹内《たけうち》1佐は腕組みをし、じっと状況表示板を睨んでいた。

先ほど、一色たちと交替して飛び立った松本3佐たちのエレメントは、すでに敵機編隊と邂逅《かいこう》し、相手よりも少しでもいい位置を取ろうとマヌーバリング飛行をしていた。

管制官が松本3佐としきりに交信している。

竹内飛行司令は、モニターから聞こえる交信に耳を傾けていた。

「飛行司令、お呼びでしょうか」

一色と福田2尉は、竹内飛行司令に揃って敬礼した。

「お、ご苦労さん」

竹内飛行司令は額に片手をあて、簡単に答礼した。

「疲れただろう。呼び出したのは、君たち二人に、航空総隊本部から転属命令がきていたからだ」

「転属ですって？」

「この非常事態に？　どうしてですか！」

一色と福田2尉は、思わず同時に叫ぶように訊ねた。

「私も困っているのだ」

「いったい自分たちが何をしたというのですか？　撤回してください」

「ちゃんと命令通りに挑発に乗らず、我慢に我慢を重ねてきたというのに」

二人が口々にまくし立てると、竹内飛行司令は手で制して言った。

「私も君たち二人は204飛に絶対に必要なパイロットだから、いま抜かれては困ると厳重に抗議したのだが、いかんせん、これはかなり上の決定らしいのだ」

「転属命令に従わなかったら、どうなるのですか？」

一色は気色ばんで訊いた。

「無茶を言うな。そんなことはわかっているだろう」

転属命令に従わなければ飛行任務を解かれ、地上勤務になる。それは嫌だと、一色は思った。

「まいったなあ、この大事な時に、何でおれたちに転属命令が出るというのだ」

「もし、中国軍機と交戦が始まったら、一人でも多くパイロットが必要となるのに、上は何を考えているんだ」

一色と福田2尉は文句を言い続けたが、竹内飛行司令はやんわりとそれを遮った。

「文句を言わずに、命令に従え」

竹内飛行司令は、一色1尉と福田2尉に一通ずつ辞令を渡した。

一色は辞令を開いた。そこには、簡単に転属命令が記されていた。

『貴官に第1001飛行隊への転属を命じる』

第1001飛行隊とは、聞いたこともない名称だった。

まさか実験飛行隊とか、再訓練飛行隊への懲罰《ちょうばつ》異動ではないのか。

（いったい、どういう人事だというのだ……）

一色は唇を噛み、福田2尉を見た。

「福田2尉、おまえの転属先は？」

「第1001飛行隊です。何ですか、この飛行隊は？　どこにある飛行隊なのですか？」

「わからん。飛行司令、第1001飛行隊とは、どこにある飛行隊なのですか？」

「私も詳しくは知らん。第1001飛行隊は、新型機の部隊だと聞いている。おまえたちは、機種変更の訓練を受けることになるらしい」

一色は福田2尉と、思わず顔を見合わせた。

機種変更というのは、もしかして最新鋭機のF‐22に乗れということであろうか。それともF‐35か、あるいはユーロファイターか？

しかし、馴れ親しみ、いまでは自分の手足のように操縦できる愛機F‐15J改を捨てて、まだ触ったこともない新型機へ乗り換えろというのか。

冗談ではないと、一色は思った。

新型機はたしかに魅力はあるが、いまはF‐15J改で満足している。ほかの機種に乗り換えるなんて、もってのほかであった。

「新機種の訓練は、できれば新人にやってもらいたいのですが。我々は、F‐15J改が一番性に合っている。なあ、福田」

「そうですよ。僕らの何がいけないというのですかね。いまさら、ほかの機種に乗り換えろだなんて……」

「文句はいうな」

竹内飛行司令は苦々しい顔で応じたが、ふいに口調を改めて言った。

「一色1尉、福田2尉、辞令が出ているのはおまえたちだけではない。301飛、302飛からも二人ずつ抜かれる。それも各飛行隊のベストパイロットやトップガンたちばかりが異動になっているんだ。おまえらは204飛から選抜された代表だと思って行くんだな」

そう言われても簡単には納得できないと思った時、福田2尉が素《す》っ頓狂《とんきょう》な声を出した。

「一色1尉、異動日時を見てください。本日ですよ」

「ほ、本日だと？」

一色はあわてて辞令を見た。たしかに本日の夕刻に、東京・横田基地の司令部へ出頭せよと書かれてあった。

即日に出頭せよなどという異動命令は、これまで聞いたことがない。

「何か緊急の措置らしいな」

一色が問いかけると、福田2尉はぼやくように応えた。

「沖縄で戦争が始まるかもしれないという時に、これ以上の緊急事態があるとは思えないのですが……」

松本飛行司令は、笑いながら言った。

「まあ、二人とも、まず出頭して、上に文句を言え。そうすれば、もしかしたら、２０４飛に戻されるかもしれない。私としては、出戻り大歓迎だがね」

二

一色1尉と福田2尉がC‐1中型輸送機に便乗して、横田基地に降り立ったのは、その日の夕方だった。

宿舎に荷物を置き、総隊司令部に出頭すると、すでに先客の十数人が控え室に待機していた。

いずれも、飛行隊が死力を尽くして競い合う演技競争演習で顔見知りになった、各飛行隊のベテラン・パイロットたちだった。

「おう、一色1尉、おまえも異動になったのか？」

３０１飛行隊の守田《もりた》3佐が、笑みを浮かべて言った。

「守田3佐、あなたはどこへ配属ですか？」

「〇一《マルヒト》だ」

「マルヒト？」

「何だ、知らないのか？　第1001飛行隊のことだ」

「自分たちも同じ隊です」

一色は答えながら、福田2尉と顔を見合わせた。

「何だ、そうか。これから厳しい訓練が始まるらしいぞ」

「いったい第1001飛行隊では、何が行われるというのですか？」

「F‐35に乗り換える訓練だ。それも短期間のうちに習熟せねばならないらしい」

「やはり、そうですか……。F‐22か、F‐35か、ユーロかとは思っていましたが」

F‐15J改の後継機として、F‐35の導入が決まったものの、F‐35はコストが非常に高かったので、日本政府は購入機数を低く抑えていた。

しばらくはF‐15J改をさらに改良してグレードアップし、空の防衛の主力戦闘機とすることにしていたのだ。

どうやら日本政府は、その方針を変更したらしい。

現在では、F‐2改練習機終了者をカリフォルニアのエドワード空軍基地へ送り、F‐35戦闘機乗りとして訓練していた。

「では、我々もカリフォルニアへ行くことになるんですね」

「違う。マルヒトは、フランスだ。地中海で訓練する」

「フランスですか」

一色は驚いて、目を大きく見開いた。

「〇二《マルフタ》、〇三《マルサン》は、イギリスになるそうだ」

「マルヒト以外にも、飛行隊があるのでしょうか？」

「第1002飛行隊と第1003飛行隊だ。〇二と〇三は、F‐35でもV／STOL型を訓練するらしい」

「垂直離陸機ですか？」

「そうだ。イギリスはハリアーの後継機として、F‐35のV／STOL型を採用している。そのノウハウを身につけるために訓練するらしいぞ」

「どうして、突然にそんなことを……」

一色は話しながら、ふと呉で建造中の『いずも』型護衛艦を思い浮かべた。

『いずも』型護衛艦は、いずれも全通飛行甲板を持つヘリ空母だが、甲板さえ強化すれば、V／STOL型のF‐35Bを搭載できる。

『いずも』型のヘリ空母は現在三隻あり、呉から新造艦が出れば四隻態勢になる。

そのための準備に違いないと、一色は思った。

とすると、自分たちもF‐35Aに慣熟するようになったら、V／STOL型のF‐35Bへの変更もあるかもしれない。

「それはな……」

守田3佐が話そうとした時、副官が控え室のドアを開けて叫んだ。

「お待たせしました。全員、中へ入ってください」

その声を合図に、パイロットたちは、ぞろぞろとブリーフィング室へ入って行った。

二〇〇人ほどが入れる階段状に椅子が並んだ部屋で、一色たちは席を詰め、並んで座った。

「気をつけ！」

号令がかかり、全員が一斉に立ち上がった。

壇上に司令や副司令が現れ、最後に篠崎航空幕僚長が姿を見せた。

「敬礼！」

号令と同時に、全員が敬礼した。

「直れ」

篠崎航空幕僚長が紹介され、壇上に立った。

「休んでくれ」

にこやかな笑みを浮かべて、篠崎航空幕僚長は言った。

全員が席につき、壇上の篠崎航空幕僚長に注目した。

「これから、重大なことを発表する。あらかじめ言っておくが、いまから話すことは我が国のトップシークレットだ。絶対に他人に洩らすようなことはしないように」

篠崎航空幕僚長は一呼吸置くと、皆を見回した。

「この未曾有の事態の最中に、諸君を緊急招集したのは、何よりも今後の日本の防衛を考えてのことだ。たとえいま中国軍との戦いに負けても、将来に確実な勝利を収めるためには、一〇年後、三〇年後、さらには一〇〇年後を見据えて、しかるべき備えをしなければならない。現状において、我々が可及的速やかに準備すべきことは、日本も欧米諸国、ロシア、中国などと同様に、攻撃型空母を保有することである」

篠崎航空幕僚長の話を訊き、会場がどよめいた。

「しかし、空母を持つということは、並大抵のことではない。特に空母を離発着する航空機パイロットの養成には、かなりの時間がかかる。しかし、諸君には短期間で、空母艦載機の操縦技術をマスターしてほしい。そして、実戦に備えて訓練してもらいたいのだ」

パイロットたちは、息を詰めて話に聞き入った。

「いま我が国は、極秘裡に空母二隻を擁する艦隊を造る計画をしている。一隻はフランスで建造し、すでに航海訓練も始まった。もう一隻はイギリスから購入することが決まった」

一色は、思わぬ話に目を見張った。

「第1001飛行隊はフランスへ渡り、現地でF-35A、さらにはV/STOL型の訓練を行い、空母への離発着ができるよう慣熟訓練を行う。そして、第1002飛行隊と第1003飛行隊はイギリスに渡り、現地において、V/STOL型のF-35Bや電子偵察機、早期警戒機、ヘリコプターなどの訓練とともに、空母への離発着訓練を行う」

篠崎航空幕僚長の説明を訊き、会場は静まり返った。

「重要なことは、それらを洋上で行いながら、しかるべき時期に、空母を日本へ回航せねばならないことだ。日本へ回航するころには、日本海域では中国海軍との雌雄を決する会戦が待ち受けていることを覚悟せねばならない。それをぶっつけ本番で、諸君にやってもらわねばならなくなるだろう」

咳払いひとつ聞こえない会場を見回し、篠崎航空幕僚長はさらに言った。

「諸君は第一陣として、三々五々、密かに観光旅行者に紛れて、日本を出国してもらう。集合地については、各隊長から指示がある。諸君の訓練の成否に、我が祖国日本の運命がかかっていると言っても過言ではない。諸君の一層の奮励《ふんれい》努力を期待する。私からの発表は以上だ」

「起立！」

号令がかかると、全員が椅子を鳴らして立ち上がった。

「敬礼！」

パイロットたちは、篠崎航空幕僚長に向かって一斉に敬礼した。いずれも緊張した様子で、引き締まった顔をしている。

篠崎航空幕僚長は、挙手の敬礼で応じた。

（これは想像もしなかった責任重大な任務だ……）

一色は任務の重みをひしひしと感じながらも、決意を新たにするのだった。

三

フィリピン、１４００時。

五洋《ごよう》商事マニラ事務所の青木雅世《あおきまさよ》所長代理は近くの大通りの中華飯店で、地元の新聞に目を通しながら、遅い昼飯を摂《と》っていた。

いずれの新聞も、中国軍の琉球諸島侵攻を写真入りで大々的に報じている。

中国軍、日本領離島四島を不法占領す！

日本軍、中国軍に駆逐される！

東シナ海に日中戦争勃発の危機！

どの新聞にも、派手な大見出しが躍っている。

どこから手に入れたのか、中国海軍の空母艦隊を上空から撮影した写真が掲載されていた。

マニラのビジネス街でも、ビジネスマンたちは商売そっちのけで、日中衝突のニュースで持ちきりだった。

テレビでも特番を組み、東京とマニラを繋ぐ衛星中継で、現在の情勢を伝えている。

テレビの映像は、東京サイドのものが圧倒的に多く、中国サイドは北京中央電子台が伝える政府発表の現地写真が数枚映し出される程度だった。中国海軍の勇ましい演習風景が資料映像として報道の合間に流れるが、まるでリアリティがない。

携帯電話が震動した。青木はディスプレイに目をやり、番号をチェックした。番号非通知だった。

「はい」

電話の相手が合言葉を話した。青木も決められた合言葉で応じた。

『緊急指令が出ました』

相手は落ち着いた声で言った。

「うむ」

『プランBを直ちに実行してください』

「了解」

電話はすぐに切れた。盗聴防止と発信元の追跡防止のためだ。

電子通信手段は、どこでハッキングされているかわからない。そのため、国家戦略局は重要な指令や情報については、あえてアナログ手段を用いている。

便利な電子通信は、盗聴するにもハッキングするにも実に便利なのだ。その点、旧来のアナログ手段は不便だが、その分確実で、ほかに洩れ難いメリットがある。

（プランBか……）

青木は新聞を閉じ、テーブルの上にチップを含め、勘定書きの数字よりもやや多めの金を取り出した。

青木は目の大きな可愛いウエイトレスを手招きした。ウエイトレスは大急ぎで、テーブルにやってきた。

「ありがとう」

チップと勘定を手渡すと、ウエイトレスは満面に愛想笑いを浮かべた。

ウエイトレスはテーブルの上の食器やコップを片付けながら、小声でささやいた。

「青木さん、気をつけて。外のテーブル席にいる中国人の二人連れ、あなたのことをマスターに聞いていました。いつも来るのかとか、ここで誰かに会っているのかとか……」

「ありがとう。気をつける」

青木はウエイトレスにウィンクすると、新聞を丸めて店を出た。

ウエイトレスが言ったように、テラスに出されたテーブル席で、二人の中国人系の男が麺を啜っていた。

青木が通りかかっても、顔も上げずに夢中で食べている振りをしている。

青木は二人の特徴を頭の奥に刻みつけた。

一人は痩せた陰険な顔の男だ。いま一人はブタを思わせる太った顔の小男だった。

そういえば、ここ数日、ホテルのロビーやビジネス街で見かけたような気がする。

青木は繁華街の舗道を歩きながら、ショーウインドーを覗き込み、ガラスに映った通りをチェックした。

案の定、二人の中国人が尾行していることに気づいた。

青木は歩きながら、携帯電話の短縮ボタンの3番を押し、耳にあてた。

『はい』

「つけられている。相手は男二人だ。チェックを頼む」

『了解』

青木は電話を切った。マクドナルドの店の前を通り、事務所が入ったビルに向かってゆっくりと歩いた。

ビルのガラスに、二人の姿が映った。

二人の男たちの素振りがおかしいと、青木は思った。

小男はズボンから出した開襟シャツの下に手を入れた。瘦せた陰険な顔の青年は手を背中にやり、やはりシャツの下をまさぐっている。

青木はビルの玄関先で振り向いて、二人に笑いかけた。

「なぜ俺をつける?」

男たちは、一瞬驚いて立ち止まった。

二人はすぐに気を取り直し、シャツから手を出した。二人の手には拳銃が握られている。

青木は咄嗟に玄関のガラス戸を開き、ロビーに転がり込んだ。

拳銃の発射音が轟き、玄関のガラス戸が音を立てて崩れ落ちた。

悲鳴が上がり、受付の女性が机の陰にしゃがみ込んだ。

ロビーにいたビジネスマンたちも何が起こったのかわからず、一斉に伏せた。

青木は玄関から入ってくる二人の男を睨んだ。

男たちは血相を変え、拳銃を青木に向けた。

瞬間、背後から銃声が響き、二人の男たちは朱に染まって吹き飛んだ。

青木の脇を駆け抜け、一人の背の高い男が、倒れた二人に屈み込んだ。

「大丈夫ですか」

青木の後ろから声がかかった。振り向くと、日焼けした顔の青年が、拳銃を麻のスーツの胸の下に仕舞い込んで笑っていた。

背の高い男が、倒れた二人の胸ポケットからパスポートを取って戻ってきた。

青木は背の高い男に訊いた。

「男たちの身元は？」

「二人とも香港のパスポートを所持していました。それから、今夜、香港へ向かう最終便のチケットも持っています」

「身分証は？」

「ありません。代わりに財布を持っています。どちらもたっぷりと、ドル紙幣が詰まっている」

「中国安全部に雇われた殺し屋か」

「おそらく。今夜までに仕事を終えて、逃げ帰るつもりだったのでしょう」

「敵さんも、いよいよ動き出したな……」

青木が呟くと、パトカーのサイレンが聞こえてきた。

青木は二人の男たちに言った。

「戻しておいた方がいい。後は警察がやってくれるだろう」

背の高い男はうなずくと、パスポートを倒れた男たちのポケットに戻した。

ビルの表玄関に、車のタイヤの軋《きし》む音が響いた。

数台のパトカーが駆けつけ、警官たちが拳銃を手にばらばらと降りてきた。

割れたガラスの戸口から、警官たちがビルのロビーに駆け込んできた。

「ホールドアップ！」

警官たちは、青木や二人の男に拳銃を向けて怒鳴った。

二人の男はスーツの下から、金色に光るバッジを取り出して掲げた。

「国家警察だ。この日本人ビジネスマンを襲った強盗を射殺した。後の処理は、君たちマニラ警察に任せる」

警官たちはあわてて拳銃をホルスターに戻し、国家警察と名乗った男たちに敬礼した。

「ミスター青木、行きましょう」

国家警察の二人は青木を左右から護衛して、エレベーターに向かった。

青木は黙ったまま歩きながら考えた。

いったいどこから、自分のことが漏れたのだろうか。

こんな有様では世界に――とりわけ、東南アジアや香港、モンゴル、チベット自治区、新疆ウイグル自治区などに潜り込んだ国家戦略局員の身が危ない。

エレベーターで最上階の五洋商事のオフィスに戻ると、青木は国際警察の二人を残して自分のブースの席についた。

そして、パソコンを立ち上げ、国家戦略局本部宛に、自分が襲われたことを報せる暗号メールを送った。

それから、青木はおもむろに金庫を開き、プランBの書類を抜き出した。

プランBは、至急に国防相に面会し、東京から派遣される自衛隊の幕僚幹部とフィリピン軍参謀との秘密会議を持つよう取り計らうことから始まっている。

その目的は、南シナ海における中国海軍の軍事行動に対して、フィリピン海軍が軍事力で対抗する場合、日本がフィリピン海軍を軍事支援するという秘密協定を結ぶことだ。

ちなみに、プランAは、日本とフィリピンが相互防衛協定を結び、日中全面対決になった場合、フィリピン軍も対中国に宣戦布告することを約す計画だった。

ただし、プランAには、別に日本と台湾、ベトナム、ブルネイ、シンガポール、インドネシアの間にも、軍事同盟が結ばれているか、あるいはNATO型のASE

ＡＮ集団保障条約が結ばれていることが前提とされていた。

青木は携帯電話を取り上げ、短縮ボタンを押した。

呼び出し音が一度鳴り、相手が出た。

『国防相次官室です』

女性秘書の流暢な英語の声が返ってきた。

「ミス・リサ、ボスはいる？」

『あら、ミスター青木ね。おります。来客中ですけど、少々お待ちを』

「サンキュー」

携帯電話を耳にあてたまま、青木はオフィスの気配を窺った。

『ハイ、青木、元気にやってますか』

次官のアントニオの声が聞こえた。いつもの陽気な声だった。

「大至急お願いがありましてね。フィリピンと日本の将来に関わる大事な話です。これからオフィスへ行ったら、お会いできますか？」

『かなり急ぎですね。オーケー。一時間後に来てください。それまでに用件をすましておきます』

「お願いします。では後ほど」

電話を終えた青木は、一人で小さくガッツポーズをした。

日頃、五洋商事の仕事で、国防省の高官たちに食い込んでいる。その人脈がいま役立つ時がきたのであった。

四

香港・九竜《ガウロン》半島。

芙蓉《フーロン》大飯店の店主陳雄翔《チエンシヨンシアン》は、店の奥の事務所で茅台《マオタイ》酒を飲みながら寛いでいた。

表の商売はほどほどの儲けだが、裏の仕事は危険なほど稼ぎが大きい。

しかも、今度の依頼主は、広州軍区を支配している人民解放軍の将軍である。

将軍の話では、背後に国家安全部がついており、彼らの全面的な支援があるというのだから、おいしい話であった。

国家安全部といえば、中国が誇る闇の諜報機関だ。国家安全部が睨みを利かせてくれれば、日頃、裏稼業の妨害をする公安や香港警察も黙ってしまう。これほど仕事に都合のいいことはない。

陳はすでに請け負った仕事のいくつかを思い浮かべた。

そのほとんどは、国家安全部のエリートたちには、とてもできない汚い仕事だった。

国家安全部の魂胆は、陳がボスである組織を自分たちの傘下に組み込もうということであろうが、そうはいかない。

両者の協力関係が成り立つのは、利用できる間だけの話だ。いまはおとなしく国家安全部の言う通りにしているが、彼らを利用できないとわかったら、それでおさらばであった。

事務所のドアに、ノックの音が響いた。

「入れ」

体格のいい、大柄な男がのっそりと部屋に入ってきた。

紅棍《ホングウン》の張舜仁《チャンスンジヌ》だった。紅棍とは用心棒のことであり、組織の戦闘隊長である。

「頭《トウ》、悪い報せです」

「悪い報せだと？　何だ？」

「マニラに出した二人が殺されました」

「何だと……。それで、相手のことは消したのだろうな」

「それが失敗したらしいのです」

張はまるで自分がしくじったかのように、すまなそうな顔をした。

「そんなに相手は手強いやつだったのか?」

「いえ、事前の報告では、ただの商社マンに見えたらしいのですが……」

「だから、用心しろと言ったはずだ。相手は日本の諜報機関員だ。決して侮るなと命じておいただろう」

「しかし、やつを一週間ほど観察した結果、武器も所持していない様子で、いつでも襲えそうだったようなのです。それで、すっかり油断をしてしまったそうです」

「それならば、ほかの標的についても、殺しを命じた連中は甘く見ているかもしれんな。張、皆に至急連絡し、用心するよう伝えろ。マニラの二の舞をするなと言うのだ」

陳が厳しい声で命じると、張は首をすくめた。

「はい、わかりました」

「それから、殺す前に必ず訊くことがあると、再度念を押しておけ」

「つまり、相手から聞き出すんですね」

「そうだ。『暁』計画とは何かを聞き出す。それが依頼主が、一番求めていることだ。どうせろくな計画ではないのだろうが、依頼主の意向は大事にしないとな」

「わかりました。送ってある手下全員に周知させます」

「それから、マニラには、もっと凄腕の消し屋を送れ。今度こそ失敗しないように万全を期すんだ」

「はい、すぐに手配します」

「わかったら、行け」

陳は不機嫌な声で、紅棍の張を追い払った。

それから、おもむろに電話の受話器を取り上げ、広州市の電話のダイヤルを押した。

呼び出し音が鳴り、相手が出た。

「閣下、申し訳ありません。マニラに送った消し屋がへまをして失敗しました」

陳は平身低頭で、相手に詫びを入れた。

五

インドネシア・ジャカルタ郊外。1000時。

白河卓は携帯電話の着信音に叩き起こされた。

隣に寝ていた裸の女がうるさそうに文句を言い、寝返りを打って白河に背を向けた。

白河はベッドから転がり落ちるようにして下り、絨毯に放り投げてあったスーツのポケットから携帯電話を取り出した。

携帯電話のディスプレイに、緊急警報メールが入っていた。

『非常警戒態勢レベル2発令。直ちに安否を本部へ報告せよ』

非常警戒態勢レベル2は、どこかの局が襲われたという知らせだ。戦争状態になったというレベル1に次ぐ、危険警報である。

(いったいどこが襲われたというのか?)

白河は二日酔いで頭が割れるように痛むのを我慢しながら、風呂場に向かい、洗面台の前に立った。

パンツ一丁の姿だった。

昨夜、上流階級の結婚披露パーティに呼ばれて出席した。その二次会のディスコ・パーティに出たのもよく覚えている。

そこで、女たちと盛り上がり、怪しげな飲み物と一緒にハッパをやったあたりから、ほとんど記憶がない。

気がついたら、女とベッドの中にいた。よくあるパターンだが、今朝の気分は最悪だった。バッドトリップしたのに違いない。

棚にアスピリンの瓶を見つけ、錠剤を一個口に放り込み、唾で飲み込んだ。日本と違って、水道の水を飲むのは、食当たりする覚悟がいる。浄水施設がちゃんと機能を果たしていないのだ。

白河はパンツを脱ぎ、浴室に入ると、冷たいシャワーを頭から浴びた。水を浴びているうちに、次第に軀がしゃんとしてくる。

レベル2の警戒態勢ということは、事実上、すでに影の戦争は始まったということだ。

いつまでもこんなところをうろちょろして、遊んでいるわけにはいかない。

それに、白河は果たすべき任務を、まだちゃんとやっていなかった。

インドネシアのジャカルタ地区の責任者は白河である。部下たちもレベル2が発令されたと知って、自分のことを探しているだろう。

(いったい、ここはどこなのだ?)

寝室の窓から見えた光景は、椰子《やし》の木やガジュマルの木が繁る庭園だった。広い芝生に散歩道もあった。

どうやら、相手はインドネシアの貴族階級の娘の屋敷らしい。

白河は浴室から出て、バスタオルで濡れた軀を拭った。

寝室へ戻ると、三人の男が待っていた。

半袖の派手なシャツを着た二人は、拳銃を構えていた。日焼けした浅黒い肌の顔つきから、現地の無頼《ぶらい》だとわかる。

ソファに座った中年の男は、白い麻のジャケットを着ており、二人の無頼とは違った紳士だった。

紳士といっても二人と比較すればの話で、品位のある男ではない。

「お待ちしていました。白河先生」

中年男はにんまりと笑い、白河の裸身をじろじろ眺めた。

「両手を上げてもらいましょうか」

白河は中年男の指示に従い、タオルを手に、両手を高々と上げた。

「この通り、拳銃は持っていない。おれは丸腰なんだがね」

「何、パンツに巨大なキャノンを一丁隠し持っているではないですか」

中年男は品のないジョークを言うと、卑猥《ひわい》な笑みを浮かべた。

「あんたらを見たら、すっかりおとなしくなってしまってね」

白河はそう言いながら、ちらりとベッドへ目をやった。

怯えた顔の女がシーツを胸のところまでたくし上げて、ぶるぶる震えていた。

女は目を吊り上げ、何事か喚き散らしている。

「この人たちは何！　早く出て行って。でないと、人を呼ぶわよ！」

たぶんインドネシア語で、そんなことを言っているのだろう。

派手なシャツを着た男たちはにやにや笑って、女に何か言い返していた。

「裸ではどうも落ち着かない。そこに投げ出してあるズボンやジャケット、シャツを着たいのだが」

中年男は二人の男に顎をしゃくり、短い言葉で何か言った。

貧相な顔をした男が、ズボンを摘《つま》み上げた。手でポケットのあたりを叩いて探り、白河へ放った。

「ありがとう」

白河はにっと笑い、ズボンを受け取った。両足をズボンに突っ込んで、手早く穿《は》く。

もう一人の太った男が、シャツとジャケットを持ち上げた。

シャツはすぐに投げて寄越したが、ジャケットのポケットにあった携帯電話と財布、名刺入れを見つけると、それらを取り出し、中年男に手渡した。

白河はシャツを着込みながら、自動拳銃が見つからなかった幸運を喜んだ。

ズボンやジャケットと一緒になかったということは、酔っ払ってはいても、日頃の訓練通り、万が一に備えていつもの場所に拳銃をしまったということになる。

中年男は財布から現金を抜き出し、二人の男たちに渡した。

次いで、名刺入れの名刺を見ながら言った。

「白河先生、少々お訊ねしたいのですがね」

「何を聞きたい？　答えられることと、答えられないことがあるが」

「この名刺によると、先生は五洋商事のジャカルタ支店長代理となっていますが、本当の正体は日本の秘密諜報員ではないのですか？」

「その問いに、イエスという諜報員はいない。スパイが自らスパイだと認めることはしないものでね」

白河はシャツをズボンに入れ、ベルトをしっかりと締めた。

中年男は携帯電話をいじりながら、なおも訊いた。

「いったい『暁』計画とは、何なのですか」

「何？　『暁』計画だって？」

「そうです。私の雇い主が、その『暁』計画に非常に興味を抱いておりましてね。あなたから聞き出してほしいというのです」

「知らないね」

「知らないはずはないと思うのですがね」

中年男は携帯電話のディスプレイを白河に見せた。

『緊急指令。サンライズ・プランに関わる情報を入手せよ』

ディスプレイには、消し忘れたメールが表示されていた。

「なるほど。しらを切っても始まらないというわけか」

「そういうことですな」

「もし、知っていても話せないと言ったら？」

「少々痛い目に遭うことになるでしょうな。時間もたっぷりありますので」

「弱ったな。それは五洋商事の取引上の企業秘密でね。ほかに洩らすと、我が社は大損害を受ける」

白河が答えると、中年男は首を振りながら言った。

「企業秘密ですか？　依頼主は、そうは言っていなかったが」

「依頼主は何だと言っているのだ？」

「中国に関わる秘密計画だと」

「大げさだね、あんたの依頼主は。いったい誰に雇われているのだ？」

「それは私の企業秘密でしてね」

「中国の国家安全部か？」

「まあ、遠からずというところですかな。ともあれ、『暁』計画について、白河先生が知っていることを話していただきましょう」

「とりあえず、ジャケットを着させてくれるかい？」

「どうぞ」

中年男は脂ぎった顔を歪ませ、ジャケットを放って寄越した。

「財布と名刺入れも」

空の財布と名刺入れをつかむと、中年男は面倒くさそうに、白河に向かって投げた。

「それから携帯電話も」

中年男はそれには応じず、携帯電話のディスプレイを見せ、さらに訊ねた。

「これは、何の報せですかな」

ディスプレイには、新たなメールの文字が浮かんでいた。どうやら、中年男が勝手に操作したらしい。

『非常警戒態勢レベル２発令。直ちに安否を本部に報告せよ』

「さあ。そこにある言葉通りでね。それ以上でも以下でもない」

「やはり、白河先生はシークレット・エージェントなんですな」

中年男はにっと笑った。目に残忍な光をちらつかせている。

「もう一度、お訊きします。『暁』計画とは何なのか教えてくれませんか？」

「言ったろう、企業秘密でね。他人に洩らすわけにはいかないと」

「白河先生、プロのあんたを痛めつけても、きっと吐かないでしょうな。どうでしょう、そのお嬢さんに、代わりをつとめていただくというのは」

中年男はにやりと笑うと、二人の男たちに顎をしゃくった。

待っていましたとばかりに、二人はベッドに近寄った。

「待った。この娘は関係ない。だからやめてくれ」

白河はベッドの枕元まで後退し、二人の男を手で制した。

男たちの目は血走っていた。女をいたぶるのが趣味らしい。

裸の女はすっかり怯えて、ベッドに潜り込んでいる。

貧相な顔をした男が白河に拳銃を突きつけ、どけという仕草をした。

もう一人の太った男はにたにた笑いながら、ベッドの反対側に回り込み、シーツに手をかけた。

女はシーツをたくしあげ、必死に胸を隠している。

白河は男に押されて、ベッドの枕元に仰向けに倒れ込んだ。羽根枕越しに、背中に硬い物があたった。いつも寝る時には、枕の下に拳銃を隠しておくのだ。

男は白河の軀をさらに押し退けようとした。

白河はシーツの端を握ると、軀を倒しながら、一気に引いた。

女の悲鳴が上がった。

男たちの目が、素っ裸になった女の裸身に注がれた。女はシーツをまさぐり、軀を海老のように縮めている。

白河は羽根枕をつかむと同時に、その下に挟んでおいた拳銃を抜いた。

拳銃で身近にいた男の顔面を張り飛ばす。そして、男の手から拳銃を叩き落とした。

男の拳銃が床に転がった。

白河は間髪を入れず、向かい側にいた太った男に拳銃を発射した。

女の裸に目を奪われていた男は、朱に染まって吹き飛んだ。

もう一人の男は屈み込み、必死で拳銃を拾おうとしている。

白河はその男の首筋に、拳銃の銃把《じゅうは》を叩き込んだ。

男は声も立たずに、その場に崩れ落ちた。

白河はソファの中年男に、拳銃を向けようとした。

中年男はドアを開けて、部屋を出るところだった。

「待て！」

白河がドアに駆け寄ろうとすると、途端に銃弾が襲ってきた。

カラシニコフ自動小銃の一連射だった。

あわてて白河は、ドアの柱の陰に身を寄せて隠れた。

ほかにも仲間がいたようである。恐る恐るドアの陰から廊下を覗くと、中年男の姿はすでになかった。

外からエンジン音が響いてきた。白河はベランダに駆け寄って庭を見た。

車寄せに止まった白いベンツに、中年男が乗り込むのが見えた。

護衛らしい男が、カラシニコフ自動小銃を手に運転席に乗り込んでいる。

ベンツは排気ガスを残し、凄まじい勢いで走り去った。

屋敷の従業員たちが、呆気に取られてベンツを見送っていた。

女の騒ぐ声に気づき、白河は寝室に戻った。

全裸の女は転がった男の死体を見て、パニックになっている。

白河は拳銃をベルトに挟み、ベッドに戻った。

「もう大丈夫。悪いやつらは退治した」

白河は笑いながら女をなだめ、シーツを掛けた。

女は振り向くと、喚きながら、いきなり平手で白河の頬を張り飛ばした。

従業員のメイドや男たちが、どやどやと部屋に雪崩れ込んで来た。

「おう、痛《いて》え」

白河は頬を撫でながら、携帯電話を拾い上げ、部屋から追い出されるようにして出て行った。

気絶したもう一人の男を尋問したかったが、どうせ金で一時的に雇われただけであろう。

きっと雇い主の名前も覚えていないに違いなかった。

後はジャカルタ警察に任せた方がいい。これ以上、事を荒立てる必要はない。

白河は階段を駆け下り、広い玄関先に出て、愛車のＢＭＷに乗り込んだ。

車内に、女の濃厚な香水の薫《かお》りが残っていた。

（本部に何と報告しようか……）

白河は車を走らせながら悩んだ。

その前に、ジャカルタ政府要人に、面談を申し入れねばならなかった。

六

ベトナム、1400時。

首都ハノイの街は、雨に濡れていた。

日本大使館の門を出た大使専用車のプレジデントは、雨がそぼ降る中、ゆっくりと大通りを走り出した。

後部座席には、大前和夫《おおまえかずお》大使と駐在武官で一等書記官でもある尾崎邦男《おざきくにお》2佐が同乗している。

車はベトナム国防省へ向かっていた。

尾崎2佐は深刻な顔で、大前大使に言った。

「状況はきわめて緊迫しています。本部からの連絡では、マニラとジャカルタの局員が襲われました」

「局員たちは助かったのかね」

「はい。二人とも無事でした」

尾崎2佐が応えると、大前大使はうなずいた。

「それはよかった。ところで、犯人はわかったのか」

「マニラの方は、香港人のパスポートを所持した二人組でした。この二人は、フィリピン国家警察が射殺しました。生きていれば、誰の命令でやろうとしたのかわかるのですが」

「ほう……」

「ジャカルタの方は、やはり中国の国家安全部に雇われた現地人らしいのですが、一人を射殺、一人は現地警察が捕らえたものの、何も知らないらしい。主犯の男は逃走したそうです」

「つまり相手も、攻勢を強めているというわけだな」

「はい、我々も厳重警戒した方がよさそうです」

「うむ。気をつけよう」

大前大使がうなずくと、尾崎2佐は助手席の織田《おだ》陸曹にも気をつけるよう注意した。

「任せておいてください」

織田陸曹は元気な声で返事をした。織田陸曹は諜報部隊ヤマトの要員で、特別に尾崎2佐に付いた護衛である。

運転手はベトナム人のグエンだが、長い間、大使館付きになっており、信頼のできる男だった。日本語は多少できるが、込み入った話になると、わからない様子である。

「今日の段取りはどうなっている？」

大前大使が訊くと、尾崎2佐は淀みなく応えた。

「本日は国防大臣と安全保障担当の党第一書記に会います。すでに提案してある事案について、回答をいただきます」

「例の協定締結の話だな」

「はい」

「いい返事をもらえればよいのだが……」

大前大使は腕組みをして、じっと考え込んだ。

ベトナム国防相とベトナム労働党第一書記には、すでに尾崎2佐が三度にわたって交渉している。

提案内容は、南シナ海の西沙諸島の領有権を巡り、日本はベトナムを支持すること。中国が権益を主張し、武力行使をするようであったら、日本は全力を挙げてベトナムを支援するつもりであること。そのために、秘密の相互防衛軍事協定を結んでおきたいと提案してあった。

ベトナムは最近、アメリカとも同種の秘密協定を結んでおり、さらにロシアとも同様の協定を結んで、カムラン港へのアメリカ海軍やロシア海軍艦艇の寄港を許可していた。

それと同じように、日本も協定を結んで、米ロと同様に自衛艦の寄港を許可してもらおうというのである。

西沙諸島の領有権をめぐって中国と対立しているベトナムにとって、遠いアメリカやロシアよりも、同じアジアで地理的にも近い日本の軍事プレゼンスに期待するところは大きいはずだった。

ベトナムと秘密の軍事協定を結んでおくことは、「暁」計画のためにも、必ず役立つに違いない。

「尾崎2佐、この車はつけられています。大使館を出て間もなく、バイクに乗った二人組がついてきます」

助手席の織田陸曹が、リアウインドーを覗くようにして言った。

尾崎2佐は振り向いた。リアウインドー越しに通りを見ると、トラックの後ろに二人乗りのカブが見え隠れしている。

「たしかか？」

「間違いありません」

織田陸曹が応えるのを聞き、尾崎2佐は運転手のグエンに、横道に入るよう命じた。

「オーケー、オーケー。次の革命通りで曲がるね」

グエンは応えると、車の速度を上げた。

織田陸曹は9ミリ機関拳銃を取り出し、スライドを引いて、安全装置を外した。

尾崎2佐も万一に備え、バッグから自動拳銃シグを取り出した。

プレジデントは車体を斜めにして左折し、革命通りに走り込んだ。

「どうだ、まだ追ってくるか？」

尾崎2佐は織田陸曹に訊いた。

「いや」

二人乗りのカブは、通りを真っ直ぐ進んで行く。カブの男たちは、ちらりとこちらを見て通り過ぎていった。

「違うみたいですね」

グエンは車の速度を落とした。

革命通りを進んでも、多少遠回りにはなるが、国防省へは行ける。

「絶対につけていたと思うのですがね」

織田陸曹は言ったが、グエンは笑いながら頭を振った。

「大丈夫ね。心配ないね」

尾崎2佐は前方を睨みながら、まだ安心できないと思った。

非常警戒態勢レベル2が発令された以上、本部はきっと敵側の指令をどこからか入手したのであろう。

そうでなければ、本部は影の戦争が開始されたことを意味するレベル2は出さない。レベル3以下でも、十分に警戒を喚起することができるからだ。

ベトナムでも、きっと敵の諜報部員が動いているに違いなかった。

「織田陸曹、まだ油断するな。国防省に入るまで、気を抜くなよ」

「了解」

織田陸曹は9ミリ機関拳銃を膝の上に置き、前方に顔を向けた。

尾崎2佐は、リアウインドーから後方を警戒する。

プレジデントは革命通りを進んだ後、ロータリーを回り、右折した。元の大通りに戻るコースだ。

「国防相は、話がわかる人かね」

大前大使が尾崎2佐に訊いた。

「ハノイ工科大学出のテクノクラートです。フランス留学組で、西側の技術力をよく知っている。労働党での席次は低いが、話のわかる人物です。それよりも、党第一書記が曲者《くせもの》でしてね。ロシア留学組のマルキストで、古いマルクス主義の立場から、我が国を相変わらず帝国主義国家だと思っています」

「ほほう。だが、現実主義者、つまりリアリストだと聞いているが」

「はい。だから、何とか話が通じるんです。共産主義の理想を語らず、現実的にパワー・オブ・バランスの観点で外交を考えている。つまり黒い猫でも白い猫でも、ネズミを獲る猫はいい猫である、ですよ。だから、主敵中国に対抗するためには、アメリカだろうが日本だろうが、手を結ぶつもりでいるんです」

話しながらふと前方を見ると、尾崎2佐は先刻の二人乗りのカブが待ち受けていることに気づいた。

「織田陸曹、待ち伏せだ！」

「了解。グエン、速度を落とすな。赤信号でも止まらず突破しろ」

「オーケー、オーケー」

グエンはうなずくと、車の速度をぐんと上げた。

カブの後ろに乗った男が、ＡＫ‐47自動小銃を構えているのが見えた。

「大使、これを」

尾崎2佐はアタッシュ・ケースを手渡した。防弾板にもなる要人防護のための特殊アタッシュ・ケースだ。

プレジデントは交差点に差しかかった。グエンはハンドルを左に切りながら、交差点に飛び込んだ。

舗道で待ち受けていた二人乗りのカブが発進した。

後部席の男が、銃を車に向けた。

連射音が響き、車体に銃弾が命中した。防弾仕様になっているので、普通の弾丸では貫通しない。

だが、特殊合金のフルメタルジャケットの弾丸だと、装甲車の装甲でさえ貫通する。

防弾ガラスに弾が当たり、ガラスが砕け散った。

「畜生！」

織田陸曹は怒鳴り、窓枠に残っている窓ガラスを銃把で叩き割った。

9ミリ機関拳銃を外に突出し、カブの男たちに向かって乱射する。

カブの運転手は弾を避けるために、急ハンドルを切ろうとしてバランスを崩した。

二人乗りのカブは、前を走っていた車に追突して、空中に吹き飛んだ。

ふいにプレジデントがよろめいた。ハンドルを握っているグエンの様子がおかしい。

「グエン！」

織田陸曹があわててハンドルを支えた。

グエンがハンドルに突っ伏した。頭から血が噴き出している。

織田陸曹は足を伸ばし、ブレーキを踏んだ。

「大使、踏ん張って！」

尾崎2佐は怒鳴りながら、前席の背もたれにしがみついた。

車は舗道の縁石に片方の車輪を乗り上げ、街路樹に激突して止まった。

エアバックが飛び出した。織田陸曹とグエンが前のめりになりながら、エアバックをまともに軀に受けた。

尾崎2佐はすかさず後部座席のドアを開けて、外へ転がり出た。

国防省の門は目の前にあった。衛兵が銃を構え、いったい何事が起こったのかと、驚いた顔でこちらを見ている。

「大使、こちらへ」

尾崎2佐は、大前大使に手を差し出した。大使はアタッシュ・ケースを抱えながら、車外に這い出した。

「織田陸曹、大丈夫か」

尾崎2佐は運転席のドアを開けて、中にいる織田陸曹に叫んだ。

「大丈夫です」

織田陸曹は応えながらも、エアバックの衝撃で脳震盪《のうしんとう》を起こしたらしく、頭を振っている。

「脱出しろ！」

尾崎2佐が叫んだ。エンジンから白い煙が上がっている。エンジンオイルの燃える臭いだ。

急いで尾崎2佐は、グエンの軀を車外に引きずり出した。通り掛かりの人が、助手席側のドアを開けた。

織田陸曹は、通行人に抱えられるようにして車外に出た。

グエンは頭を撃たれていたが、まだ意識があった。

「だ、誰か、救急車を呼んでくれ！」

尾崎2佐は通行人に向かって、大声で叫んだ。国防省の門から、衛兵たちが駆けつけてくる。

次の瞬間、通りを走っていた車の一台が、いきなりタイヤを軋ませ、尾崎2佐たちの方に突進してくるのが見えた。

尾崎2佐は自動拳銃シグを構えた。車の後部座席の窓から、銃口が覗いている。

「大使、隠れて！」

尾崎2佐は叫び、突進して来る車の運転席に向けて拳銃を発砲した。

同時に、後部座席の窓から銃声が迸《ほとばし》った。

尾崎2佐はなおも拳銃を撃ち続けた。

車の陰から、織田陸曹が立ち上がり、突進して来る車に9ミリ機関拳銃を発射した。

被弾した車は急ブレーキ音を立てたかと思うと、もんどり打って横転した。そのまま車体を路面に擦りながら、尾崎2佐の前まで滑ってくる。

尾崎2佐は大使を背後に庇いながら、その車体を避けた。

後部座席から銃を持った男が出て来ようとした。顔面から血を流している。

「ツオニマー！（畜生！）」

男は怒声を上げ、自動小銃を尾崎2佐に向けようとした。

尾崎2佐が引き金を引くと、同時に織田陸曹の機関拳銃も火を噴いた。

男は数発の銃弾を浴びて、噴き飛ばされた。

衛兵たちが駆けつけるのを見て、尾崎2佐はベトナム語で叫んだ。

「日本大使だ！」

大前大使は、舗道にへなへなと座り込んだ。

衛兵たちが大使を庇うように取り囲み、周囲を警戒した。

「尾崎2佐、お怪我は？」

織田陸曹が胸を押さえながら、尾崎2佐のところへやって来た。

その時になって、尾崎2佐は左腕から血が流れていることに気づいた。

「大丈夫だ。そいつらはいったい何者だ？」

「中国語で何か言っていましたね」

織田陸曹は応えながら、死んだ男の軀を探り、分厚く膨れた財布を抜き出した。財布には中国紙幣の元《げん》と、ドル紙幣が詰まっていた。

「中国人ですね」

尾崎2佐は男のポケットからパスポートを取り出して掲げた。

横転した車から煙が上がり、いきなり炎が噴き出した。

「よし、ここは衛兵たちに任せて、国防省へ行くぞ」

尾崎2佐は織田陸曹に命じた。

「了解」

織田陸曹は、油断なく辺りを警戒しながら言った。

「大使、行きましょう」

尾崎2佐は、衛兵たちに支えられた大前大使を促した。

誰かが通報してくれたのか、救急車のサイレンが近づいてくる。

尾崎2佐は衛兵たちとともに、大使を国防省の敷地内に導いた。織田陸曹がしんがりとなって、辺りを警戒している。

国防省の中に入り、衛兵たちに取り囲まれた尾崎2佐は、ようやく命拾いしたのを感じた。

「ここまで来れば、もう大丈夫だ」

「助かりましたね」

織田陸曹が機関銃を下ろしながら、安堵の笑みを浮かべた。

だが、これが影の戦争の始まりにすぎないとは、その時、尾崎2佐は思ってもいなかった。

七

チベット自治区・首都ラサ。1400時。

ラマ僧に成りすました辛島信蔵《からしましんぞう》はラバの背に揺られながら、のんびりと隊商に付いて旅をしていた。

体内に埋め込まれたGPS発信装置のチップが発する微弱な電波を、遥か上空に停止した衛星が捉えて、日本へ送ってくれていることだろう。

辛島は乾いた高原の薄い空気を、大きくパント（荒い息をする）しながら呼吸した。

首都ラサは海抜三〇〇〇メートルを優に越えている。

三ヵ月ほどネパールで高地訓練をしたからいいものの、突然にチベット自治区へ派遣されたら、高山病にかかって何もできないだろう。

自分から志願したこととはいえ、やはりチベット自治区への潜入工作は、苛酷な自然に慣れるまで苦しいことばかり続いている。

そして、さらに警戒態勢レベル2が発令されたと報された。

いままで紙上でのシミュレーションでしか知らなかった影の戦争が、すでに始まっているのだ。

遥かチベット自治区の地で、頼れるのは自分だけである。孤立無援の状態で戦わねばならない。

辛島は暗記したサンスクリット語の仏典の般若教を唱えながら、近づくラサの町を眺めた。

ラサ空港に向けて、巨大な輸送機がゆっくりと高度を下げながら、辛島の上空を通過した。翼に中華人民共和国人民解放軍のマークが、くっきりと浮かび上がっている。

隊商のヤン隊長の乗った駱駝《らくだ》が、最後尾にいる辛島のところまで戻ってきた。

「この先に中国軍とチベット警察の検問所がある。気をつけてくれ、ラマ僧」

「わかった。気をつける」

「ラマ僧は、特に警戒される。何を言われても逆らわないことだ」

チベット人のヤン隊長はそう言うと、駱駝を走らせて隊商の先頭へ戻った。

辛島は身の回りをチェックした。

ネパールで本物のラマ僧に付き、その生活習慣や宗教的しきたりを十分学んだとはいえ、地元の人の目で見れば、どこかおかしいと感じるところがあるものだ。

そのため、身元がばれるような、日本の持ち物はすべて置いてきた。

普通のラマ僧と同じように風呂にも入らずに汚れ放題で、髪の毛も手入れせず、さらに羊や山羊の脂の臭いを身に付けた。

ラマ僧の衣を着込み、仏典も暗記した。

いまでは高級な位階のラマ僧と論争しても負けないほど、仏教について詳しくなっている。

辛島のミッションはラサに潜入し、反政府側の有力なラマ僧に面会し、日本政府の意向を伝えることだった。

日中両軍が全面衝突したら、その時こそチベット独立のチャンスである。フェイスブックやツイッターで武装蜂起を呼びかけるだけでなく、ラマ教寺院や市場で、人々に決起を促してほしいという要請だった。

武装蜂起のために、必要な武器は可能な限り航空輸送する。そのために、どこへ武器弾薬や食糧を投下したらよいかを打ち合せる必要もあった。

さらに、要望があれば、武器の使い方を教えるために、実戦部隊を派遣してもいい。

辛島はそういう秘密の任務を帯びているのだ。

しばらく進むと、隊長が言っていた通り、道路を封鎖するかのように、装甲車を並べた臨時の検問所に差しかかった。

ラサに出入りする車や人は、すべてこの検問所を通過せねばならないのだ。

迷彩戦闘服を着た人民解放軍の兵士たちが、自動小銃を肩にかけ、車や人を調べていた。

辛島は深呼吸をして、気持ちを落ち着かせた。

隊商の番が来て、兵士たちが駱駝一頭一頭の積み荷を調べ始めた。

隊商の隊員一人ひとりの身元のチェックも行われている。

辛島はラバの背から降りて、自ら兵士の前に進み出た。

中国兵は北京語で、辛島を尋問《じんもん》した。

辛島は懐《ふところ》からチベット自治政府発行の身分証を提示した。

中国兵は胡散臭《うさんくさ》そうに、辛島を上から下までじろじろ見回した。

「どこへ行く」

「ラサの寺院に戻るところだ」

辛島は流暢な北京語で答えた。

チベット自治区では、政府の意向で公用語の北京語を話すように指導がなされている。

流暢な北京語を話す人間は、一応従順に中国政府の指示に従っていると見なされていた。

「何か仏典を読んでみろ」

中国兵は辛島に命じた。辛島は待っていましたとばかり、法華経《ほけ》の一節を漢語で暗唱してみせた。

「……もういい」

中国兵はうんざりした顔になり、辛島の法華経を途中で止めた。

「行け。通ってよし」

中国兵が許可すると、辛島は合掌し、丁寧にお辞儀をして歩き出した。

ラバがいきなり奇声を上げて笑った。辛島はラバの轡《くつわ》をつかみ、黙らせた。

隊商が静々と検問所を抜けて、道路を歩き始めた時、一台の中国製ジープが砂塵《さじん》を巻き上げながら走って来た。

ジープには、人民解放軍の大校（大佐）ら高級幹部が乗っていた。

「止まれ、止まれ」

ジープから飛び降りた下士官が、隊商の行く手を阻んだ。

隊商は命じられた通り、ゆっくりと停止した。

辛島は隊商の一人であるウイグル人青年と顔を見合わせた。

検問所の隊長があわてて駆けつけ、敬礼してジープの幹部を迎えた。

上級幹部の大校の一人が、怒鳴るように言った。

「ご苦労。この隊商は何だ」

「はい。塩や布を運んでいる隊商です」

「ちゃんと調べたのか」

「はい。武器、火薬、麻薬、薬品などを厳しくチェックし、隊商を隈無《くまな》く調べました」

「人については？」

「全員、正規の許可証を所持しております。怪しい人物はおりません」

辛島はじっと聞き耳を立てていた。ウイグル人青年は不安げに、駱駝の轡を押さえている。

「怪しいやつはいない？　そいつはウイグル人だろう」

大校は指揮棒で、辛島の傍にいるウイグル人青年を指した。

「はい。しかし、新疆ウイグル自治区自治政府発行の移動許可証を持っておりました」

「ウイグル人はチベット自治区へ入れてはいかん。そう通達してあるはずだ」

「しかし……」

検問所の隊長は困った顔をした。

隊商のチベット人隊長が駱駝を座らせ、ゆっくりと降り立った。

「閣下、これまでも隊商の一員として、ウイグル人を雇って往来しているのですが」

「おまえは何だ？」

「この隊商の隊長を務めるヤンです」

「通行証は」

「少々お待ちを」

ヤン隊長は駱駝の荷を解《ほど》き、書類入れを出そうとした。

「おい、おまえ」

ふいに大校は、指揮棒で辛島を指した。

「おまえはチベット人ではないな。本物のラマ僧なのか？　僧籍証明書は所持しておるか？」

「いえ。持っていません」

「怪しいやつだ。こいつは偽坊主だろう。引っ括れ」

兵士たちは戸惑った顔をしながらも、辛島に銃を突きつけた。

「閣下、ありました。これが通行証です」

隊長のヤンは通行証を大校に差し出した。

辛島はヤンが通行証の下に、ドル紙幣を何枚か重ねて出すのを見逃さなかった。

大校は通行証に目を通す振りをし、素早くドル紙幣を取ると、ポケットに捩《ね》じ込んだ。

一緒にジープに同乗している幹部たちも素知らぬ顔をしている。

「ま、いいだろう。行け」

大校は通行証をヤンに返し、顎をしゃくった。

「このラマ僧は、いかがいたしましょうか」

兵士たちが、検問所の隊長に訊いた。

「聞いただろう！　閣下が行けとおっしゃったのだ。行ってよし」

隊長は憮然とした顔を辛島に向けた。

辛島は合掌し、お辞儀をしてから、ラバの背に乗った。

ジープに乗った上級幹部たちは、次に検問にかかった大型コンボイに目をつけた様子だった。

「出発！」

ヤン隊長が大声をかけた。辛島もウイグル人青年も、ほっとした表情で歩き出した。

検問所から遠ざかると、ヤン隊長はわざわざ辛島のところへ来て、地面にぺっと唾を吐いた。

「あいつら、いまに見ていろ。チベットから叩き出してやる」

「まったく、漢族だけが人間であるかのように思いやがって。新疆ウイグル自治区でも同じだ。連中は、ああやって人々から搾取しているんだ」

ウイグル人青年も、顔をしかめながら毒突いた。

ヤン隊長は笑みを浮かべると、辛島にささやいた。

「あんたが日本人であることは聞いている。何をしにチベットへやって来たのかはあえて聞かないが、何かやる時は手伝うから言ってくれ」

「ありがとう」

辛島は礼を言いながら、改めてチベット自治区や新疆ウイグル自治区には独立が必要だと、心から思うのであった。

第四章　奇襲作戦決行

一

外山統合幕僚長は、最高司令官である河井邦男総理大臣からの命令書を、会議室に集まった幕僚たちの前で読み上げた。

「……最早、一刻の躊躇も許されない。手をこまねいていれば、中国軍は補給線を増強確保し、占領した四島を恒久的に実行支配しようとするだろう。そこで、私は最高司令官として陸海空三自衛隊に対して防衛出動命令を下す。

一つ。速やかに四島を占拠する中国軍を駆逐し、四島を奪還すべし。

その際に拘束した中国軍捕虜は、国際法に基づいて収容し、国際赤十字を通して、本国へ送還する。

一つ。四島周辺の我が国領海を侵犯せる中国艦艇や航空機を撃退すべし。

一つ。公海上であっても、我が国艦船や航空機、我が国の領土を攻撃せんとする中国軍に対しては断固たる攻撃を行い、撃退すべし。

なお、撤退する中国軍に対しては、必要以上の追撃を禁じる。以上」

河井首相の命令書を聞き、幕僚たちはどよめいた。

「統合幕僚会議はこの命令に基づき、統合作戦本部が作成した作戦計画を直ちに実行すべく、陸海空三自衛隊の統合部隊を派遣する。すべての指揮は、東京指揮所において統括される。

作戦決行日のXデーは五月二十五日。攻撃開始時刻は二二〇〇《フタフタマルマル》時とする」

幕僚たちは水を打ったように静かになった。

三日後の夜、午後十時に作戦開始だ。

「以上だ。各員は直ちに作戦準備に取りかかってくれ」

「起立！」

幕僚たちは一斉に立ち上がった。

「統合幕僚長に敬礼！」

号令とともに、全員が敬礼をする。

「諸君の奮励を期待する」

外山統合幕僚長は答礼しながら、大きくうなずいた。

二

深夜、0130時。

東京のビル街は、まだ多くの窓に明るい灯が点《とも》っていた。

街にはネオンや街灯が光り輝き、車のヘッドライトが忙《せわ》しく行き交っている。

総理官邸もまた各階の灯が煌々《こうこう》と輝き、不夜城と化していた。

官邸の一角にある国家戦略局の特別会議室は、緊張した空気に包まれている。

会議場の円形テーブルには、戦略諮問委員会のメンバー六人全員をはじめ、国家戦略局の各部長、首席スタッフ一七人が顔を揃えていた。

河井首相は会議の出席者たちを見回しながら、決然とした口調で言った。

「先ほど国防会議において、我が国は自衛権を発動し、対中国沖縄防衛戦争を行うことを満場一致で決定した。しかし、これは沖縄の琉球諸島防衛のための局地限定戦争であり、我が国は自国領を越えての戦争拡大は目指さない。あくまで現状復帰を求める自衛戦争である。

いうまでもなく沖縄の琉球諸島は、我が国の固有の領土であり、一島嶼たりとも中国に占拠占有させるわけにはいかない。その決意を世界に、何よりも中国に示したい。

国家戦略局の各委員、各部局員も、琉球諸島防衛のため、引いては日本国家防衛のため、全力を尽くしていただきたい。私からは以上である」

会議場から一斉に拍手が起こった。

戸田一誠副総理兼国家戦略局担当大臣が、河井首相に代わって口を開いた。

「作戦決行のXデーは、三日後の五月二十五日午後十時。攻撃開始と同時に、総理がテレビの臨時放送で発表する。それまでは、情報は秘匿していただきたい。何か質問は？」

中国政治研究家の来島広子委員が、おずおずと手を上げた。

「中国在留邦人とその家族はどうなりますか？　直前にでも密かに知らせ、避難させることをしないと……」

「だめです。奇襲作戦を成功させるために、事前には一切知らせません。苦渋の選択ですが、在留邦人を切り捨てます」

河井首相が言い放つと、会議室は重苦しい沈黙に覆われた。

戸田副総理が、さらに話を付け加えた。

「ただし、作戦決行後に、直ちに外交ルートを通じて、在留邦人の安全や資産などの保全と保護を中国政府に要請します」

中国研究家の山川泰山委員が、手を上げて疑問を呈した。

「中国政府は直ちに、国交断絶を宣告してくると思いますが」

「その場合は、国連の機関や第三国を通して、中国政府に働きかけるしかないでしょう」

河井首相が答えると、山川委員はうなずいた。

「そうなったら、中国に対抗して、日本に在留する中国人を拘留し、在日中国資産を凍結すればいい。彼らを人質にし、在留邦人と交換する。資産凍結も、中国が日本資産をどう扱うかを見ながら、報復的に対応すればいいでしょう」

河井首相は、頭を左右に振って言った。

「日本政府としては、これはあくまで沖縄を守るための限定的な局地戦争と見なしています。中国と全面戦争するわけではないので、在留中国人を拘留したり、その資産を凍結するようなことは一切しないつもりです。中国には沖縄から兵を引き揚げてほしい、二度と沖縄に手を出してほしくないと訴え、あくまで原状回復を求める。友好的というのは無理にしても、基本的に国交は断絶せず、最低限の関係は保っていきたいと考えています」

　諮問委員会座長の児玉敬夫委員が、河井首相に意見した。

「そう日本に都合よくはいかんでしょうな。何しろ中華思想に凝り固まった、あの中国のことです。沖縄から武力で追い出されたとなると、面子《めんつ》が丸潰れになるので、日本側の思惑などお構いなく、在留邦人や資産に対して厳しい処断を下してくるでしょう」

　軍事アナリストの千田靖夫委員も、児玉委員の考えに同調した。

「そうですな。あの中国のことです。甘い考えは全部捨てた方がいいでしょう。いくらうまく立ち回ったつもりでも、中国は厳しい対抗措置を取ってくる。日本は甘い観測をせず、最悪の事態を想定して、対応策を考えておくべきです」

　いままで黙って話を訊いていた松平孝俊が、にやにやしながら言った。

「総理、甘い、甘い。いくらこちらが沖縄奪還のための局地戦争だ、限定戦争だなどと主張しても、中国には通じないですぞ。たとえ日本が沖縄から中国軍を追い出すことができても、それは一時的なもので、中国は自分たちに全面戦争を仕掛けられたと考え、日本にさらなる戦いを挑んでくることでしょう」

「そこは、日本が国際的に戦争拡大は望まないと宣言して……」

松平孝俊は、河井首相の発言を途中で遮った。

「そんなことが通じる国ではない。局地的な限定戦争などと言えば、中国は日本が全面戦争する力がないだけとしか思わない。中国本土まで攻撃して来ないと判断して、安心するだけだ」

「しかし、現実に我が国は大陸へ自衛隊を送るつもりはないし、中国と全面対決するほど国力はない」

「そこが、相手の付け目でもある。中国は日本がどこまでやるかを、じっと見ている。最後まで戦うつもりはないと判断したら、図に乗って好き勝手なことを言ってくるでしょう。何しろ、水に落ちた狗《いぬ》を打てという国ですぞ。そういう相手には、たとえ嘘でも大きく出て、日本が一丸《いちがん》、火の玉となって中国を攻撃し、再度大陸へ出て行くぐらいのはったりをかまさなければならない。そうしなければ、中国人に効き目はない。総理、中国との開戦を発表する時は甘い考えを捨て、全国民に中国との全面戦争が始まることをはっきりと宣言するべきです。沖縄戦争はその手始めであると言った方が、相手には衝撃が大きい。国民も覚悟ができる」

松平の意見に、会議場は一斉にどよめいた。

来島広子委員が顔をしかめ、松平に抗議した。

「そんなことを言ったら、本当に中国との全面戦争になりますよ。平和国家日本のイメージも崩れてしまいます」

「言いたくはないが、平和国家日本なんか糞食らえだ。世界は弱肉強食だ。力を持っている国がルールを守っていれば、世の中は平和になる。しかし、力のない日本がいくら観念的に平和を口に出しても、ただの念仏にしかならない」

「………」

松平が強い口調で言うと、来島広子委員は黙った。

「喧嘩は初めが肝心だ。国と国の戦争は、人の喧嘩と同じだ。殺《や》るか殺られるか。最初にがつんと相手を叩きのめし、二度と相手が手を出してこないようにするのが最善の策だ。懲りなければ、相手は何度でも手を出して来る。そのうち、こちらは疲れて負けてしまう。そうなっては困るから、最初に完膚なきまでに中国軍を叩く。そうなって、はじめて中国は用心し、もう簡単には手を出さなくなる」

松平はそう言うと、河井首相に厳しい目を向けた。

戸田副総理が、河井首相に問いかけた。

「どうですか、総理。松平委員の言うことにも一理あると思うのですが……。何か反論はございますか」

「なるほど、言われてみれば、松平委員の主張する通りかもしれん。しかし、仮に松平委員の言うように、相手にはったりをかました後で引っ込みがつかなくなり、本当に全面戦争になったらどうするのかね」

河井首相は不安な顔で言った。

「総理、戦争に面子などありません。引っ込みがつかなくても、やめる時はやめると言えばいいのです。国の面子なんかを考えると、ろくなことにならない。アメリカはベトナム戦争で負けたのに、それを認めず、なかなか兵を引かなかったため、かえって犠牲者を増やし、大損害を受けた。戦争を始めるのは楽だが、戦争をやめるのは難しいと言います。国の体面などを考えるから、よけいに泥沼に嵌《はま》り、戦争を終わらせることができなくなるのです」

松平の考えを訊き、児玉敬夫委員が反論した。

「しかし、中国には核兵器がありますからな。もし万が一全面戦争になって、核を使われたら、日本は壊滅的な打撃を受ける」

「中国は核を持っていても、そう簡単には使えないことをよく知ってますよ。一度使えば、アメリカやロシアだけでなく、世界中を敵に回し、非難されることになりますから」

　松平は笑ったが、千田靖夫委員が皮肉混じりに言った。

「世界から非難されることを考えて、あの中国が核を使わないということがありますかね」

「たしかに、その心配はあるでしょう。だから我々はあらかじめ工作し、中国が核を使えないようにすればいい」

「いったいどうやって？」

　河井首相が怪訝な顔をして、松平に問いかけた。

「それについては、後の会議で話します。いまは対中戦争の基本方針を決めておくべき時だ。核のことに話を戻しますが、いくら強力な武器を持っていても、それを使えなければ喧嘩には勝てないものです。核は使わず、脅しに使用するところに強みがある。核を持った国が最も恐れるのは、相手が核を持つことです。そう考えれば、我が国が核武装をしていると、中国に思わせればいい」

「しかし、それは核武装しないという国是《こくぜ》に反するが」

「総理、日本が滅亡するか否かの瀬戸際にある時ですぞ。実際に核を持たなくても、中国に、実は日本は核をすでに開発して持っているのではないかと、思わせればいいのです」

「どのような手段を使ってかね」

「総理が記者会見で、中国が核を使うようであれば、日本も相応の核で応じる覚悟だというブラフをかけるのです。記者が日本は核を持っているのかと質問したら、ノーコメントと言い、否定しない。それだけで、新聞では一面トップ、テレビは総理がノーコメントと言うシーンを何度も世界で放映するでしょう。それで十分です」

「なるほど。ブラフか……」

河井首相は腕を組むと、そのまま考え込んだ。

「ブラフは有効な手です。総理、私が先ほども述べたように、対中全面戦争も辞さない、大陸へ侵攻することも選択肢のひとつだ、と宣言することも、またひとつのブラフです。中国は日本軍に蹂躙《じゅうりん》されたというトラウマがあるから、それだけで相当な恐怖を覚える。たしかに反日機運が台頭し、民族感情も盛り上がるでしょうが、それは仕方がない。大陸再侵攻もあると言っておいて、実際には、沖縄から中国軍を駆逐したら、国際世論を受けて兵を収めるぐらいの芝居を打てばいいのです」

「ううむ……」

「つまり、大向こうである中国を唸らせるような芝居をするのです。何も初めから局地戦だとか、限定戦争だとか言って、こちらの手の内を曝《さら》け出す必要はないでしょう。総理は表で中国との全面戦争を叫び、裏で我々が終戦工作を始めておけばいいのです」

松平の話を訊き、戸田副総理は我が意を得たようにうなずいた。

「総理、私も松平委員の考えに賛成です。何しろ相手は強大な中国だ。初めによほどの覚悟を示して戦う姿勢を見せておかなければ、舐められます。我が国はあくまで強気に出て、アメリカやロシアなどの第三者にまあまあと宥《なだ》められ、やむを得ず矛《ほこ》を収める。そういう形にすべきだと、私も思います」

河井首相はようやく決意したのか、腕をほどくと、眦《まなじり》を決して言った。

「うむ。わかった。松平委員の考えに乗ることにしよう。明日の国防会議で、皆にその方針で行くことを話し、了承を取ることにする」

河井首相が下した結論を受け、戸田一誠副総理兼国家戦略局担当大臣は、会議参加者を見回して言った。

「諸君も全面戦争を覚悟して、事にあたってほしい。局地戦争で終わるか否かは、こちらの決意次第である。相手が怖気《おじけ》をふるえば、地域限定戦争ですむだろう。しかし、あくまで相手は全面戦争を考えると想定して、国家戦略局も工作を行っていきたい」

戸田副総理の言葉に、会場は水を打ったように静まり返った。

「では、各国での工作活動をどう進めるかについて、各部長から説明していただこう。まず中国部長に、中国内部での工作について、状況を説明してもらおうか」

手元の資料に目を落としながら、戸田副総理は、まず中国部長に発言を求めた。

三

5月25日、与那国。2130時。

満天に無数の星がきらめいていた。

南の空にかかった南十字星が静かに瞬いている。東の空には、細い三日月が掛かっていた。

笠間《かさま》1等陸尉率いる第15旅団第15偵察隊は、星明かりの中を空港に向かって移動した。

与那国空港は、一〇〇〇メートルもない滑走路一本の飛行場である。そこに毎日一便、石垣島との間を飛ぶ一二人乗りの双発のデハビランド機が離発着する。

中国軍はその飛行場を真っ先に抑え、与那国全島を制圧していた。

笠間1尉はカジュマルの木陰から、暗視双眼鏡で与那国空港の滑走路を見回した。

空港の四隅に土嚢《どのう》陣地が造られ、対空火器が備えられている。暗視スコープにくっきりと、見張りの兵士たちの人影が見えた。

対空火器は昼間に観察していた限りでは、二連装の二〇ミリ機関銃が主だったが、ロシア製の携帯対空ミサイル「ストレラ」に似た携帯ミサイルも備えているようであった。

駐機場には、双発ターボプロップのY‐7小型輸送機二機と、四発ターボプロップ中型輸送機一機の機影が見える。

いずれも、夕方に着陸したばかりの輸送機だ。大陸との間を往復し、物資や兵員を送り込んできている。

侵攻当初、一個中隊二〇〇人程度だった中国軍戦闘部隊は、数日も経たぬうちに、空輸で一個大隊六〇〇人ほどに増えていた。

次いで補給船も港に横付けされ、重機などとともに工兵部隊や技術者も送り込まれて、与那国山中にレーダー施設の建設が始まっていた。

与那国と台湾の間は、約一〇〇キロメートル。目と鼻の先である。

レーダーが設置されたら、次はミサイル基地建設だろう。

中国軍は、対台湾侵攻作戦のための足掛かりを与那国に造ろうとしていた。

時間が経てば経つほど、中国軍は与那国に軍事施設を建設して、島全体を不沈空母としてしまうに違いない。

(……そうはさせてなるものか)

笠間1尉は滑走路を睨みつけながら、厳しい顔で思った。

懐中電灯の明かりが機影の周囲にちらついている。整備員たちが暗闇の中で作業をしているのだ。

「15偵から本部」

通信士の島《しま》陸曹が無線マイクに囁いた。イヤフォンに、本部要員の返事が聞こえた。

『配置状況を知らせ。送れ』

「空港占拠部隊は、およそ中隊規模と見られる。町にも一個中隊。島中央の山頂に、工兵隊がレーダー施設を建設している。キャンプを設営。島西海岸崖上に観測所が設置された。西海岸側に中規模の兵員が展開している。送れ」

『本部了解。敵配置地図をメールされたし。送れ』

「了解。全島地図をメールする。送れ」

島陸曹は携帯PCの画像を衛星に送った。

『地図のメールを受領した。15偵は現在地において、降下部隊を援護誘導せよ。送れ』

「了解。通信終わり」

島陸曹は無線をオフにした。

「隊長、作戦開始三〇分前」

加藤《かとう》陸曹長が囁いた。笠間1尉はうなずき、インカムのマイクに小声で言った。

「一班?」

『一班スタンバイ』

一班長の小宮《こみや》3尉の声が、イヤフォンから聞こえた。

「二班?」

『二班配置についた』

二班長の内藤《ないとう》准陸尉が応える。

一班と二班は飛行場の四隅に造成された対空土嚢陣地を攻撃することになってい

た。

「三班は？」

返事の代わりにカチカチというスィッチを押す音が聞こえた。配置についたという合図だ。

班長の吉田《よしだ》3尉は敵間近なので、声を出せないのだ。

三班は敵の通信車両を破壊する任務についている。

笠間1尉は、暗視スコープを管制塔のあるターミナルの建物に向けた。建物の前にパラボラアンテナを搭載した通信車両の影があった。

わずかばかりの灯の下で、二階建の空港ターミナルの建物の中では、中国軍の迷彩服姿の兵士たちが右往左往している。

突然の停電に慌てているのだ。レーダーも停止したままだった。

三〇分ほど前、笠間1尉たち偵察隊は島にひとつしかない火力発電所を襲撃し、中国軍を制圧して、電源を切った。それによって、全島が停電になっているのだ。

輸送機で運んできた小型ディーゼル発電機が、喧しく音を立てていた。だが、発電機の出力が少ないため、レーダーや滑走路の誘導灯を十分に点灯させることができない。

そのため、先刻まで上空を旋回待機していた輸送機は着陸を断念して、どこかへ飛び去ってしまった。

おそらく大事を取って、大陸か別の飛行場に引き返したのだろう。石垣も宮古も、いまごろ、同じように飛行場は使えなくなっているはずだ。

中国軍が慌てるのを見て、笠間1尉はほくそ笑んだ。

笠間1尉は手信号で、周囲の部下たちにターミナルの建物を指差し、行けという仕草をした。

闇の中に潜んでいた隊員たちが静かに動き、数人ずつ、空港の敷地に小走りに散って行った。

「隊長、二二〇〇《フタフタマルマル》の二〇分前です」

傍らの草叢《くさむら》に潜んだ陸曹長の加藤がささやいた。

笠間1尉はうなずき、インカムのマイクに短く命じた。

「かかれ！」

笠間1尉は暗視スコープで、敵の対空陣地を窺った。

どの対空陣地でも黒い人影が争っている。

突然、滑走路近くの対空陣地で爆発が起こった。

ほかの陣地でも銃声が続き、ターミナルの建物の方が騒がしくなった。

サイレンがけたたましく鳴り響いている。

大勢の兵士が建物から吐き出され、駐機場や対空陣地に駆けつけた。

「三班！」

笠間1尉はインカムのマイクにささやきながら、ターミナルの建物に暗視スコープを向けた。

建物の前のパラボラアンテナを付けた通信車が、突然、爆発炎上した。

パラボラアンテナが凄まじい音を立てて、炎の中で崩れ落ちた。

通信車付近で銃声が起こり、激しい銃撃戦が始まった。

「三班、援護する。撤収せよ」

『撤収する。援護頼む』

吉田3尉の声が、イヤフォンから返った。

「三班が戻ってくる。援護射撃しろ」

笠間1尉が命じると、部下たちは一斉に射撃を開始した。

曳光弾が光の尾を曳いて、前方の暗がりに飛翔する。
七、八人の人影が腰を低めて、飛行場の敷地を駆けて来る。味方の三班だ。

全員暗視ゴーグルをつけている上に、味方はヘルメットや迷彩野戦服の肩に特殊塗料を塗ってあるので、敵味方の判別が容易だった。

「隊長！　まもなく作戦開始時刻！」

加藤陸曹長が告げると、笠間1尉は上空を見上げた。

近くまで、空自攻撃機が来ているはずだ。

いよいよ反撃が開始されるのである。

四

『無線封止解除！』

隊長機の桜井《さくらい》3等空佐の声が、ヘルメットのイヤフォンに聞こえた。

「ラジャ」

エレメント・リーダーの石田肇《いしだはじめ》1等空尉は、ヘッドアップ・ディスプレイ（HUD）のデジタル時計が2200に変わったのを目で確認した。

作戦開始時刻だ。

右手に一番機の隊長機が率いる第1エレメントが飛んでいる。

左斜め後方に三番機の石田1尉機と、四番機の斎藤賢《さいとうけん》2尉機が飛んでいる。

高度一〇〇フィート（約三〇メートル）。対地速度マッハ0・7。

石田1尉は、星明かりに朧《おぼろ》に浮かび上がった海原を見下ろした。

バイザーの暗視装置をオンにする。前方に与那国の島影が浮かび上がっている。

第9航空団第7飛行隊のF‐2改戦闘攻撃機五個編隊の二〇機は、第一次攻撃隊として那覇基地を飛び立ってから南南西に向かった。

そして、中国艦隊の防空圏を避け、石垣島の東南約一〇〇キロメートルに回り込み、あらためて与那国、石垣島へ向かった。

東日本大災害の際、松島基地所属のF‐2戦闘攻撃機一八機が津波の被害を蒙《こうむ》って大損害を受けた。F‐2は九八機で生産を打ち切っていたが、あらためて生産を再開、さらなる改良を加えたF‐2改を製造した。

その新型F‐2改により、第9航空団の下に新しく編成したのが、第7飛行隊だ。

『……ターゲット・インサイト』

『……ロックオン』

『攻撃開始せよ……』

同じく無線封止を解除した、ほかの飛行隊の無線通話が交じる。

第一次攻撃隊は第７飛行隊だけでなく、同じ第９航空団の第２０４飛行隊のＦ‐15Ｊ改部隊、さらに第８航空団の第３０２飛行隊のＦ‐15Ｊ改部隊、第６飛行隊のＦ‐２改部隊、第７航空団の第３０４飛行隊、第３０５飛行隊のＦ‐15Ｊ改部隊など、合計一三〇機を動員する大規模なものだ。

続く第二次攻撃隊には、第５航空団の第２０１飛行隊、第３０３飛行隊を基幹とした飛行集団で、約一〇〇機が投入されることになっている。

さらに、第三次攻撃隊は、帰投した第一次攻撃隊の部隊が再度出撃するもので、続く第四次攻撃には、帰投した第二次攻撃隊が再び反復出撃するというものだ。

こうして敵に息をつかせる間も与えず、空から反復攻撃を加える一方で、海上自衛隊による海からの攻撃や陸自水機団の攻撃を支援し、中国艦隊を撃退するとともに、上陸した中国軍を沖縄島嶼から駆逐する作戦である。

戦術予備として、北海道の第２航空団のＦ‐15Ｊ改部隊、Ｆ‐２改部隊が、いつでも攻撃に参加できるように築城《ついき》基地に待機している。

いわば航空自衛隊始まって以来の総力を上げた攻撃であった。

『チャンネル４』

桜井隊長の声が聞こえた。

石田1尉は無線の周波数をチャンネル4に合わせた。

『ブルーサンダー、グッドラック』

再び桜井隊長の声が響いた。

『ブルーサンダー、本隊から離脱する』

第二編隊長松本《まつもと》3佐の声が返り、第二編隊八機が高度を上げて、離れて行く。

第7飛行隊は二手に分かれた。第二編隊八機は石垣島へ、第一編隊の一二機は与那国に向かう。

石垣島には中国海軍艦艇が多数入港しており、石垣空港には中国空軍機二〇数機が飛来していた。

そのため、まず第204飛行隊、第302飛行隊などのF-15J改部隊が、中国空軍の攻撃を排除しながら、空から石垣島の敵を叩き、その間に陸自の第一空挺団が降りて、敵地上部隊を駆逐することになっている。

第7飛行隊は、主に港湾に停泊する中国海軍艦艇に対しても、攻撃を行う任務を担っていた。

一方の与那国には、中国軍の海兵隊が最も多く投入されているという報告が入っており、抵抗が大きいと思われた。

　そのため、与那国の場合も、まず空から敵を叩き、同時に陸自の水機団が空と海から着上陸して、中国軍を駆逐する計画である。

　第7飛行隊一二機は、その先陣を担い、陸自偵察隊の協力を得て、敵地上部隊を攻撃する役目を担っていた。

『対地支援戦闘用意』

「ラジャ」

　流れるような海原が、眼下に滑らかに通過して行く。

　与那国の島影が次第に大きくなり、眼前に迫った。

『各隊、目標を攻撃せよ』

　桜井隊長の命令が下った。

「ラジャ。ケン、行くぞ」

　石田1尉は二番機の斎藤2尉に呼びかけた。

　スロットルを開き、速度を上げながら、操縦桿《レバー》を引いて機首を上げる。

　武器管制装置が軽い電子音を立てた。自動的に誘導爆弾を選択し、いつでも投下準備はオーケーであるということを報せたのだ。

　敵性レーダー波をキャッチしたという警戒音が響いた。

石田1尉は周波数を緊急用回線に合わせた。

『………』

雑音混じりの無線通話が入った。地上にいる第15偵察隊からの無線だ。

「15偵、応答せよ」

『……こちら15偵、目標はエプロンの輸送機三機』

「ラジャ」

第7飛行隊は、海岸線を越えた。内陸に入ってまもなく、左手前方に短い滑走路が目視できた。

エプロンに三機の輸送機の機影が見える。

「ターゲット・インサイト。攻撃開始！」

石田1尉が告げると、斎藤2尉が応えた。

『ラジャ。攻撃開始』

石田1尉は駐機場の上空を飛び越え、旋回に移りながら、飛行場の様子を窺った。暗闇から曳光弾が花火のように上がってくる。敵性レーダー波をキャッチしているという警告音も、ひっきりなしに鳴り響いた。

石田1尉はフレアを何発も発射した。次いでチャフを撒く。赤外線追尾式ミサイルやレーダー追尾式ミサイルへの欺瞞《ぎまん》手段だ。

Ｆ‐２改戦闘攻撃機は大きく旋回し、石田１尉は再び滑走路の手前に戻った。

いくつか土嚢陣地が目に入ったが、すでに味方が制圧しているらしく、対空火器は沈黙している。

エプロンの輸送機が難を逃れようと、移動を開始していた。

「ターゲットワン、アタック」

石田１尉は誘導爆弾の照準を、エプロンから誘導路へ移動を始めた中型輸送機にあてた。

『ターゲットツウ、アタック』

斎藤２尉の声が返った。彼はエプロンにいるほかの輸送機を攻撃目標にした。

石田１尉は操縦桿を軽く押し、降下を開始する。

誘導爆弾が目標をロックオンしたことを報せる電子音が鳴った。

石田１尉はレバーの発射ボタンを押した。翼下の爆弾が離れ、ふっと機体が軽くなる。

レバーを引いて、すぐに上昇する。

フレアとチャフを叩き出しながら、右旋回に移った。

石田1尉は後方に目をやった。斎藤機も爆弾をリリースし、後をついてくる。

突然、閃光《せんこう》が迸った。エプロン付近で爆発が起こり、輸送機がはね上がって炎上した。

地上にいる第15偵察隊からの無線が、石田1尉のイヤフォンに響いた。

『15偵からブルーサンダー。二機破壊。まだ一機残っている』

「ラジャ。再度アタックする」

『ターミナル前に敵装甲車。攻撃破壊されたし』

「ラジャ。ケン、装甲車を頼む。おれは輸送機をやる」

『ラジャ』

斎藤2尉から応答があった。

石田1尉は右旋回しながら上昇し、再び滑走路に機首を向けた。

急降下しながら、石田1尉は生き残っている輸送機を捜した。炎上する機体の陰に見え隠れする輸送機の機影が目に入った。

誘導爆弾が輸送機をロックオンしたことを意味する電子音が鳴った。

石田1尉は躊躇《ちゅうちょ》なく、レバーのボタンを押した。

誘導爆弾を放擲《ほうてき》し、急上昇して、フレアとチャフを叩き出す。

左旋回して後方に目をやると、斎藤機がやはり誘導爆弾を投下し、急上昇してくるのが見えた。

ほどなく地上で、二つの爆弾が起こった。

輸送機は爆発し、装甲車も一発で噴き飛んだ。

武器管制装置が、抱えていた誘導爆弾をすべて放擲したので、自動的にロケット弾を選択していた。

石田1尉は、地上にいる第15偵察隊に言った。

「15偵、次の目標を誘導されたし」

『了解』

石田1尉はレバーを引いて上昇し、いったん海上に出た。二番機の斎藤機がぴたりとついてくる。

『15偵から、ブルーサンダー。敵から攻撃を受けている。支援願う』

「ラジャ。味方の位置が不明だ。目印の目標を教えたし」

『了解。我々のいる位置に、白のスモークを焚《た》く。スモーク前の飛行場内を叩いてほしい』

「ラジャ」

石田1尉は機首を再び飛行場に向け、高度を下げながら、滑走路に向かった。

暗視装置を通して、滑走路のスモークが見えた。

スモークが焚かれている付近を取り囲むように、中国兵が散開している。

中国兵たちが上空の石田機に向かって、銃を発射するのが見えた。

機体に弾があたるショックを感じる。

ロケット弾の発射準備が整っているという電子音が鳴っていた。

石田1尉はロケット弾の発射ボタンを押した。

翼下からロケット弾が二発、続いてさらに二発、白煙を上げて地上に突進して行くのが見えた。

ロケット弾が続け様に地上で爆発した。斎藤機のロケット弾も飛翔し、地上を襲っている。

石田1尉がロケット弾を撃つと、すぐさま武器管制システムがバルカン砲を選んでいた。

そのまま機首を中国部隊に向け、石田1尉はバルカン砲の発射ボタンを押した。

バルカン砲が唸り、無数の弾丸が地上に噴煙を上げげた。

石田1尉は機首を引き揚げ、一気に上昇した。

背後から斎藤機がついてくるのが見えた。

『全機へ。敵機襲来。空戦に備えよ』

桜井隊長の声が聞こえた。

「ラジャ。空戦用意」

石田1尉は応答し、武器管制装置を空戦モードに切り替えた。

空対空ミサイルの発射準備が整ったという電子音が鳴った。

五

尖閣諸島、2200時。

空自第7航空団第305飛行隊は何度も急降下して、尖閣諸島の魚釣島を占拠していた中国軍部隊を爆撃した。

星明かりの下、飛行隊長の辻3佐はキャノピー越しに、炎がちらつく魚釣島を見下ろした。

もともと何もない絶海の孤島である。天幕や通信機器しか見当らなかったが、徹底的に空爆をして、跡形もなく粉砕した。

海にゴムボートで逃げ出した中国軍兵士への攻撃はしなかった。おそらく、近くに潜航している潜水艦に助けを求めるのだろう。

辻3佐は無線で本部に確認した。

「305飛から本部」

『本部』

「敵潜水艦を発見した場合、攻撃していいかどうか」

『領海内ならば、攻撃を許可する。公海上であったら、攻撃は不可。ただし、敵対行動を取る場合は、その限りにあらず』

「ラジャ」

辻3佐は機体をバンクさせ、低空飛行に移った。

暗視装置を通して、敵兵たちの姿が鮮明に見える。

辻3佐の機体は、波を蹴立てて北西に逃げるゴムボートの上空を飛び越した。慌てて方向を変えようとする敵兵たちの姿が、一瞬見えた。

飛び越した後に上昇しながら振り向くと、転覆したゴムボートにすがりついている人影が見えた。

『敵編隊接近。敵編隊多数接近。中国空母から艦載機多数が発進した』

本部からの無線連絡を聞き、辻3佐は緊張した。尖閣を落とせば、近くに待機中の中国空母艦隊が動き、艦載機が発進するのは予想していたことだ。

305飛の任務は囮《おとり》になり、敵空母をできるだけ近くにおびき出すことだ。それによって、敵空母を攻撃し、撃沈できれば作戦は成功する。

「全機、燃料チェック。不足機はいったん戦闘空域を離脱して、燃料補給を受けよ」

辻3佐は部下たちに命ずると、燃料計を見た。まだ一暴れするぐらいの燃料は十分にありそうだった。

『敵編隊接近中』

再び本部から無線連絡が入った。

「敵機の機種と数は？」

『艦載機は、いずれもJ-11と見られる。接近中の敵機編隊は二個。第一集団三〇機、第二集団三二機』

J-11は、ロシア製のSu-27SKの中国製コピーだ。

Su-27SKはロシアの輸出用ダウングレードモデルで、同じSu-27フランカーシリーズでも、やや性能が落ちる。

だが、Su‐27は、西側のF‐15やF‐16、F‐14に対抗するために造られた高性能機であることは間違いない。

レーダーディスプレイに、北北西から艦載機と見られる二つの編隊が近づいて来るのが映っていた。

いずれも、菱形編隊でこちらへ向かって来る。

「全機、対空ミサイル発射用意！」

辻3佐は緊張した声で、全機に命令した。

六

眼下に石垣島の島影が見えた。

第9航空団第204飛行隊第三エレメント・リーダーの三本木《さんぼんぎ》1尉は、F‐15J改戦闘機のキャノピー越しに石垣空港の滑走路を見下ろした。

これまでの反復攻撃で、列線を作って並んでいた中国空軍のJ‐8戦闘機やIL‐76MD大型輸送機、Y‐8中型輸送機十数機が爆発炎上し、煙を上げている。

空港脇にある燃料タンクも空爆で爆発し、赤い炎を上げていた。

三本木1尉は、機体をバンクさせて石垣港上空を覗き込む。

石垣港に停泊していた輸送船やフリゲートも炎上し、煙を上げている。

船体が半ば沈んでいる輸送船もあれば、港の出入口の防波堤に座礁しているフリゲートもあった。

港から逃げ出た艦艇は対艦誘導弾を食らい、いずれも大破か沈没している。

石垣港の艦船に壊滅的な打撃を与えたのは、第7飛行隊のF－2改戦闘攻撃機部隊であった。

昼間ならば、石垣島から黒煙が何十本と上がるのが見え、さぞ壮観だったであろう。

石垣島を占拠していた中国軍への奇襲は成功した。

まず石垣島や宮古諸島へ密かに着上陸していた陸自の特殊作戦部隊が、事前に火力発電所を制圧、全島をブラックアウトにした。

そして、作戦開始と同時に電子戦機EC－1が電子妨害を行い、中国軍のレーダーや通信システムを無能力化した。

一方、空自の飛行隊が誘導爆弾やミサイルにより、中国軍の移動式対空レーダーや対空自走砲などを攻撃、多数の対空ミサイルや対空火器を破壊した。

おそらく中国軍は相互の連絡が取れず、何が起こっているのかも把握できずに、大混乱をきたしていたであろう。

そのうちに、陸空の自衛隊が、島に設置されていた軍事施設の大部分を破壊してしまったのだ。

『ダメージ・リポート（損害報告せよ）』

隊長機の伊藤《いとう》3佐の声が聞こえた。

「三本木、損害なし」

僚機からも、次々に報告が上がる。

地上からの対空火器によって二機が被弾していたが、飛行には支障なしとの報告だった。

伊藤隊長は万が一に備えて、被弾した二機に戦闘空域からの離脱を命じ、基地へ帰投させた。

『各機、燃料残量チェック』

「ラジャ」

三本木1尉は燃料計をチェックした。まだ燃料は十分にある。

もし燃料が不足していたら、近くで待機しているKC-130空中給油機から補給を受ければいい。

いきなりコックピット内に、電子警戒音が鳴り響いた。

早期警戒管制機ＡＷＡＣＳからの通報だった。

『全機警戒。北北西から中国空軍機多数出現、尖閣空域に急速接近中。空母艦載機と見られる。距離五〇マイル（約八〇キロメートル）。後ろからも多数編隊出現。距離二〇〇マイル（約三二〇キロメートル）』

レーダー・ディスプレイに数個の編隊が表示されていた。いずれも敵味方識別装置が敵と認めている。

『全機、これより迎撃に向かう。空戦用意せよ』

隊長機の伊藤3佐の落ち着いた声が、三本木1尉の耳に響いた。

武器管制装置が自動的に、中射程レーダーホーミング空対空ミサイルＡＡＭ‐４Ｌを選択していた。

Ｆ‐15Ｊ改は、空対空ミサイルＡＡＭ‐Ｌを四発装備している。

『先発した艦載機編隊は、Ｊ‐11と見られる。大陸から離陸した後発の編隊は、Ｊ‐8、Ｊ‐10、Ｊ‐11Ｂ、Ｓｕ‐30ＭＫＫの混成と見られる。先発編隊との距離四〇マイル。なお接近中』

三本木1尉は、内心でしめたと思った。

J‐11はロシア製の最新型戦闘機Su‐27フランカーの中国仕様コピーである。J‐11Bは、さらにそれを改良したマルチロール機であった。

Su‐30MKKはフランカーシリーズでも、最強の長距離迎撃型の最新機種である。

いずれにせよ、Su‐27もSu‐30も、F‐15イーグルを意識して造られたといわれる高性能機であった。相手として不足はない。

機体の性能が同じレベルだったら、あとはパイロットの技量の差で優劣が決まる。

三本木1尉は、自分が最初にJ‐11を撃墜してやると思ったが、逸る気持ちをできるだけ抑えた。

七

第8航空団第302飛行隊の隊長である小林《こばやし》3佐はF‐15J改の機体をバンクさせてロールを打った後、鋭く急上昇した。

チャフを撒き、フレアを叩き出した。レーダーホーミング式のミサイルや赤外線追尾式のミサイルを欺瞞するためだ。

僚機の大滝《おおたき》機が、後方について来るのが見えた。

第302飛行隊のミッションは、宮古島に上陸占領した中国軍陸上部隊の撃滅だった。

すでに誘導爆弾は全部落とし、残る対地攻撃用武器はロケット弾とバルカン砲しかない。

小林3佐は上昇しながら、宮古島を見下ろした。

星明かりの下、宮古港の戦闘艦艇はほとんどが炎上し、港の外に逃げようともがいている。

なおも、第8航空団第6飛行隊のF‐2改戦闘攻撃機が、執拗に対艦攻撃を反復していた。

港付近は炎上した艦艇や輸送船の光で、明るく浮かび上がっている。

宮古島も石垣、与那国同様、事前に陸自特殊部隊が着上陸しており、作戦開始後すぐに、敵の司令部や通信施設、レーダーサイトを攻撃破壊した。

小林3佐たちF‐15J改部隊は、空から彼らを支援爆撃し、装甲車両や対空ミサイル陣地をほぼ破壊した。

まもなく特殊部隊が制圧した宮古飛行場にC - 2輸送機四機が飛来し、離島警備隊を降ろす手筈になっている。

そのため、小林隊は空から何度も降下し、特殊部隊の要請を受けて、飛行場周辺に爆撃や銃撃を加え、残敵掃討の支援をしていた。

今回の奇襲によって、飛行場の中国軍機のほとんどを地上で破壊した。

宮古諸島空域を哨戒中だった二機のJ - 8戦闘機がいたが、近接格闘戦の末、小林3佐機と大滝2尉機が、敵機を二機とも撃墜した。

『中国軍機の編隊発見。尖閣方面に接近中』

E - 767早期警戒管制機AWACSから、次々に中国空軍機の情報が入った。

「ラジャ」

小林3佐は応えながら、思わずほくそ笑んだ。

奇襲が成功し、あまりに呆気《あっけ》なく勝負がついてしまったので、少々不満だったからである。

中国軍が、このままおとなしく引っ込んでいるはずがない。

小林3佐は、全機に命じた。

「隊長機から全機へ。燃料チェックしろ。燃料不足機は給油機から燃料の補給を受けよ」

『ラジャ』

小林3佐は自機の燃料が、まだ十分あることを確認した。

「全機、尖閣へ向かえ。お客さんを歓迎する」

『2番、ラジャ』

『3番、ラジャ』……。

次々と、部下たちから返答があった。

「菱形編隊《ダイヤモンド》！」

小林3佐は命ずると、操縦桿をやや倒し、機首を北北西に向けた。

第8航空団第302飛行隊のF‐15J改戦闘機が、四機ずつ菱形の戦闘隊形を作って、宮古諸島から尖閣諸島空域に向かった。

八

東京指揮所は、緊張した空気に包まれていた。

外山統合幕僚長は固唾《かたず》を飲んで、電子状況表示板を睨んでいる。

篠崎航空幕僚長も口をへの字に結んで、電子状況表示板を食い入るように見つめていた。

沖縄の先島諸島全域をカバーする海上図に、赤いドットの塊が無数に表示されている。

中国空母艦隊の位置が赤丸で示され、そこから二個の編隊が発進し、尖閣諸島に向かっていた。

その二個編隊の後から、中国の市路《シールー》空軍基地をはじめとする沿岸部各地の空軍基地より、無数の赤いドットが先島諸島を目指すように移動して来る。

それを迎え撃つ空自の編隊を示す青いドットが、尖閣諸島周辺に展開していた。

宮古群島、石垣島、与那国の空域からも、数個編隊が尖閣諸島に駆けつけている。

現地部隊の交信する声が、モニターを通して聞こえてくる。緊迫した状況が、ディスプレイを通して伝わってきた。

『ミサイル発射！』

飛行司令の命令が下りるのが聞こえると、各飛行隊長からの応答があった。

尖閣諸島上空にいる青いドットから、ミサイルが一斉に発射された線が無数に伸びていく。

『敵編隊から空対空ミサイル発射確認！』

早期警戒管制機ＡＷＡＣＳのオペレーターが告げた。

電子状況表示板の上にある赤いドットからも、無数の赤い線が伸び始めた。

空自も中国空軍も、中射程空対空ミサイルの発射から空戦を開始したのだ。

「彼我《ひが》、どちらのミサイルの性能がよいかの争いだな」

外山統合幕僚長が、篠崎航空幕僚長に言った。

「敵のミサイルよりも、我が国産ミサイルの方が断然に優っていると技術陣は言っています。いまはそれを信じるしかありません」

「うむ」

外山統合幕僚長は、ディスプレイを睨みながらうなずいた。

『まもなくミサイル会敵時刻』

早期警戒管制機ＡＷＡＣＳのオペレーターが告げた。

国産の空対空ミサイルＡＡＭ‐４Ｌは、対航空機のみならず、キャッチすれば敵のミサイルも撃墜する能力がある。その性能が本物かどうかが、まもなく試されるのだ。

外山統合幕僚長は心の中で、密かに祈る思いだった。

敵のミサイルを射ち落とし、我が空自のパイロットたちには全員無事でいてほしい。あたら若い命を、尖閣諸島のような無人島を守るために散らしたくなかった。

『会敵時刻です』

オペレーターの声が響いた。

青い線と赤い線が交錯した。見る間に赤い線が消えていく。しかし、同時に青い線も次々と消え去っていった。

外山統合幕僚長は時計に目をやった。刻一刻と時間が過ぎていく。

『第二弾、第三ミサイル弾発射！』

飛行司令の冷静な声が響いた。

尖閣空域に駆けつけた空自部隊から、再度、ミサイルが発射され、一斉に青い線が敵編隊に伸びていく。

『報告、敵ミサイル撃墜約八〇％』

早期警戒管制機ＡＷＡＣＳのオペレーターからの報告に、東京指揮所のスタッフたちがどよめいた。

「まだまだ」

篠崎航空幕僚長は腕組みをし、電子状況表示板を睨んでいる。

赤い線と交差し、消えなかった青い線が、真っすぐに赤いドットの塊に進んでいく。

青い線をすりぬけた赤い線も、青いドットの編隊に一直線に伸びてきた。

『ミサイル来襲、ブレイク！　回避しろ！』

飛行隊長の緊迫した声が流れた。それを機に、青いドットが四方に散った。

一方、青いドットの集団から、新たに伸びた無数の青い線が、赤いドットの塊に突き当たった。

『ミサイル命中。ミサイル命中。敵機多数を撃墜している』

早期警戒管制機ＡＷＡＣＳからの報告が流れた。

「ようし、これでいい」

篠崎航空幕僚長は思わず大声を出し、外山統合幕僚長と顔を見合わせた。

『まもなく接敵時刻です』

少なくなった赤いドットの群れに、青いドットが襲いかかった。

いまごろ尖閣諸島の北西、五〇キロメートル付近の上空では、空自Ｆ‐15Ｊ改飛行隊と中国空母から飛び立った艦載機Ｊ‐11との間で、熾烈《しれつ》な近接格闘戦が行われているのであろう。

電子音はひっきりなしに聞こえるが、まるでシミュレーションゲームでもやっているようだと、篠崎航空幕僚長は内心で思った。

画面上では、見る間に青いドットにやられて赤いドットが消えていく。

柄沢海幕幕僚が、外山統合幕僚長に報告した。

「第1護衛隊、宮古島の東南五海里（約九キロメートル）に到達。第3護衛隊尖閣の東一〇海里（一八キロメートル）到達」

電子状況表示板に、船形マークの青い印が点灯した。

「第1護衛隊DDH『ひゅうが』からヘリコプター発進、宮古島へ先遣隊を空輸開始します」

「うむ」

外山統合幕僚長は、大きくうなずいた。

「敵潜水艦を索敵中。敵潜発見次第に攻撃します」

琉球諸島奪還作戦は順調に進んでいる。外山統合幕僚長は、内心でほっとした。

九

五月二十六日、０４００時。

外はまだ夜が明けておらず、真っ暗だった。

総理官邸の記者会見場は、国内外の記者やレポーターたちでごった返している。

ほんの一時間ほど前に、河井首相から国民へ向けての緊急発表があったばかりだった。

緊急発表の内容は、日本国は昨夜十時を期して、万止《ばんや》むを得ず自衛権を発動し、尖閣諸島、宮古群島、石垣島、与那国などを不法占領した中国軍に対して、陸海空三自衛隊を挙げて攻撃を加えた、というものだった。

これは我が日本国が歴史的に領有していた琉球諸島を、中国による不法な占領から奪還し、沖縄の人々を解放するためである。日本には、それ以上、他国を侵害する意図はない。

これにより、日本は宣戦布告こそしないものの、事実上、中国と戦争状態に入った。

国民は冷静に事態を受け止め、我が国を信頼して、引き続き政府の支持をお願いしたい、という骨子の内容である。

その緊急発表について、河井首相の記者会見が開かれるというのだ。

会見場には、各新聞社の政治部や外報部の部長クラスも顔を出している。

外国記者たちの参加も認められ、各国からの特派員たちも全員顔を揃え、手ぐすね引いて河井首相を待ち受けていた。

成嶋官房長官が現れ、まもなく総理の会見が行われると告げた。その際、総理から重大な発表があるかもしれないと付け加えた。

中国との戦争という極限事態の上に、さらに何が発表されるのかと、記者たちは色めき立った。

しばらくして、河井首相が姿を現し、正面に掲げられた日の丸に一礼した。

壇上に立った河井首相は、会見場の記者団を見回し、次いでずらりと放列を並べたテレビカメラに向かって話しだした。

「今朝未明に発表した通り、我が国は再三再四、中国政府に対して我が国の領土から中国軍を平和的に撤退させるよう要請いたしました。にもかかわらず、中国政府は要請を拒否。我が国は不法に琉球諸島の占領を続けた中国軍に対して、万止むを得ず、昨夜午後十時を期して自衛権を発動しました。

これにより、日本が中国と戦争状態に入ったことは、今朝未明に申し上げた通りです。

我が国はかつて中国に兵を送り、遺憾なことに中国を軍事占領し、不当に支配した不幸な歴史があります。その歴史的な誤ちを、我々日本人は反省し、二度と再び中国や世界と戦火を交えまいと誓ったものでありました。

しかし、そういう我が国の不戦の誓いをいいことに、中国はあろうことか、琉球諸島は中国の領土だと理不尽な主張を繰り返し、あまつさえ軍事力を行使して、尖閣諸島をはじめ、与那国、石垣、宮古など先島諸島を軍事占領しました。

我が国は国連安保理に訴え、中国の横暴や不法な戦争行為を非難して、中国に軍事攻撃をやめさせるよう提訴しましたが、日米の共同提案の決議は、中国の一方的な拒否権発動によって退けられました。

やむを得ず、我が日本は国連の緊急総会で、世界各国に向かって、琉球諸島は日本固有の領土だと訴え、中国の覇権主義を非難し、その侵略行為をやめさせるために、国際的な軍事、経済的制裁を課すべきだと提案したが、賛同したのは台湾をはじめとする東南アジア諸国とインド、それからヨーロッパのいくつかの小国だけでした。

かつての盟友であるアメリカをはじめ、友好国であるフランス、ドイツ、イギリス、ロシア各国も、中国と深い経済関係を結んでいることもあって、口では激しく非難をするものの、わが国を支持して、軍事的経済制裁までは踏み込んでくれませんでした」

河井首相はそこで一呼吸入れると、再び話を続けた。

「こうした外交手段による解決を考えた我が国を見て、日本は全面戦争をする意志がないと読んだのか、中国はさらに大胆に沖縄侵略を進め、恒久的な軍事施設を建設する構えまで見せるようになりました。そして、さらには中国空母艦隊を尖閣諸島近くに派遣し、軍事的に威圧を加え始めたのです。

あまつさえ、厳重抗議をする我が国に対し、もし日本が自衛隊を派遣した場合、中国への宣戦布告と見なすと通告してきたので、我が政府はしばらく自衛権の発動を躊躇していました。

しかし、国連もアメリカや友好国もあてにならないとわかり、自国のことは自国で守るしかないと結論を下し、今回の自衛権発動に踏み切った次第です。

おそらく中国は、そうした我が国の自衛権発動に対して、在留日本人を不法に拘束収容したり、中国に進出している日本企業の資産を没収したりすることでしょう。日本からの輸入を禁止するだけでなく、戦略物資のレアアース、石油などの資源を、日本へ輸出することを禁止するはずです。

しかし、我が日本は負けません。団結力で東日本大震災を乗り切り、不屈の忍耐力と創意工夫で、福島の原発災害も乗り切ったことを思い出していただきたい。

我が国は大国中国の覇権主義に反対し、中国の軍事的圧力に喘《あえ》いでいるすべてのアジア諸国を支援し、中国に対抗していく決意であります。

なお、いま入った報告によると、我が陸海空自衛隊の統合作戦の結果、先島諸島から中国侵略軍をほぼ駆逐することに成功しました。いまは残敵掃討を行っているとのことです。与那国、宮古、石垣島では多数の中国軍兵が投降し、捕虜になっております。

航空自衛隊からの報告では、四度にわたる中国空軍との大規模な交戦の結果、中国空軍に多大な損害を与えたことが判明しました。わが自衛隊の損害は軽微とのことです。詳細については、のちほど防衛省から発表があるでしょう。

また、中国空母艦隊は尖閣諸島の海域から依然として離れておらず、いまだ予断は許されませんが、いまのところ戦況はわが国が優勢となっています。

以上、報告して終わりにいたします」

河井首相の話が終わると、成嶋官房長官が立ってマイクを持った。

「では、質問をいくつか受けつけます。ただし、事態が急を告げておりますので、申し訳ありませんが、各社一人一問にしてください。では、はい、その白ワイシャツの方」

「読売の鮫島《さめじま》です。先ほど成嶋官房長官は、総理から何か重大発表があると仰っておられたと思うのですが、それはどうなったのですか？」

成嶋官房長官は、河井首相を振り向いて訊ねた。

「総理、いかがですか？」

「言おうか言うまいか迷っていたところでしたが、皆さんの期待を裏切ってもいかんでしょうから、申し上げましょう」

河井首相は壇上で息をつくと、辺りを見回してから再び口を開いた。

「重大発表というのは、我が日本政府は中国が今回のような侵略行為を繰り返し、日本ばかりでなく東南アジアの平和を脅かすようであれば、そうした中国の覇権主義に対抗して、我が国も自衛のために、独自に核兵器を保有することも辞さない覚悟であるということだ。このことを、中国政府に警告しておきたい」

河井首相の言葉に、会見場にいた記者たちは思わず息を呑んだ。

「日本も核武装するというのですか？」

一人の記者が、勢い込んで河井首相に問い質した。

「…………」

河井首相はじろりとその記者の顔を見たが、何も応えなかった。

「はい。そのクールビズの半袖姿の記者さん」

「朝日の清水《しみず》です。いま仰った核関連についての質問です。核保有も辞さないということですが、わが国の国是である非核三原則はどうなるのですか？」

「当然、非核三原則などという、現実の危機に対応できない平和主義の原則は見直しをするべきだと思います」

河井首相が言い放つと、記者はなおも食い下がった。

「では、平和憲法はどうなるのです？」

河井首相はその記者を無視して、会見場を見回した。

「……次の質問者は？」

「はい、そのブルーのスーツを着た女性の方」

成嶋官房長官が指を差した。スタイルのいい外国人の女性記者が、すっくと立ち上がった。

「CNNのジョナサンです。アメリカの核の傘があるのに、それ以上に日本が核を保有する必要があるのですか？」

「アメリカは自国の国益に基づいて、核を保有しています。我が国を守るためではない。我が国はそうした自国の防衛を、他国任せにしておくのは危険だと考えている。もちろん我が国は依然としてアメリカのよき同盟国であるし、アメリカの核の傘で守られている部分はあると思っています。だが、現実に、中国が沖縄に侵略するような事態が起こったのは、中国がアメリカの核を恐れていないことの証《あかし》ともいえるはずです。だとすれば、日本が核を保有すれば、中国も安易に我が国にちょっかいを出すことはできなくなるでしょう。また、核保有した日本が、アメリカの代わりに、中国の覇権主義に苦しむ東南アジア諸国と軍事的に相互防衛の協定を結べば、それらの国は大いに喜ぶに違いないと思うのですが」

河井首相がきっぱりと言い切ると、CNNの女性記者は返す言葉を失った。

その時、背広姿の記者が「はいはい」と手を挙げ、成嶋官房長官が指名する前に、立ち上がって発言した。

「毎日の小森《こもり》です。核保有するというのと、核兵器を造ることとは別の話ではないですか？　いまの日本に核兵器を造る能力が果たしてあるのか。それに原材料のプルトニウムや濃縮ウランはどうするのです？　よしんば核兵器を造ることができたとしても、核の運搬手段がないではありませんか。核兵器も造れず、弾道弾もなければ、それはただの脅しにしかすぎないのではないですか」

記者の問いかけに、河井首相はにやっと笑った。

「いい質問ですな。しかし、いくつか仮定に基づいた疑問もあるので、こちらもまとめてお答えしましょう。核兵器の原材料は青森の八ヵ所村《はっかしょむら》に、使用済み燃料のウランやプルトニウムを大量に貯蔵してあります。核兵器を造る能力があるかどうかは、フランスやアメリカと肩を並べて原子力開発を進めてきた日本の技術者、科学者からすれば、朝飯前のことと言っておきましょう。核の運搬手段については、我が国はロケット開発において、アメリカ、ロシア、フランス、中国と肩を並べている。それらの国と同様、我が国も人工衛星打ち上げに成功している事実があります。その技術は、いつでも軍事転用できる。ただ、いままで我が国は、その技術を軍事転用するという決意をしなかっただけのことです」

河井首相が応えると、記者席は一斉にざわめいた。

一人の外国人特派員が、高々と手を上げた。

「はい、どうぞ」

「アルジャジーのマフムードです。アメリカは日本の核保有を認めてくれますか？　北朝鮮やイラク、イランの核開発に対して、アメリカは武力を使ってまで圧力をかけた。日本に対しても、アメリカはノーというのでは？」

「アメリカが承認するもしないも、関係ありません。アメリカの核の傘が有効でないとなれば、日本は自衛のために核保有するということです。核保有国アメリカの大事な同盟国であるイスラエルは、自国防衛のために、秘密裏に核兵器を開発して保有しています。アメリカは認めたくなかったでしょうが、中東のパワー・オブ・バランスを考えて、イスラエルの核保有を黙認せざるを得なかった。日本も同様な立場になると考えています」

河井首相が淀みなく応じると、成嶋官房長官が言った。

「そろそろ、最後の質問にしたいと思います。では、そのスーツの女性記者」

成嶋官房長官は、最前列の椅子に座った女性を指差した。

「日経の笹川《ささがわ》です。いずれにせよ、日本が核保有国になるには、時間がかかりますよね。だとすると……」

「いや、時間はかかりません」

河井首相が即答したので、会場は再びざわめいた。

「待ってください。日本はもう核保有しているということなのですか?」

河井首相は成嶋官房長官と顔を見合わせると、思わせぶりに言った。

「その答えは、ノーコメントとしておきます」

「イエスでもノーでもないというのですか?」

「それもノーコメントです」

会場はたちまち蜂の巣を突ついたように、大騒ぎとなった。

「質問!」

「質問です!」

会場のあちらこちらから手が上がり、叫び声が上がった。

「では、官房長官、もう一問だけ質問を受けようではないかね」

「はい。では、そのスーツ姿の方。最後の質問ですよ」

「TBSの松尾《まつお》です。中国がもし核を使用すると日本を脅したら、総理はいかがなさるおつもりですか?」

「脅しには、絶対に屈しないでしょう」

「中国が核の先制使用をしたら、どうするのかと訊いているのです」

「我が国も直ちに核で報復する」

河井首相が断言すると、再び会見場は大騒ぎになった。

「ということは、すでに我が国は核を保有していることになりますね？」

「ノーコメントです」

「平和憲法にも違反することです。はっきりと答えてください」

「平和憲法のどこに、核武装してはいけないという条項がありますか？」

「前文の精神に反するのでは？」

「憲法の精神は尊重します。だが、現実に日本が核攻撃されるという時に、憲法論議も何もない。はっきり申し上げておきましょう。中国が核保有をバックに、どうしても太平洋に覇権を求めるならば、日本は平和憲法の精神を捨て、中国との全面戦争も辞さない。

日本は黙って座視することはしない。もし中国が全面戦争を仕掛けてくるなら、一億三千万人が一丸となって戦うことになる。核で来るなら、核で応じる。我が国が先に核で先制攻撃することはないが、核攻撃されたら、かならず核で報復する。しかも、倍にも三倍にもしてお返しするだろう。目には目を、歯には歯を。核には核だ、と宣言しておきましょう。では、これで」

河井首相は平然とした態度で会場に一礼すると、壇上から降りた。

「質問」

「質問！」

会見場から、次々と怒号が飛んだ。何人もが河井首相に駆け寄ろうとする。

ＳＰが人垣を作って、記者たちの突進を阻止した。

成嶋官房長官があわててマイクをつかみ、大きな声で叫んだ。

「これで総理記者会見は終わります」

河井首相の姿が見えなくなると、記者たちはあきらめたのか、すぐに会場でＰＣを開き、いまの会見のやりとりを記事に書き始めた。キーを押す音が、静かに鳴り響いている。

中には直ちに会見場を飛び出し、携帯電話をかけて何事か叫んでいる記者もいた。

河井首相は会見場をでると、迎えにきた大門和人首相補佐官に、にやっと笑った。

「どうだ、大芝居を打った反応は？」

「新華社の記者なんか、大あわてでしたよ。顔見知りの日本の記者などに訊ねていましたが、たとえ核はないと言われても、すぐには信じられないでしょうね」

「うまくブラフになればいいが……」

「上々です。今日の夕方のテレビで、いまの記者会見が大々的に流れ、明日の朝刊の一面は『日本核武装か？』の大見出しが躍っていることでしょう。ネットでも核保有の真偽を問う情報が氾濫し、一晩で先ほどの話が、地球を一、二周しているはずです」

河井首相はうなずいたが、ふいに不安げな顔になった。

「しかし、中国が今度の沖縄戦争に敗北して、本当に核を使ったらどうする？」

「中国は核を使えませんよ。先ほどの総理の記者会見を聞き、核を使えば本気で日本が報復するかもしれないと思って、用心するはずです」

「うむ。だったらいいのだが」

「少なくとも時間稼ぎにはなります。その間に、『暁』計画を推し進めましょう」

「『暁』計画には、核開発は入れてなかったな」

河井首相が訊ねると、大門和人はうなずいた。

「はい。しかし、入れることはいつでも可能ですが……」

「国家戦略局で、核保有についても検討するようにしてくれたまえ」

「わかりました。しかし、松平委員が喜びそうなテーマですね」

大門和人は頭を振りながら、思わず笑みを浮かべた。

十

太平洋に陽が昇った。

旭日《きよくじつ》が東シナ海の海原を黄金色に染め上げている。

第7飛行隊ブルーサンダー隊F‐2改戦闘攻撃機の四機編隊は、敵艦のレーダー波を避けて、海面すれすれの超低空飛行をしていた。

ジェット噴射を浴びた海水が、後方で飛沫《しぶき》を上げている。その水飛沫をできるだけ上げないように飛ぶのがコツだった。

石田1尉は操縦桿を軽く握りながら、高からず低すぎず、超低空を維持して飛行を続けていた。

武器管制装置が、93式対艦誘導弾ASM‐2の発射準備スタンバイを報せる電子音を立てた。

F‐2改戦闘攻撃機は主翼と胴体下に、四発の93式対艦誘導弾ASM‐2を携行している。

ブルーサンダー隊が目指すのは、中国の最新式空母であった。

中国の空母艦載機J－11は空母を飛び立ったものの、まだパイロットの技量が低かったせいか、空自のF－15J改戦闘機との空戦に敗れ、次々に洋上で撃墜されていた。

大陸各地の空軍基地から飛来したJ－8やJ－10、Su－30MKK、Su－27SKは、中射程空対空ミサイルAIM－7Lの一斉発射の波状攻撃を受けて、近接格闘戦になる前に撃墜される機が続出した。

敵機の一部は、空対空ミサイルを射ちっぱなしにしたまま、なぜかそれ以上は戦いを挑むことなく、引き返してしまった。

石田1尉も二回目に出撃した際に、J－10と近接格闘戦になり、空対空ミサイルAIM－9Lで、相手を撃墜した。

『中国艦隊との距離五〇マイル（約八〇キロメートル）。敵艦隊は反転して、戦場離脱を図っている。我が隊はこれを追撃し、空母撃沈を期す』

隊長機である桜井3佐の檄が飛んだ。

第7飛行隊も無傷ではなかった。与那国支援攻撃の後、いったん那覇に引き返し、空戦用に空対空ミサイルAIM－9Lや中射程空対空ミサイルAIM－7Lを搭載して、再度出撃したのだが、さすがに空戦では、Su－27SKやSu－30MKK、

J‐13の動きがよく、F‐2改戦闘攻撃機も苦戦を強いられた。

第7飛行隊は敵機五機を撃墜したものの、二機が敵ミサイルの餌食になった。パイロット一人は海上から救出したものの、一人は行方不明になっている。

二〇機のうち、被弾した四機が修理に回され、残り一四機が現有機数だった。その第7飛行隊に、北に逃げる中国艦隊の追撃命令が下りたのである。

桜井3佐から、全機に命令が下った。

『中国空母艦隊との距離二〇マイル（約三二キロメートル）。射程内に入った。慎重に敵空母を索敵し、ミサイルを発射する。これからは防空ミサイルが飛んでくる。厳戒態勢に入れ。敵も必死だ』

いきなり警報音が、石田1尉のコックピットに鳴り響いた。

敵ミサイルの索敵レーダー波をキャッチしたという警報だった。

「ターゲットを選び、ロックオンしろ」

「ラジャ」

桜井3佐の命に応えると、石田1尉はレーダーディスプレイに目をやった。

画像が乱れているのは、アクティブ・レーダー波が海面に乱反射するためだ。

電子戦機が敵レーダーにジャミングを掛けている。

その雑音がF‐2改戦闘攻撃機の電子機器にも微妙な影響を与えていた。

操縦桿を引き、高度を上げる。レーダーディスプレイがクリアになった。

石田1尉の眼前に、中国空母艦隊の艦影が何隻もくっきりと現れた。

空母の艦影が小さいのは、艦橋がステルス仕様になっているからだ。

平べったい艦影は、紛れもない空母の姿であると、石田1尉は判断した。

巡洋艦やフリゲートの間から、空母の艦影が見え隠れしている。

石井1尉のコックピットで、再び警報が喧しく鳴りだした。

『上空敵機！』

桜井隊長機から警告が入った。

ちらりと上空を見上げると、朝日を浴びた銀翼がきらりと光るのが見えた。

機影は十数機ほどあったが、上空から急降下して、ミサイルを発射するものと思われた。

僚機が93式対艦誘導弾ASM‐2を発射し、次々に飛び去って行く。

（まだだ、まだまだ……）

ミサイル接近の警報が鳴るのも構わず、石田1尉は平べったい艦影に93式対艦誘導弾ASM‐2の照準を合わせた。

ロックオン。続けて電子音が鳴った。

石田1尉はミサイル発射ボタンを押した。

機体の下から二発の93式対艦誘導弾ＡＳＭ‐２が飛び出した。

機体がふっと軽くなる。二発の93式対艦誘導弾ＡＳＭ‐２は、海面すれすれに飛翔して行く。

石田1尉は続いて、小さな艦影に照準を合わせた。

再び敵艦をロックオンして、発射ボタンを押した。

続けて二発の93式対艦誘導弾ＡＳＭ‐２が翼下から噴出し、白煙を曳いて飛翔して行く。

『ミサイル接近、ミサイル接近』

警報が鳴り響く中、石田1尉は操縦桿を引き、急上昇を始めた。

ミサイルの黒い弾体が翼の横を掠めてすれ違い、海面に突っ込んで爆発する。

続けて二発、水面に大きな水柱が立った。

石田1尉は操縦桿を引きながら、旋回上昇した。

ちらりと海上を見下ろすと、白い航跡を引きながら、中国の空母艦隊が北上している。

上空には友軍のＦ‐15Ｊ改戦闘機隊が駆けつけ、敵機と追いつ追われつの近接空中戦を展開していた。

敵機は大陸から援護にかけつけたミグ29要撃戦闘機やＳｕ‐27ＳＫらしい。Ｆ‐15Ｊ改と互角か、それ以上に戦っている。

『こちらケン。ロック、大丈夫か』

斎藤2尉の声が響いた。ロックは石田1尉のコールサインだ。

僚機の斎藤機が上空で、旋回待機していた。

「大丈夫だ」

石田1尉が応えた時、中国艦隊が突然、航跡を乱し始めた。急旋回している艦影もある。

海上では、激しい対空砲火が始まっていた。

93式対艦誘導弾ＡＳＭ‐2の大群が、空母艦隊に到達したのだろう。

対空砲火と一緒に、対空ミサイルも発射されている。艦影から銀色のチャフが、空中に散布されるのも見えた。

中国艦艇の直前で、次々に爆発が起こる。93式対艦誘導弾ＡＳＭ‐2が射ち落とされているのであろう。

空母は傲然《ごうぜん》と回避運動をしながら、航行を続けていた。

石田1尉は操縦桿を軽く引き、辺りを見回した。

F－15J改と中国空軍機のドッグファイトは終わり、敵機は引き上げて行ったようだった。

味方のF－15J改が上空を飛び回り、編隊を組もうとしている。

『ロック、ルックダウン』

斎藤2尉の声が響いた。

石田1尉が眼下に目をやると、空母の艦影が白煙を上げ、小爆発を起こしていた。

93式対艦誘導弾ASM－2が命中したらしい。並走する旅大型駆逐艦も炎上している。

ミサイルフリゲート一隻も、93式対艦誘導弾ASM－2が命中したらしく、洋上に停止したまま炎上していた。

もう一隻の空母はミサイル駆逐艦に並走されながら、遁走《とんそう》している。

艦隊の足並みは乱れ、93式対艦誘導弾ASM－2が命中したらしい艦影から、何本もの黒煙が上がっていた。

その数は七、八本ほどもあり、中国艦隊の半数近くに損害を与えている。

『隊長機から全機へ。損害報告せよ』

桜井3佐の声が、ヘッドフォンから僚機に聞こえた。

「3番石田」

『4番斎藤』……

僚機が次々に応答したが、9番からの返答がなかった。

『9番？』

『9番、戸山《とやま》機ダウン。戸山1尉が墜落機から離脱したのを確認』

石田1尉の声が返ると、桜井3佐は冷静に告げた。

『至急に救援を呼べ。墜落位置を報せろ。全機、RTB（リターン・ツウ・ベース）』

「ラジャ。RTB」

石田1尉は斎藤機に呼びかけ、翼を那覇基地へ向けた。

海上を振り向くと、白い航跡を残して、中国空母艦隊が全速力で航行している光景が目に入った。

二度と来襲できぬように、徹底的に叩く。そう命令した飛行司令の言葉が頭を過った。

中国空母艦隊は今回こそ撤退したものの、次は相当な準備をして再来襲して来るに違いない。
　奇襲作戦は成功したものの、石田1尉は厳しい表情で那覇基地に機体を向けた。
　後日、この沖縄琉球諸島戦闘の結果は、次の通りであると判明した。

◎中国軍側損害
　空母一隻大破。自力航行できず、僚艦に曳航されて、基地へ帰還。
　瀋陽《シエンヤン》級ミサイル駆逐艦　一隻撃沈
　旅大型駆逐艦　一隻撃沈、一隻大破
　ミサイルフリゲート　四隻撃沈
　輸送艦　三隻撃沈、五隻大破
　小艦艇　十数隻大破、または拿捕
　艦載機　四十数機撃墜
　要撃戦闘機　二十数機撃墜
　輸送機　一三機大破
　捕虜　五四七名
　戦死者　一二〇名（推定）

負傷者　二一二名

◎日本側損害

F-15J改戦闘機　二機撃墜、四機未帰還

F-2改戦闘攻撃機　六機撃墜

レーダーサイトほか防空施設　一六ヵ所破壊

小艦艇　数隻大破

戦死者　一〇名

負傷者　三六名（民間人多数・調査中）

一応、数字の上では日本側の勝利に終わった奇襲作戦だったが、これは日本と中国を中心とした戦争の嚆矢《こうし》に過ぎなかった。

この後、日本は眠れる猛虎を起こしてしまったことを、思い知らされることになる……。

第五章　原子力潜水艦追撃

一

0610時。沖縄本島沖一〇〇海里付近。

天候曇り。南西の風。風力4。

波は静かだった。

旗艦ヘリ空母CVL『ひゅうが』は宮古水道を目指し、二六ノットで航行していた。

艦長の大友《おおとも》1等海佐は艦橋の艦長席に悠然と座り、行く手の水平線を睨んでいた。

当直士官の斎藤《さいとう》3佐や航海長が、双眼鏡を覗いている。

艦橋の左舷側にある司令席には、第一護衛隊群司令の黒金《くろがね》海将補がゆったりと座り、夜が明けたばかりの海原をじっと見つめていた。

『ひゅうが』を護衛する僚艦のイージス護衛艦や対潜哨戒機、対潜ヘリコプターから、ひっきりなしに周辺海域の対潜情報が入ってくる。

『ひゅうが』は排水量一万四〇〇〇トン。当初は全通甲板のヘリ空母型護衛艦DDH181一号艦として建造されたが、大規模な近代化改装を行い、現在は、ヘリ軽空母（CVL）に艦種変更がなされている。

すでに艦齢は一五年以上経っているが、甲板は耐火用装甲板で強化され、前後に三〇メートル延長されており、エレベーターも艦尾に設置されるなどの近代化改修が行われていた。

まだ配備されていないが、V／STOL型戦闘機も離発着できる準備がなされている。

強い向かい風を受けてはいるが、『ひゅうが』はほとんどがぶりもせず、なめらかに航行していた。

全通甲板では対潜ヘリSH-60J／Kが三機並び、航空整備員や誘導員、兵装員たちが忙しくヘリの発艦準備に追われていた。

『ひゅうが』の乗員は通常は四〇〇名だったが、いまは八五〇名に増員されている。将来の空母要員養成のため、四五〇名が訓練を兼ねて実戦参加をしているのだ。

『ひゅうが』の周辺海域には、三機ずつチームを組んだ対潜ヘリＳＨ‐60Ｊ／Ｋが、索敵を行っている。

まだ中国海軍の潜水艦を探知していないが、かならず中国空母艦隊に随行していたはずの潜水艦がどこかに潜んでおり、攻撃の機会を窺っているはずだった。

中国艦隊は敗退して、琉球海域から遠ざかりつつあった。だが、潜水艦はまだ撤退した兆候はない。

「艦長、『たかなみ』から潜水艦の艦影発見の報入りました」

通信士がヘッドフォンに手をあてながら、大声で告げた。

「ようし。よくやった」

大友艦長は艦長席から身を起こすと、群司令の黒金海将補を見てうなずいた。

護衛艦ＤＤ『たかなみ』の艦長は、海自屈指の潜水艦ハンターと知られる飯田《いいだ》２佐だ。

日米共同の演習で、飯田２佐はこれまで何度も殊勲《しゅくん》の手柄を挙げている。実戦では、飯田２佐はさらに気合いを入れて索敵するに違いない。

「位置は、西南西約三〇海里（約五四キロメートル）。北緯……東経……」

第一護衛隊群司令の黒金海将補も席から身を乗り出すようにして、通信員の報告を聞いていた。

大友艦長は副長の池上《いけがみ》2佐に訊いた。

「『すずなみ』の位置は?」

「現場の東五海里(約九キロメートル)の海域にいます。『すずなみ』は全速力で現場へ急行中です」

現場海域へ前方展開している護衛艦は二隻、潜水艦一隻が、ひとつのチームを作って対潜捜索を行なっている。

黒金群司令が大声で言った。

「艦長、直ちに同海域に向かってくれ」

大友艦長はうなずき、操舵員に命じた。

「操舵員、針路270、全速前進、第一戦速」

操舵員が大声で復唱した。

黒金海将補は司令席から降りた。

「CICへ移動する」

「群司令、CICへ移動」

交話員が大声で復唱した。

ＣＩＣ（戦闘情報中枢室）は艦の戦闘指揮所である。そこには、海上作戦部隊全般にかかわるＣ４ＩＳＲ（指揮・統制・通信・処理・情報・監視・偵察）システムの端末が備えてあり、司令はいながらにして、海上作戦の一切を指揮管制することができるのだ。

黒金群司令は隊付士官を従え、慌ただしく艦橋から下りて行った。

大友艦長は双眼鏡で、前方の海域を眺めた。艦の速度が、がくんと上がるのを感じた。

「第一戦速！」

操舵員が怒鳴るように告げた。最大戦速三二ノットで航行を開始したのだ。

多少艦首ががぶり始め、船体が前後にゆっくりとピッチングしている。

「現場到達時刻〇七一〇《マルナナヒトマル》」

操舵員が大声で告げた。

いくら高速航行でも、ヘリや航空機に比べて船足は遅い。現場海域に到着するには、およそ一時間が必要だった。

拡声器からひっきりなしに『たかなみ』や対潜哨戒機Ｐ‐２、対潜ヘリＳＨ‐60Ｊ／Ｋと、ＣＩＣの管制官の間のやりとりが流れていた。

『対潜哨戒機も現場海域に到着。上空から潜水艦捜索開始しました』

ブザーが鳴り響いた。飛行長の島1佐が艦橋から双眼鏡で、発艦準備をしている対潜ヘリSH-60J/Kの様子を覗いていた。

ブザーは対潜ヘリ発艦を報せる警報だった。

飛行長の島2佐は手を上げ、前方に向けて下ろした。

「全機、発艦！」

拡声器から復唱する声が流れた。

『1番、2番、3番、発艦』

飛行甲板から対潜ヘリSH-60J/Kが、先頭から順次ふわりと発進し、上空へ浮上して行く。

三機の対潜ヘリSH-60J/Kは上空で編隊を組むと、北北西の方角へ飛び立って行った。

「戦闘配置につけ」

大友艦長は大声で命令した。当直士官の斎藤3佐が復唱し、ブザーを鳴らした。

「戦闘配置につけ。戦闘配置につけ」

艦内放送が流れ、にわかに騒がしくなった。戦闘員がタラップを駆け上がり、それぞれの持ち場についた。

本当に国籍不明の潜水艦が沈んでいるとしたら、いつどこで狙われるとも限らない。

いくら現場に急行したいと思っても、同じ針路を続けて直進するわけにはいかない。潜水艦の格好の餌食になってしまうからだ。

「針路変更……」

大友艦長は操舵員に針路変更を命じ、魚雷を避けるためのジグザグ航行を開始した。

二

河井邦男首相が外山大介統合幕僚長から『電撃作戦成功。我が自衛隊、琉球諸島から中国軍を駆逐す』という報告を受けたのは、朝八時過ぎのことだった。

危機管理センターに詰めていた防衛大臣をはじめとする閣僚やスタッフたちは、一斉に拍手し、喜びの声を上げた。

電子状況表示板に、彼我の航空戦力や艦隊の位置が点滅していた。

中国軍を示す赤い斑点《はんてん》が、いずれも大陸へ向かって後退している。

これまで占領されていた先島諸島から中国軍の赤い印が一掃され、自衛隊の部隊を示す白い印が取って代わっていく。

尖閣諸島も白い印が占め、赤い印はなくなった。

尖閣諸島の北およそ一〇〇キロメートルの海域にあった中国艦隊は、いまではだいぶ北寄りに移動している。

針路を示す矢印は、大陸を目指していた。

「総理、やりましたな」

佐々城晋外務大臣が、満面に笑みを浮かべて応じた。

「うむ。緒戦の勝利は大きい。まずは成功と言っていいだろうな」

河井首相が満足気にうなずくと、真崎正雄防相は真顔で言った。

「総理、勝利したとはいえ、まだ緒戦も緒戦です。次は中国の大反撃があることを覚悟しておかねばなりません。今回の奇襲作戦は勝って当然です。これで負けるようだったら、我が自衛隊の存在意義を問われるところですからな」

「それはそうだが……」

「問題は今回の作戦で、我が方が中国にどのくらい損害を与えたかです。できれば空母二隻を撃沈したかったところです。空母さえなければ、中国は外洋に乗り出しては来ない。いま中国が建造中の空母が完成するには、まだ一年以上の時間がかかる。その間、我々は一息つくことができます。我が方の空母の慣熟訓練が終わり、実戦配備できるまでには、少なくとも一年以上の時間が必要ですからな」

二人の話を隣で聞いていた村島延夫厚労相が、手を上げて質問した。

「総理、この対中国戦争ですが、勝つ目算があって始められたのでしょうな」

「もちろんんだ。勝つ自信があるから始めたわけで、負けるとわかっていれば、初めから戦いなど挑まない」

「今後の展望についてどうお考えなのかお聞きしておかないと、国会で質問された時に困りますので」

「展望については、国家戦略局の長官である戸田副総理に説明してもらうが、それでいいかね」

河井首相が訊ねると、村島厚労相はうなずいた。

戸田一誠副総理が、大門和人首相補佐官に合図しながら言った。

「では総理、私が説明します」

大門首相補佐官がパソコンのキーをいくつか押すと、電子状況表示板の画像が海図から表に変わった。

「今後の展望は、三つに分類してあります。第一は短期決戦による終戦。短期というのは、一年から三年と考えてください」

「短期決戦でも、終戦までに三年もかかるというのかね」

沖亘《おきわたる》国家公安委員長が、苦い顔をして頭を振った。

「なにしろ相手は巨龍ですからね。一年や二年では、決して収まらないでしょう。終戦とした意味は、勝つか負けるか、あるいは休戦に入るか、まだわからないからです」

村島厚労相が再び疑問を口にした。

「戸田副総理、さっき総理は勝つ目算があるから開戦したとおっしゃっていたが。負けるということもあるのかね」

「勝つ目算があるといっても、それが必ずしも正しいとは限らない。戦争は水物ですからな。気まぐれな勝利の女神が相手に味方したら、当然負けることもあるわけです。しかし、我々はそうならないように全力を尽くして、戦争指導を行わねばなりません」

「戸田副総理、話を先に進めてくれ」

河井首相が促すと、戸田副総理はうなずいた。

「短期決戦で終わらぬ場合は、自動的に第二の中期継戦方式に入ります。年数でいえば、五年を目安にしたい」

大門首相補佐官がパソコンを操作すると、電子状況表示板の画面には、より細かな項目が並んだ。

「中期継戦方式とは、持久戦です。持久戦になった場合は、補給力、経済力、国民の精神力、団結力が勝利の鍵になります。どちらが最後まで継戦意志を貫くことができるかが問われます」

「継戦意志というのは？」

河井首相の問いかけに、戸田副総理は明確に答えた。

「敵国に勝利するということはどういうことかというと、敵に戦争を続ける気持ちがなくなる状態に追い込む、あるいは戦争を続ける意志を挫くことです。国民がもう戦争をしたくないというのに、戦争指導者がいくら戦意を鼓舞しても、国民は戦わなくなる。そうなったら、その国は負けです」

「かつての日本がそうだったな。東京や大阪、名古屋が大空襲を受け、そのうえに広島、長崎に原爆を落とされた結果、戦争指導者たちはこれ以上戦争を続けたら国が滅びると考え、忍びがたきを忍んで無条件降伏した」

「そういうことです。たとえば超大国アメリカと戦った小国ベトナムがそうだったように、相手に勝る継戦意志を持っていれば負けることはない。そのうち、大国アメリカの内部で厭戦《えんせん》意識、反戦意識が広まり、結局、敗退してしまった。そういう歴史を思い出すべきでしょう」

「うむ、なるほど」

「中期継戦で終戦を迎えることができなかったら、つまり五年、五年と積み重ね、一〇年戦っても終わらなければ、第三の百年戦争になるでしょう」

戸田副総理の話を聞き、村島厚労相は驚いた。

「百年戦争だと？　そんなに長期では戦う気力もなくなると思うが」

「その通りです。歴史でいえば、朝鮮戦争です。半島を二分して、南北両国が互いに譲らず、四分の三世紀を経過しても戦争している。そういう状態になったら、冷戦に持ち込み、互いに熱い戦争はせずに共存することを目指すのです」

「百年戦争には絶対したくないな」

河井首相が呟くように言った。

「もちろんです。我が国が目指すのは、五年から一〇年の中期継戦を覚悟しながら、三年以内の短期決戦で臨む。もちろん、もっと早く終決すればいいでしょうが、最低三年は戦争する覚悟をしておくべきでしょう」

「三年か。結構長いな」

「第二次世界大戦は、前哨戦であった一九三六年のスペイン内戦を含めれば、日本の敗戦までに九年かかった。相手の中国次第ですが、日中世界大戦と考えれば、決着がつくまで約一〇年近くかかると思うべきでしょう」

村島厚労相が、再び顔色を変えて言った。

「日中世界大戦だって？　日本と中国だけの戦争ではなくなるというのか？」

「初めは我が国と中国の戦争ですが、必ずや南シナ海の覇権をめぐる戦争になり、東南アジア諸国を巻き込むことになりましょう。アメリカやオーストラリア、ニュージーランド、インドも中国と戦うことになるはずです。さらに、戦場は太平洋だけでなく大西洋にまで発展する」

「いったいなぜかね？」

「『暁計画』が実行されれば、中国も世界に戦場を求めることになるからです」

成嶋大吾官房長官が、横から口を挟んだ。

「その『暁計画』は順調にいっているのでしょうか」

「『暁計画』は重要な変更もありましたが、おおむね順調に進んでいます。いまは計画の行程表の第一段階を終えて、第二段階に突入したところです」

「第二段階というのは、どういう内容なのかね？」

河井首相が訊ねると、戸田副総理はうなずいた。

「第一段階で、空母一隻体制から空母二隻体制に変更になってから、航空要員や空母要員の養成時期を大幅に延長したことは総理にすでにお話ししましたが、第二段階では、その空母二隻を護衛するため、新たにイージス護衛艦六隻を追加建造することになります。空母を日本へ回航させるための第五護衛隊群を新たに編成することなどが、主な内容といえましょう」

いままで黙って皆の話を聞いていた太田真吾財相が、溜め息混じりに言った。

「イージス護衛艦を六隻も建造しようというのですか。国防費がかさみますなあ」

「秘密保持のため、表向きはタンカーとかコンテナ船を建造することにして、国防費には入れないようにせねばなりません」

「それにしても、大変な額の予算を組まねばならない」

「それだけではなく、さらに空母艦載機に採用したF‐35戦闘機のライセンス生産をせねばなりません」

「すでに戦争が始まっているというのに、F‐35の生産は間に合うのかね」

河井首相が訊くと、戸田副総理は首を横に振った。

「生産台数が足りない場合は、緊急措置として英仏米から既存のF‐35を買い取るか、リースする予算を計上することも覚悟せねばならないでしょう」

「つまり、第二段階では、そうした空母艦隊創設のために、かなり多額の防衛費がかかるというわけだな」

「そうです。戦争というのは、単に戦闘機や艦艇、戦車でどんぱちをするだけではない。その真実は、経済戦争ですからな。いまの経済でいかに軍事費を支えることができるかによって、勝利か敗北かが決まるものです」

「ううむ。財務大臣、国防費の財源はあるのかね？」

河井首相が問いかけると、太田財相は難しい顔になった。

「国内外に対して、長期の戦争国債を発行するしかありません。それから、消費税を現行の一〇パーセントから二〇パーセントに引き上げねばなりますまい。どうですかな、原《はら》金融大臣」

太田財相が顔を向けると、原伸一《しんいち》金融大臣はうなずいた。

「やむを得ないでしょうな。国民には未曾有の国難であることを訴えて、国債を購入してもらうよう働きかけねばなりませんし、消費税値上げについても理解していただくしかない」

真崎防相がここぞとばかりに、すかさず太田財相に訴えた。

「財務大臣、それ以外に、臨時の国防費も要請せねばならぬ事態になっております」

「臨時の国防費ですか？　中身は？」

「今後を見据えての武器弾薬費です」

河井首相は怪訝な顔で、真崎防相に問いかけた。

「真崎防相、武器弾薬の備蓄は十分にあると聞いていたが」

「総理、今回の奇襲作戦で、陸海空三自衛隊はどのくらいの武器弾薬を消費したと思われますか」

「恥ずかしいことだが、わしは知らん」

「敵が全面侵攻をして来た場合、従来ならば我が国の自衛隊は三日持ち堪えられればいい。つまり武器弾薬の備蓄は、三日分あればいいということになっていました」

「たった三日分かね」

河井首相は驚いた顔になったが、真崎防相は話を続けた。

「三日のうちに、アメリカ軍が駆けつける。とにかく三日持ち堪えれば、アメリカからの補給がくると」

「なるほどな。しかし、いまはそうはいかん。アメリカ軍は一応、極東アジアから兵力を引き揚げたわけだからな」

「ですから、我が国は独力で自衛戦争ができるくらいに武器弾薬の備蓄を増やさねばならないということになり、これまで努力をしてきました。現在では、ほぼ一ヵ月武器弾薬の補給がつかなくても、戦えるだけの備蓄はあります。だが、あくまで継戦能力は一ヵ月程度であり、それもできるだけ倹約してのことです。その間に、消耗した武器弾薬分を可能なかぎり補給しなければなりません。ともあれ、今回の奇襲作戦では、空自を中心にして、その備蓄の一週間分を消費したと言っていいのです」

「すると、残りは三週間分しかないと？」

河井首相は、思わず他の閣僚たちと顔を見合わせた。

「実際は、まだそれ以上の余裕はありますが、次の戦闘はなんとかなるとしても、その次となると問題です。いまのうちに生産を増やすか、アメリカやNATO諸国から買うほかはありません。このままでは、敵の侵攻の程度にもよりますが、我が方は武器弾薬不足に陥るでしょう」

河崎由雄経済産業相が、したり顔で言った。

「その点では、中国も武器弾薬を同じくらいは消耗しているはずですな」

「ですが、中国は最新兵器の武器弾薬だけでなく、第二次世界大戦のころの古い武器弾薬も大量に保有しています。それは無尽蔵《むじんぞう》と言っていいでしょう。多少消耗しても、あまり堪えないはずです」

河崎経済産業相が、笑いながら問いかけた。

「真崎防相、そんな古い武器弾薬がいまも使えるのですか?」

「弾薬はともかく、武器は旧式でも十分に使えます。たとえば、五〇年以上前に生産されたAK‐47自動小銃の中国製コピーは、いまでもアフリカ諸国をはじめ、中東や東南アジア諸国の軍隊やゲリラが使用しているのですからね。中国は途上国を支援するのに、そういう中古の武器を安価で大量に輸出しています。一方で、いまも新品のAK‐74自動小銃や改良型であるAK‐74自動小銃を大量生産しています」

「そんな中古の旧式武器で、最新兵器で武装した自衛隊に対抗できるというのですか」

「それは少し認識不足ですな。安価でアナログの旧式武器だから、ほとんど訓練せずとも誰でも兵士になれる。少年から老人まで銃を持って撃てば、下手《へた》な鉄砲も数撃ちゃ当たるの譬《たと》えですよ。最新兵器で武装したアメリカ軍がイラクやアフガンで苦戦したのは、そうした旧式の自動小銃やRPG‐7対戦車ロケット弾で武装した普通の民衆が相手だったからでした。決して侮れないのです」

「それはそうだな」

河井首相がうなずくと、真崎防相はさらに話を続けた。

「なにより兵員の差も大きい。中国の人口は一三億人。対する日本は一億二〇〇〇万人。かつて毛沢東は、核戦争で中国人が一億二千万人死んでも、まだ一二億人残っている。日本は一億二千万人も死んだら、国が滅びると言ったそうです。だから、中国が対外戦争をしても、決して負けることはないと」

「戦争を引き算で考えたら、たしかに中国は無敵だな」

「中国が対外戦争で唯一恐れる国は、インドです。インドも人口は約一〇億人いる。引き算合戦では、インドも強い」

「なるほど」

河井首相が苦笑すると、真崎防相は閣僚たちを見回して言った。

「冗談はさておき、現実問題で考えると、中国軍は陸海空合わせて、総兵力約二三〇万人を誇っています。そのうち一六〇万人が陸軍兵力、海軍が約二六万人、第二砲兵と呼ばれる核ミサイル部隊が約九万人。それに対して、我が国の自衛隊は、陸海空合わせて、約二二万人ほどで、うち陸自は一五万人でしかない。兵力比で言えば、圧倒的に中国軍の方が上となります。さらに中国には準軍隊や民兵組織があるので、それら潜在兵力を含めれば、一〇〇〇万人の兵士がいると考えていい。対する日本はといえば、予備自衛官はわずか三万人程度。正直言って、正面からまともに中国と戦ったら、数の上では勝てるはずがない」

河崎経済産業相が、いささか不満げに口を開いた。

「しかし、自衛隊は最新鋭の近代兵器を装備しているではないですか。それが掛算として作用すれば、二三〇万の軍隊も恐くないのではありませんか」

「中国は核ミサイルという最終兵器を保有していることをお忘れなく」

「だが、さすがに中国といえども、国際世論を無視して、無下《むげ》に核ミサイルを我が国に撃ち込むことはできますまい」

「何も核兵器を使わずとも、中国は同じ効果がある攻撃方法を知っています。我が国は核兵器と同じ危険物を多数保有している」

「ほう、それは何ですかな」

河崎経済産業相は訝った。

真崎防相に代わって、今度は戸田副総理が口を開いた。

「原発施設ですよ。福島第一原発は地震と津波で大事故を起こしたが、中国は通常型のミサイルを原発施設に撃ち込めば、同様の大事故を起こし、原爆以上の被害を日本に与えられることを知っているのです。ご承知のように、我が国は国防のことをまったく無視して、五四基もの原発を日本列島各地に造ってしまった。それも一様に海辺に設置し、海上から狙われやすくしている。これまでの歴代の自民党政府は、いったい何を考えていたのですかね。電力会社や通産官僚の言いなりになって、海岸沿いに、さあどうぞ、攻撃してくださいとばかりに原発施設を並べてしまったのですから。それも無防備で」

「困ったものだな……」

河井首相は憮然とした顔で、ぼそりと呟いた。

「外国では原発施設を守るために対空ミサイルなどを設置しているのですが、日本は警棒ぐらいしか持っていないガードマンが警備しているだけです。これではミサイル攻撃だけでなく、敵の特殊部隊の攻撃にあったらお手上げの状態にある。つまり、いくら自衛隊が近代兵器を装備しても、日本は弱点が多すぎるのです。仮に自然エネルギーを使った発電所だったら、こんな心配はまったくない。このあたりで我が国は、国家百年の計を考えて戦略を構築せねばならないのです」

河井首相は大きくうなずくと、話を本題に戻すことにした。

「うむ、よくわかった。元の話に戻ろう。問題は財源だな。戦争継続には、金がかかる。その資金をどう調達するかだ。戸田副総理、財源はどうするつもりなのか?」

「先ほども言いましたが、戦争国債を発行するとともに、消費税を一〇パーセントから二〇パーセントに引き上げる必要があるでしょうな」

「二〇パーセントか。国民が納得するかな」

「戦争が終わるまでの臨時措置です。そこはマスコミに中国脅威論を振り撒いてもらって、元寇《げんこう》のような国難であることを訴え、納得してもらうしかないでしょう。試算では、二〇パーセントではまだ足りないので、中期継戦の場合は三〇パーセントぐらいまで引き上げる必要があると思われます」

原金融大臣が訝りながら問いかけた。

「そんなことをしたら、国民の厭戦気運や反戦気運につながらないですかな?」

「日本人の愛国心に訴え、団結心を求めれば、なんとか乗り切れると見ています。

それよりも『暁計画』の第二段階のひとつとして、消費税よりも大きなハードルがあります」

「戸田副総理、それは何かね」

河井首相が訊くと、戸田副総理は意を決して言った。

「徴兵制の導入をせねばなりません。戦争国債を発行し、消費税を上げて軍備の財源を確保しても、戦う兵士なしには戦争は継続できないのです」

村島厚労相が、とんでもないというように頭を振った。

「徴兵制か。それは閣僚の私も賛成できんな。平和路線の我が党としては、連立から下りることになりましょう」

「それでは村島厚労相は、兵員の問題はどうしろというのです？　二三〇万人の中国軍に対して、現行の二二万人だけで戦えとでも言うのですか？」

「志願制だけでは、人員の補充はできませんか？　戦いたくない若者をいくら集めても、本当の戦力にはならないのでは？」

「うむ。村島厚労相の言うことも一理あるな。戸田副総理、徴兵制以外の方法はないのかね。たとえば外国人の傭兵を使うとか」

河井首相の問いかけに、戸田副総理は首を振った。

「傭兵も使い用ではあるのですが、軍事費はさらに増えるでしょう。それに、傭兵には愛金心はあるが、愛国心はない。最後の最後まで信頼できぬところがあります」

成嶋官房長官がうなずいて言った。

「たしかにローマ帝国は傭兵に頼ったために、最後は滅びることになったわけですからな」

「もちろん徴兵制といっても、昔のような赤紙一枚で若者を兵士にするというのは、現代では無理だと思うのです。ですから正確に言うなら、総動員制というべき制度になるでしょう」

河井首相が不思議そうな顔で問いかけた。

「戸田副総理、総動員制と徴兵制とでは、どこがどう違うのだね？」

「総動員制は、十六歳から四十歳の全国民を対象とするのです。徴兵制と違うのは、動員をかけられた人が、陸海空自衛官か後方勤務要員のどちらかを選択することができるということです」

「後方勤務要員というのは？」

「直接前線に出なくてもいい後方勤務で、銃後の国民生活を守るための要因です。消防士、警察官、海上保安官、船員、医務要員、看護士、郵便や輸送専門要員、あるいは土木建設作業員、計理士、通信士、サイバー要員、工員、技師など、一定期間、それぞれが自分の得意分野で国に奉仕することを義務つけるのです。なにしろ総力戦ですから、銃で戦う兵士だけでない戦士を養成したいのです」

「しかし、それでは兵員を選ぶ人が少なくなるのではないか？」

「それはやむを得ないことです。無理やり若者を、戦場に駆り立てるべきではない。そのため、四十歳以上の年齢であっても、志願者は動員制度において採用される体制を創るのです」

戸田副総理は閣僚たちを見回すと、さらに話を続けた。

「ですから、我々のような六十五歳以上の年寄りでも、たとえ八十歳であっても、望めば技能を活かした後方勤務の部署につくことができる」

原金融大臣が、にやにやしながら言った。

「わしのような足腰も立たぬ年寄りになにができるかねえ」

「戦争に勝つための知恵を出すことはできるではないですか」

「ははは。金や力のない者は、頭を働かせて知恵を出すというわけですな」

「ともあれ、総動員制を出して、国を挙げて対中国戦争を行うべきです」

河井首相は顎を手で撫でながら、戸田副総理に問いかけた。

「総動員制を出して、果たして兵員はどのくらい確保できると計算しているのかね」

「動員対象者は、男女合わせて四〇〇〇万人と予想して、その一パーセントが陸海空のいずれかの自衛隊を選んでくれると見込んでいます」

「つまり、四〇万人かね」

「その通りです。その四〇万人から陸に二〇万人を、海と空に一〇万人ずつを選抜する」

「陸が少なすぎるのではないのか？」

河井首相が訝ると、戸田副総理は首を振った。

「総理、我が国は中国大陸へ侵攻するつもりはないのです。だから、本土や島嶼を守るための陸上自衛隊は、現在の倍ぐらいの兵力でいい。それに対して、海と空は合計二〇万人の要員が必要となりましょう。その数が集まらなかったら、陸の分を海空に回せばいい。中国との戦いの主戦場は、海と空と言っていいのですから」

「たとえば、海自の要員をどのくらい増やすことになるのかな？」

「向こう三年のうちに、いまの三倍には人員を増やさねばならんでしょう。なにしろ空母艦隊を創設するのですから、空母要員や護衛艦要員、潜水艦要員を多数養成せねばなりません」

「空自の要員は？」

「空自も優秀なパイロットを一人でも多く育てねばなりません。それから、空母に乗り込み、航空機の整備を行う要員も大勢養成する必要がありましょう。したがって、現在の三倍の人員を要すると思われます」

「これまた国防予算がだいぶ増えるな」

太田財相が、ため息混じりに言った。

その時、河井首相の前の卓上電話機が、赤いシグナルを点滅させた。

大門首相補佐官が受話器を取り上げ、耳にあてた。

「総理閣下、外山統合幕僚長からです」

「うむ」

河井首相は受話器を耳にあてて言った。

「ご苦労さま。よくやってくれた。閣僚一同、陸海空自衛隊の奮戦に心から感謝している。ところでなんの用かな？」

『総理、報告いたします。偵察機からの報せによると、朝鮮半島沖に派遣されていた中国第一空母打撃群が針路を西に転じ、撤退を開始しました』

「ほう。それはいい兆候だな」

『釜山に追い込まれていた大韓国軍は、それによって息を吹き返しました。我が国との補給線もだいぶ安泰になったので、釜山から打って出て反撃に転じるようです』

「それは朗報だな。しかし、なぜ中国空母艦隊は引き揚げたのだ」

河井首相は満足そうにうなずきながらも、外山大介統合幕僚長に問いかけた。

『琉球諸島海戦で、我が自衛隊から東海《トンハイ》艦隊の空母が打撃を受けたのを知って、急遽態勢を取り直すために基地へ戻ろうとしていると見られます。今度はその中国第一空母艦隊が、新たな戦争に投入されると思われます』

「その対策は打ってあるのかね」

『敵の第二波攻撃対策としては、中国軍を駆逐して奪還した島嶼に、それぞれ陸海空の部隊を張りつかせ、展開したいと考えます』

「どのような部隊配備になるのかね」

『宮古諸島、石垣島、与那国島のそれぞれに、一個連隊戦闘団ずつ、合計三個連隊戦闘団を配置します。さらに、沖縄本島に戦術予備として一個連隊戦闘団と第一空挺団を置き、いつでも緊急展開できるように待機させます。その上に、戦略予備として、本土から二個師団を移して駐屯させたいと思っています』

連隊戦闘団というのは、通常、普通科（歩兵）連隊を基幹として、戦車中隊、特科（野砲）大隊、高射中隊、偵察小隊、通信小隊、施設（工兵）中隊など、各種兵科の部隊を配属させた戦闘単位である。

　総人員約二〇〇〇人。狭い国土の日本列島においては、連隊戦闘団ぐらいの人員と装備の小回りが利く戦闘単位で、作戦を行うのが最も効率的と見られている。

「尖閣諸島は、どうするのかね？」

『魚釣島への小部隊常駐も考えましたが、元々無人島で、領土的な価値以外に、あまり守るべき必要はないのが実情です。国旗を立てて我が国の領土であることを示し、万が一、敵に占領されるようなことがあったら、空爆で排除するということでいいのではないでしょうか。あの島に隊員の人命をかける価値はないと考えます。取られたら取り返せばいいと思います』

「たしかにそうだな」

『島嶼を押さえ、各島にある飛行場に空自の戦闘機部隊を常駐させ、敵機が侵攻して来たら、いつでも迎撃できるようにします。島の飛行場を整備して、戦闘機や攻撃機の離発着に備えれば、事実上空母を配備してあるようなものです』

「つまり不沈空母というわけだな」

『はい。空母なしでも、敵の空母を阻止する上で、島嶼を押さえてあることは大変に重要であると思います』

「うむ、それから？」

『各島嶼の港に、海自の護衛艦を二隻ずつ配置し、防備を固めます。さらに空自の対空ミサイル部隊、陸自の対艦対空ミサイル部隊を配置し、島嶼防衛を確固たるものにします』

「なるほど」

外山統合幕僚長の説明は、実に明瞭でわかりやすいものだった。

『それとともに、沖縄本島の那覇、嘉手納基地に本土から、四個飛行隊を移動させて待機させ、島嶼に展開した部隊と連携し、再度敵の侵攻が始まったら、直ちに出撃する態勢を取ります』

「海自の護衛隊は？」

『第一護衛隊を那覇に常駐させ、佐世保の第四護衛隊とともに、琉球海域の防衛にあたらせることになります』

「万全の配備というわけだな」

『総理、戦争では、万全という言葉はありません。あらゆることを想定したとしても、必ず予想外の事態が起こる。その時に、慌てず最小限の損害で済むようにするのが、一番大事かと思われます』

「うむ。頼りにしているぞ」

『全力を尽くします』

　通話は終わり、河井首相は受話器をフックに戻した。

「諸君、クラウゼビッツの戦争論を読んだことがあるかね」

　河井首相は皆を見回すと、さらに話を続けた。

「クラウゼビッツなんて古いと思ったら、大間違いだぞ。彼は戦争について、こう言っている。『戦争とは想定していない障害の連続である』とな。いま外山統合幕僚長が言っていた通りだ。諸君も戦争が想定通りに展開することなど、あり得ないと思ってほしい」

　閣僚たちがざわめくと同時に、再び赤電話機が震動し、秘書官が受話器を取り上げた。

「総理、また東京指揮所からです」

「うむ、わかった」

　河井首相は受話器を耳にあてた。再び外山統合幕僚長の声が聞こえた。

『総理、お知らせします。宮古水道海域に、国籍不明の潜水艦が潜んでいるのを発見しました』

「中国の潜水艦だな」

『まだ国籍は不明です。最下、潜水艦の位置と敵味方識別に、全力を挙げています』

「うむ。頑張ってくれたまえ」

『中国の潜水艦と判明した場合、直ちに攻撃の許可を願います』

「統合幕僚長、その潜水艦を黙って逃がすわけにはいかんかね。引き揚げようとする潜水艦を攻撃しても、あまり意味がないのではないか?」

『総理、宮古水道に一隻でも中国海軍の潜水艦が潜んでいるとしたら、タンカーはもちろん、貨物船、客船、護衛艦も安心して航海できません』

「うむ……」

『平時ならともかく、いまは戦時です。南西航路の安全を守るためには、この付近の海域から完全に敵潜水艦を駆逐しておかねばなりません。この際、一隻でも沈めておけば、敵の力を減らすことができます』

河井首相はしばらく宙を睨んで考えていたが、やがて決断して言った。

「わかった。攻撃を許可する」

『後ほど、結果を報告いたします』

河井首相は受話器を戻しながら、ふとそれが原子力潜水艦だったらどうなるのかと、不安を覚えた。

もし万が一、相手が原潜の場合、攻撃して原子炉が爆発したら、琉球海域は広汎《こうはん》にわたって放射能禍《か》に襲われることになる。

福島原発事故を思い出し、河井首相は背筋に戦慄が走るのを感じた。

「補佐官、大至急だ。東京指揮所へ電話をつないでくれ」

河井首相は閣僚たちがどよめくのを見ながら、怒鳴るように言った。

三

護衛艦『たかなみ』は不規則に速度や針路を変える之字《ののじ》運動をしながら、静かな海原で捜索を行っていた。

艦橋には航海長や当直士官が立ち、双眼鏡で海原を眺めている。

潜水艦とコンタクトのあった海域にはマリン・マーカーが投下され、白煙が海面に棚引いていた。燈火《とうか》も波間に点滅している。

艦長の飯田2佐はCICと通話を交わしながら双眼鏡を覗いていた。

二機の対潜ヘリSH‐60J／Kが低空でホバリングしながら、白煙を立てるマーカー周辺の海面を舐めるように索敵している様子を眺めている。

一機は『たかなみ』から、もう一機は『すずなみ』から発進した対潜ヘリだ。まもなく『ひゅうが』からも、応援の対潜ヘリが駆け付ける。

さらに現場海域の上空を大きく旋回している対潜哨戒機P3Cが、索敵にあたっていた。

「ソナー員、反応は？」

飯田艦長は、CICにいるソナー員の増原《ますはら》1曹に訊いた。

『反応なし』

増原1曹は、すぐに答えた。

いったい中国の潜水艦は、どこへ消えたというのか。

飯田艦長は双眼鏡を覗いたまま、深い溜め息をついた。

飯田艦長は以前に行った演習時に、潜水艦を捕捉したと思って安心した途端、海水の逆転層の下に潜られ、取り逃がした苦い経験があった。

ソナーには、アクティブとパッシブがある。

アクティブ・ソナーは、こちらから発するソナー音が潜水艦に反射して返ってくるのをキャッチして、相手潜水艦の位置を捕捉する手段である。

パッシブ・ソナーは耳を澄まし、相手の潜水艦が発するソナー音や、エンジン音、艦内にめぐらされた配管を通る圧搾《あっさく》空気の音や蒸気音などをキャッチし、相手の位置を捕捉する手段だ。

「艦長、クジラか何かを誤認したのではないでしょうね？」

当直士官の相馬《そうま》1尉が、訝しげな顔で言った。

「いや、そんなことはない……と思うが」

すでにソナーで潜水艦らしい影を捉えてから、一時間近くが経っている。

「ソナー員はベテランの増原1曹だ。増原1曹が潜水艦を誤認するはずがない」

飯田艦長はそう言いながらも、ふと不安が脳裏を過った。

増原1曹がベテランといっても、一〇〇パーセント確実に敵潜水艦を見つけられるわけではない。

だが、飯田艦長は、これまでずっと増原1曹をソナー員として信頼してきた。演習でもほぼ九〇パーセント以上の高い確率で潜んでいる潜水艦を発見し、共同演習していたアメリカ海軍のお偉方を唸らせてきた。

今回も外れることはないと、飯田艦長は確信している。

飯田艦長はホバリングする対潜ヘリSH‐60J／Kを双眼鏡で見つめた。二機のハンター・ヘリは、目標が潜んでいると思われる海域に落としたソナーブイを通して、しきりに海中を探っている。

宮古水道付近の水深は、さほど深くはない。中国大陸棚の端に近く、日本海溝の手前までの海底は二、三〇〇メートル。そこから一挙に九〇〇〇メートル以上も、深い日本海峡に落ち込んでいる。

琉球諸島は、いわば海底山脈の峰々の連なりのちょうど頂の部分が海面から出ているようなものだが、潜水艦はそうした海底山脈の山陰や奥まった谷の、あまりソナーが届かないような場所に、じっと身を潜めているのだ。

しかも、海には海流があり、温度差のある海水域や海層もある。そうした中で、ソナーの伝わり方は一様でない。

飯田艦長は艦内通話装置で、CIC（戦闘情報中枢室）に呼び掛けた。

「ソナーに反応はないか？」

『……まだ反応なしです。艦長……いま増原が手を挙げ、静粛にと合図してます』

CICの担当士官が、囁くように言った。

おそらく増原1曹が、何かを感知したのだ。

飯田艦長はソナー員の増原1曹がヘッドフォンを押さえながら、全神経を使って、海底のどこかに潜む潜水艦を探っている姿を思い浮べた。

『艦長、増原1曹がやりました。潜水艦の位置を探知しました。微弱だが、蒸気音らしい音も感知したとのこと。敵艦は原潜です』

飯田艦長は思わず緊張した。

通常型潜水艦は潜航中、バッテリーによる電動機を使用するため、蒸気音はしない。

原潜は原子力の熱でボイラーの湯を沸かし、その蒸気でタービンを回す。その蒸気が配管を通る時、どうしても音を立てる。

いくら防音壁で音を立てないようにしていても、微弱な音は外に洩れるのだ。

琉球海域に潜む原潜といえば、中国海軍かロシア海軍、アメリカ海軍のいずれかになる。

アメリカ海軍の原潜は海自の敵味方識別信号に直ちに返答してくるが、中国海軍の原潜は沈黙を守る。

ロシア海軍の潜水艦ならば、わざわざ戦闘海域に入って、戦闘に巻き込まれるような愚かなことはしないだろう。さらに、無害通行をするため、国際法に則り、国旗を掲げて浮上航行するはずだ。

「よし。方位と距離は？」

『方位018。距離はおよそ三〇〇メートル』

頭上に新たなヘリの爆音が響き、通信士が叫ぶように言った。

「艦長、『ひゅうが』のヘリ部隊が現場に到着しました」

「よし」

これから五機の対潜ヘリSH－60J／Kが、目標が潜航していると見られる地点を取り囲み、索敵を開始するのだ。

警報ブザーが鳴り響くと同時に、CICの管制官の声がスピーカーから聞こえた。

『艦長、対潜ヘリ、国籍不明潜水艦の位置探知しました。水深二一六メートルの海底に着床している模様』

「敵味方識別は？」

『応答ありません』

アメリカ海軍や海上自衛隊の潜水艦ならば、敵味方識別信号に対して、しかるべき応答をしてくるはずである。にもかかわらず、応答をしないということは、敵性潜水艦ということだ。

「戦闘配置につけ。対潜戦闘用意！」

飯田艦長は全員に大声で命じた。

「戦闘配置につけ！　対潜戦闘用意！」

当直士官も怒鳴るように復唱した。

「戦闘配置につけ！　ＡＳＷ（対潜戦闘）スタンバイ！」

艦橋内に緊張が走る。「ＡＳＷ（対潜戦闘）スタンバイ！」という声が、艦内を駆け巡った。

飯田艦長は水深二一六メートルの海底でソナー音に叩かれながら、じっと耐えている原潜の中国人艦長の気持ちを推《お》し量った。

我々に見つかって、もはや逃げ場がないとわかったら、いったい彼らはどう出るか。

こちらの索敵能力を侮り、いろいろな欺瞞手段を使って、対潜誘導魚雷を躱《かわ》しながら逃げ延びようとするのか。

あるいは、もはや逃げられないと悟って、一か八か、死に物狂いで反撃してくるのか。

「針路……。第二戦速」

　飯田艦長は操舵員に命じた。

　航海長の石川《いしかわ》1尉が、苦々しい顔で言った。

「敵は、まだ我々に見つかっていないとでも思っているのですかね」

「そうかもしれん。じっとして海底の岩になっていれば、我々をやり過ごせると思っているのかもしれない。そうはいかんがな」

　飯田艦長は双眼鏡でマーカーの燈火を見つめ、CICに呼び掛けた。

「敵潜はまだ動かないか？」

『動く気配はありません。……艦長、ヘリが対潜魚雷投下の許可を求めています』

「攻撃を許可する。ただし、最後にもう一度、ソナー音で敵潜を叩け。そこにいることはわかっていると報せるんだ。動かなかったら攻撃しろ」

『了解』

　CICの管制官の声が消えた後に、通信士が怒鳴るように言った。

「艦長！　護衛隊司令から緊急命令です。攻撃中止せよ、です！」

「なんだと？」

「東京指揮所からの命令です。目標が原潜と判明した場合、攻撃中止せよとのことです！」

通信士がヘッドフォンを押さえながら、大声で答えた。

その時、飯田艦長はマーカーが煙を上げる海面に、対潜ヘリから対潜魚雷が投下されるのを双眼鏡で捉えていた。

飯田艦長は慌てて、怒鳴るように言った。

「ＣＩＣへ。ヘリに攻撃中止を命令しろ。攻撃中止だ。魚雷を自爆させろ！」

小さな落下傘が開き、ゆっくりと魚雷が落下して行く。

『攻撃中止、攻撃中止！　魚雷を自爆させろ！』

ＣＩＣの逼迫した声が、スピーカーから流れた。

対潜魚雷はゆっくりと落下傘から切り離され、着水した。水しぶきが上がり、魚雷の弾体が水中に消えた。

飯田艦長は双眼鏡で、食い入るように海面を睨んだ。

対潜ヘリが一斉に現場から離れて行く。

対潜魚雷は、水中攻撃指数装置（ＳＦＣＳ）のコンピューターによって、目標潜水艦の諸元を入力してある。

「艦長、間に合いますか」

当直士官が唸るように言った。

対潜魚雷は水中に入ると目標近くまで航走し、定められた位置に達すると、目標潜水艦の上で大きく螺旋《らせん》を描いて、ホーミング運動を開始する。

その時、旗艦『ひゅうが』から、緊急の通話が入った。

『こちら黒金群司令だ』

「『たかなみ』艦長、飯田2佐です」

『命令は受領したか？　原潜の場合は、攻撃中止だ。最高司令部からの厳命だ』

「はい、命令は受領しました。しかし、間に合わず、対潜魚雷を発射しました」

通話越しに、黒金群司令が思わず息を呑む気配が伝わってきた。

『間に合わなかったか。すぐに魚雷を自爆させよ』

「すでに命じていますので、大丈夫かと……」

飯田艦長が答えた瞬間、現場に大きな水しぶきが立ち上った。

「自爆しました！」

当直士官が大声で言った。問題は対潜魚雷が、どのくらいの水深で自爆したかである。それによって、原潜への影響が違ってくる。

飯田艦長が管制官に確認した。

「……間に合うはずだ」

「ＣＩＣ、原潜にダメージを与えたか？」

『ダメージの結果はわかりません……』

管制官の返答に続いて、黒金群司令の呻くような声が聞こえた。

『万が一、原潜の原子炉が破壊され、暴走したら、琉球海域は深刻な放射能に汚染される』

「しかし、まだわかりません。司令」

飯田艦長は水柱が収まっていく様子を双眼鏡で眺めた。

対潜魚雷の爆発は、水深二〇〇メートルに潜む潜水艦までは届かなかったはずだ。

だが、その衝撃波を受けて、原潜はきっと動き出すだろう。

期せずして、魚雷の爆発は敵の原潜を大きく揺さぶり、艦内をパニックに陥らせたはずだった。

「ＣＩＣ、敵潜の様子はどうだ？」

『……異状なしです。いや、待て。スクリュー音探知。敵潜は動き出しました』

「方位？」

『方位０３０。速度一二ノット……大陸棚の領海内へ逃げ込もうとしています』

やはり原潜は動き出した。それも、中国大陸へ向かって逃げ帰ろうとしている。

『どうしますか？』

「ようし、引き続きヘリで追跡しろ。しかし、攻撃はするな。脅すだけでよいから、中国へ追い返すんだ。こちらからは手を出すな」

飯田艦長は会心の笑みを浮かべ、黒金群司令に報告した。

「司令、敵潜を追い返しました。ダメージも、それほど与えていない模様です」

『ようし、よくやった。これで敵も懲りて、そう簡単には、やって来ないだろう』

黒金群司令は大きくうなずいた。

飯田艦長は追尾する対潜ヘリに、ねぎらいの言葉を送った。

四

宮古水道海域に潜んでいた中国海軍の原子力潜水艦が中国大陸に撤退したという報告を受け、河井首相はほっと安堵の溜め息をついた。

「うむ、そうか。よかった。攻撃中止命令は、どうにか間に合ったか」

『間に合いました。対潜魚雷は敵潜に向かって航走を始めていましたが、敵潜に到達する直前に自爆しました』

電話から聞こえてくる外山統合幕僚長の声は冷静だった。

「それで、原潜に被害はなかったのだな」

『多少ダメージを与えたと思いますが、敵潜はその後、自力航行していましたから、損害はあっても、それほど深刻なものとは思われません』

「そうか。ご苦労だった」

真崎防衛大臣が、脇から受話器越しに訊ねた。

「逃がした敵潜は、その後、どこへ向かっているのかね」

『針路からいって、大陸の間近な海軍基地へ向かっていると思われます』

「今後の中国海軍の潜水艦対策についてだが、どうしたらいいと考えているのか」

『宮古水道を機雷封鎖し、中国海軍潜水艦が潜航したまま、自由に往来できぬようにしたいと思います』

「機雷封鎖か。民間の船舶の航行に、さしつかえないのだろうね」

『一応、水上を航行する船舶には、機雷原情報を出して迂回するよう警告しますので、それほど心配はありません』

「よし、ご苦労だった。引き続き、警戒してくれたまえ」

河井首相が最後に外山統合幕僚長をねぎらうと、受話器を秘書官に渡した。

「さて、国防会議を再開しようか。成嶋官房長官、議事進行してくれたまえ」

「かしこまりました。では、会議を再開しましょう」

成嶋官房長官はうなずき、関係閣僚たちを見回した。

会議のテーブルには国家戦略局別室の委員たちも駆け付け、戸田一誠副総理兼国家戦略局担当大臣の後ろの席に集まっている。

「佐々城外相、中国の国内情勢はどうなっていますか？」

「琉球諸島戦争において思わぬ敗北を受け、北京指導部は大混乱の様子です。新華社通信をはじめ、中国のメディアは一部をテレビの速報で伝えたものの、すぐに報道を打ち切り、その後は沈黙しています」

「まさか、戦争に負けたことを隠し通そうというのではあるまいね」

河井首相が頭を振ると、佐々城外相が笑いながら言った。

「真相を隠すことはできないでしょう。ネットではすでに、琉球諸島戦争で空母二隻が大中破し、航空戦で数十機の艦載機を失ったという情報が流れています。なかにはどうやって入手したのか、空母が爆撃される動画入りで報じているものもある状態です。そのため、中国当局はいくつかのサイトを強制的に閉鎖し、情報の流布《るふ》を防ごうとしていますが」

「日本企業の閉鎖や日本人への嫌がらせは、まだ始まっていないのかね」

「昨夜から今朝にかけての事態ですので、まだ本格的な閉鎖措置や日本人を拘束する動きは出ていません。これからでしょう。すでに中国は琉球諸島への侵攻を始める前から、日本企業や日本人への規制は始めてましたから、それを強化するのは間違いないでしょうが」

佐々城外相は答えながら、国家戦略局の専門委員たちに目をやった。

「今後のことについては、専門の方々のご意見をお聞きしたいですな」

成嶋官房長官はうなずくと、戸田副総理に訊いた。

「どうでしょうか、戸田国家戦略局担当大臣。どなたか専門委員の方に、見解をお聞きしたいが」

「わかりました。では、座長の山川泰山委員にお願いしましょう」

名指しされた山川泰山は、こほんと咳をしてから、マイクを取った。

「今後の中国政府の動向ですが、この琉球諸島戦争の敗北を最大限に利用し、反日キャンペーンを行うものと思われます」

「ほう。その根拠は?」

河井首相が訊くと、山川泰山は丁寧に答えた。

「中国国内情勢はバブルがはじけて以来、ますます貧富の差が拡大しており、地方農村は疲弊の一途を辿っている。農村ばかりでなく、地方都市も、流れ込んだ貧民の増大で治安が悪化しており、中国各所で大きな暴動が頻発していました。

これに対して、中央政府は警察や軍隊によって暴動を鎮圧してきましたが、それも限界に達していた。今回の琉球諸島戦争は、中国政府が国民の不満のはけ口を日本との戦争に向けさせ、国威を発揚しようとして起こした戦争でした。

それが思わぬ敗北を喫してしまった。本来ならば、この琉球戦争で勝利して、国民の歴史的な怨念や恨みを晴らすつもりだったのに、それができなくなった。その結果、どういうことになるか……」

山川泰山はそこまで言うと、再び閣僚たちを見回した。

「いまは敗戦の衝撃で、政府と党中央は混乱を来しているものの、次には国内の世論を統一するため、敗北を逆手に取って、一大反日キャンペーンを展開することでしょう。中国の国是は、国内統一と領土保全の二つです。そのためには、国を挙げて取り組むはずです。

中国政府、党中央は今回の敗戦を棚に上げて『東洋鬼《トンヤンクイ》（日本人の蔑称）が大陸再侵略』という逆宣伝を行うでしょう。そして、そのためには一三億人が一致団結し、東洋鬼の再侵略を許すなと、キャンペーンを張ると思われます。かつての日本の侵略を忘れない中国人たちは、政府はや一党独裁への批判を忘れ、反日でまとまりやすい。それにより、日貨排斥、日本人排撃、日本企業撲滅のデモが各地に起こり、中国本土は反日の嵐が吹き荒れることになりましょう」

「とんでもないことになりそうですな」

沖国家公安委員長が、苦虫を噛み潰したような顔で言った。

「経済産業相、現在はどれぐらいの企業が中国に出ているのかね」

河井首相が問うと、河崎経済産業相は深刻な表情で答えた。

「中小企業から零細小企業まで含めて、約二六〇〇社です」

閣僚たちがどよめくと、山川泰山が再び口を開いた。

「毛沢東時代の文化革命の時もそうだったが、あの国の大衆は一度怒りに火が点くと、訳もわからずに暴走します。まるで猛牛のように、赤い布を振られた先に突進して行く。そうなったら、指導者たちも手のほどこしようがない。文化革命も大衆が冷静になって、あれは誤りだったと気がつくまで、およそ一〇年もかかった。ですから、一度反日感情に火が点いたら、炎が静まるまでに、やはり一〇年はかかると覚悟をした方がいいでしょう」

「一〇年か……」

河井首相は頭を振ると、深い溜め息をついた。

「したがって、こちらが戦争を短期決着させたいと思っても、中国国内情勢如何《いかん》によっては、なかなか決着がつかぬ十年戦争、百年戦争になりかねない」

山川泰山が答えると、会議場に重苦しい沈黙が流れた。

突然、その沈黙を打ち破るように、不謹慎とも思える笑いが起こった。

河井首相をはじめとする閣僚たちは、驚いて笑いの声の主を振り向いた。

笑い声を上げたのは、国家戦略別室の委員である松平孝俊だった。

「絶好の機会ではないですか。総理、チャンスですぞ。中国を民主化する千載一遇のビッグ・チャンスだ。何も我々が悲観することはない。悲観するべきは中国指導部であり、中国共産党でしょう」

閣僚たちは唖然として、腕組みをして笑い続ける松平孝俊を見た。

「松平さん、いったい、どういうことかね？」

戸田一誠副総理兼国家戦略局担当大臣がにやにやしながら、松平孝俊に問いかけた。彼自身は松平得意のはったりだとわかっているので、それをほかの閣僚たちに聞かせたいと思ったのだ。

「はっきり申し上げましょう。中国は外から見ると、いかにも共産党を中心にしてまとまった中央集権国家に見えるが、それはとんでもない誤解というものです。内部はがたがたで、とてもひとつにまとまった国家の体《てい》をなしていない。党も軍部も政府も、内部対立や権力闘争が激しくて、意志決定もまともにできないほどなのです」

松平孝俊の話を聞き、閣僚たちはざわついた。

「しかし、巨大な軍事国家ということは変わりないと思うが」

河井首相が疑問を呈すと、松平はにっと笑った。

「もちろん、いくら内部がばらばらだからといって中国の力を侮ってはいけないが、大男総身《おおおとこそうみ》に知恵は回りかねという通り、中央から末端まで一枚岩ということではない。まして、都市部と農村部は、何もかも天と地ほどの極端な差がある。都市部の動きだけを見ていては中国はわからないし、農村部の動きだけでも中国を判断できない。要するに、昔もいまも、中国は大きすぎる体を持て余している状態と言っていいでしょうな」

「それで、松平さんは何が言いたいのかね」

戸田国家戦略局担当大臣が、松平に話の先を促した。

「ばらばらになった中国は怖れるに足らず。まとまった時こそ、中国は恐ろしい。いまの習近平主席ら中国共産党中央にとっては、今回の琉球諸島戦争の大敗北は想定外だった。彼らはアメリカの後ろ盾を失った日本は、中国の軍事力の前に戦わずしてひれ伏すと思っていたのです。日本列島の端っこにある尖閣諸島をはじめとする先島諸島を軍事占領しても、交戦権のない日本は反撃しないと踏んでいた。そして、必ずや日本は外交的に交渉を求めてくると思っていたのです」

「なるほど。そうした党中央の甘い考えを、わが自衛隊が見事に打ち砕いて、鼻をあかしたわけですな」

真崎防衛大臣が、満足げにうなずいた。

「いや、そう考えたのは、総参謀部を中心とした軍部です。そうした軍部の考えに、党中央は引きずられて、今回敗北する事態となった。軍部の権威は丸潰れになり、党中央がそれみたことかと力を取り戻したのが実状です。琉球諸島戦争の手痛い敗北で、ともするとこれまで軍部の言いなりになっていた党中央が、今度は優位に立った。言ってみれば、我が国は党中央の権力強化に力を貸したともいえるのです」

「では、我が国は共産党中央の救い主というわけだ」

河井首相は頭を振りながら、皮肉交じりに言った。

「だが、中国の国内情勢は、党中央の思惑など通じない状態にある」

「ほう」

「中国は面子の国です。かつての敗戦国日本に、またも軍事的に打ち負かされたということで、軍部はいたく信頼を失った。党中央はその敗北を全国民に知らせて国の統一を計ろうと考えているのに対し、軍部はそんな恥さらしをされたら、自らの沽券《こけん》にかかわる。中国人民からの信頼を失うことになる。さらに、地方に対して軍の権威が失われたら、それこそ各地で分離主義運動が起こり、国家統一を妨げることになると言って、党中央に反対しているわけです」

「すると、軍部は敗北を隠したいわけか」

戸田副総理が口を挟むと、松平はうなずいた。

「その通りです。軍部はいまは敗北したことを内緒にしておいて、次の決戦で日本を打ち負かし、軍部の面子を取り戻したい。そうしなければ、なぜ今日まで巨額の資金を投じて軍備を拡張し、近代化を進めてきたのか言い訳ができなくなる。いま中国政府や党中央がすぐに政策方針を出せずにいるのは、軍部の猛反対にあって立往生しているからなのです」

「それで、松平さんが言う好機というのは、どういうことですか？」

「私が見るに、習近平主席ら党中央は軍部の主張を押し切り、まもなく琉球諸島戦争の敗北を表沙汰にして、山川委員が言う通り、反日キャンペーンに打って出てくるでしょう。だが、中国軍部が反対しているように、それは両刃《もろは》の剣になる。つまり、反日にかこつけての政府批判のキャンペーンにもなるからです」

河崎経済産業相が首を捻りながら、松平に問いかけた。

「なるほど。ですが、山川委員の言うように本格的な反日運動が盛り上がり、国がひとつになって、日貨排斥やら日本企業の焼き打ちなどになる怖れもあるのでは？」

「経済産業相、毛沢東や江沢民時代の中国だったら、そうなる可能性が高かったと思います。だが、中国は以前と比べて、かなり変わりました。もちろん、沿岸都市部と内陸都市部、農村部と地理的に条件がありますが、昔のように反日運動はひとつにはならないと、私は見ているのです」

「というと、つまりどうなるのですか？」

「まず、一度豊かな生活を知ってしまった沿岸都市部の人々は、そう簡単に政府の反日キャンペーンに同調しない。彼らはネットを通して、世界や日本などの民主的な世界を見ていますからね。そんなに安易には、政府の宣伝を信じない。いま中国共産党の党員数は、公称八〇〇〇万人といわれています。八〇〇〇万人はたしかに巨大な数だが、残る一二億人もの人民は選挙で選ばれたわけでもない、それら共産党員たちに支配されている。

都市部に住む裕福な階層は、高度経済成長で金儲けし、豊かになった人々の大半は党員ではない。たとえ党籍を持っていても、事業の成功や出世のために名前だけ登録している人が多い。そうした都市部の人々は、ネットで国外の世界を見たり、海外生活を送るうちに、自分たちには選挙権や被選挙権がないというように、基本的人権が無視されていることに気づいている。彼らは、一党独裁の政治体制に疑問を感じ、民主化したいと思っている。

彼らは選挙で選ばれた人でもない共産党の、それも一部党員の特権階級に中国政府が占められており、中国の政治外交軍事を握られている現実に疑問を抱いている。したがって、たとえ上海や北京などに反日暴動が起こっても、やすやすとは同調しないでしょう」

松平はそこまで一気に話すと、危機管理センターにいる一同を見回した。

「それに、いま中国に進出している八〇〇〇社の日本企業に雇われている中国人従業員は、四〇〇〇万人を超えている。その大部分は、地方から出てきた貧しい人々です。日系企業は給料が比較的よく、しかも教育が行き届いている人たちが多い。彼らは反日に駆り立てられ、工場の焼き打ちなどをしたら、明日から職を失うことになるから、そこまではやらない。もちろん、なかには日本企業の待遇に反感を持っている連中もいるだろうが、昔ほど日本人を排斥するようなことはしないでしょう。むしろ内陸部の中途半端に都市化した地方都市やその周辺部の農村の人たち、彼らは政府の反日広報に乗せられやすい」

「ということは、地方によって反日の度合いが違ってくるということですか？」

「そうです。北京、上海などでは、反日運動が起こっても政府のコントロールがまだ効くが、西安、成都、重慶など地方都市になると、反日運動が暴走し、弱腰の政府非難や軍部非難になりかねない。まして貧困に喘ぐ農村などでは、反日にかこつけて反政府暴動を起こし、政府に非難の矛先《ほこさき》を向けるかもしれない。そうなれば、対日戦争を構えている最中に、北京政府は国内の治安悪化の収拾に乗り出さざるを得なくなる。その危険があるので、政府も党中央も、反日キャンペーンをするかどうか迷っている。

マルクス・レーニン主義、毛沢東思想には『戦争から革命へ』という考え方がある。自国が他国との戦争を始めたら、人民は戦争の混乱に乗じて内乱・内戦を起こし、政府を打倒して革命を起こして戦争をやめさせる。かつてのロシア革命がそれですし、中国解放戦争もそうでした。だから、いまは我が国が、中国国内の分離独立を求める少数民族や民主化を求める中国人民を支援して、内部から中国の体制に揺さぶりをかける絶好のチャンスだと申し上げたいのです」

松平の話を聞き、閣僚たちの間にどよめきが走った。

河井首相が閣僚たちの気持ちを代弁して言った。

「しかし、そうは言っても、中国は強大な軍事大国だ。あの軍隊を向こうに回して、少数民族の分離独立とか中国の民主化を起こすというのは困難なのではないか？」

「たしかに難しいでしょう。しかし、果たして中国は皆さんが言うような軍事大国でしょうか。それについては、甚《はなは》だ疑問がある」

「それはどういう意味かね？」

「一三億の人口の構成比が、二〇年前とはかなり変わっています。七〇年代からの一人っ子政策がじわりじわりとボディブロウになって、中国に打撃を与えているのです。いまや中国では若者世代が激減し、六十五歳以上の高齢者が膨《ふく》れ上がっている。特に漢族において、その傾向が強い。つまり、中国一三億人というが、その三割から四割が高齢者だ。軍部が人民を徴兵しようとしても、老人が多いので思うようには兵隊は集まらない。さらに、兵役にいる若者は、大事に育てられたおぼっちゃんが多く、二〇〇万人もいるといわれる兵力も、その大部分はあまり戦意のある連中ではないのです。見かけは強そうだが、練度の高い精鋭部隊は多くはない。もっとも、我が国の自衛隊も、中国軍と似たようなものですが」

河井首相は訝りながら、松平に訊いた。

「つまり、中国軍は見かけ倒しだというのかね」

「そうです。空軍も海軍も空母やステルス戦闘機など最新兵器を保有しているけれども、まだ習熟訓練不足で、いまのところ実戦においては日米の敵ではない。陸軍も一部精鋭部隊を除けば、員数は多いが大したことはない。ただし、中国軍のうち、第二砲兵、ロケット部隊だけは別です。ロケット部隊は核弾道弾ミサイル戦略部隊で、この部隊だけ指揮系統が総参謀部の下にあるのではなく、党の軍事委員会直轄部隊になっている。いわば陸海空三軍から独立した第三の軍隊で、これは侮れない。しかし、我が国に、ロケット部隊に対抗する手段がないわけでありません」

「ほう、それはなんですか？」

「それについては説明が長くなるので、別に機会を作ってお話ししましょう」

松平は不敵な笑みを浮かべ、閣僚たちを見回した。

戸田副総理は大きくうなずくと、松平に結論を促した。

「では、松平さんはこの機に、いったい何をしたらいいと言うのですか？」

「先ほども申し上げましたが、中国内部の周辺部の分離独立運動に火を点けることです。周辺部に火が点けば、中国は対日戦争どころの騒ぎではなくなる」

「具体的には？」

「日本が台湾の独立を承認するのです。そこで台湾を軍事支援し、中国に対抗させる」

閣僚たちは顔を見合わせ、再びざわめき始めた。

「さらに、チベット自治区のチベット族や、新疆ウイグル自治区のウイグル人たち、内モンゴルのモンゴル人たちに資金援助や武器援助を行うのです」

「そうなれば、中国は死に物狂いになって、植民地を守ろうとするな」

沖国家公安委員長の言葉に、松平はうなずいた。

「まさしく戦争から革命を生み出させるのです」

「中国内部には、何もしかけないのかね？」

「中国本土においては、都市部の民主化運動にも、積極的に支援活動を行う。地方都市や農村部の貧困層にも、反政府に向かわせるよう支援をする。こうした動きをするだけでも、中国政府や党中央は警戒心を強め、対日戦争だけに軍を集中投入することができなくなるでしょう。地方騒乱に、軍を投入せねばならなくなるので、それどころではなくなるのです。そして、我が国が中国軍に勝ち続ければ、台湾やチベット族やウイグル人たちは助かる。都市部で民主化を進める人たちを、励ますことにもなりましょう」

「しかし、そんなことをやって、本当にうまくいくのかね。金もだいぶかかるだろう」

太田財相が心配そうに、横から口を挟んだ。

「もちろん、お金はかかるでしょう。ですが、対中戦争の戦費として考えれば、空母を建造したり買ったりするよりも、はるかに安上がりです」

松平のさわやかな弁舌に、閣僚たちはじっと耳を澄ませていた。

五

与那国1000時。

二機のF・15J改イーグルが、轟音を立てて駆け抜けた。

イーグルは相次いで山腹の岩場にナパーム弾を投下し、一気に上昇して行く。

ナパームの炎が一瞬にして山腹の岩場を包み、燃え上がった。炎が草も木も舐め尽くし、瞬く間に焼き尽くしていく。

（あんな炎の下にはいたくないな……）

笠間1尉はヘリの機内から、双眼鏡で山の中腹を丹念に調べながら思った。まだ中国軍の残存部隊が、山腹の洞窟に隠れて潜伏している。たとえ少人数だろうが、与那国の島内から駆逐せずには放置できない。

第15旅団第15偵察隊は、輸送ヘリコプターUH-60JAブラックホークに分乗し、敵の部隊が潜む山腹に空から接近していた。

地上には、第15旅団連隊戦闘団の戦闘員が一列横隊となって斜面を登りながら、三方から敵兵への包囲網を狭めている。

輸送ヘリに随伴した攻撃ヘリAH-1Zバイパー二機がホバリングをし、山腹の洞窟付近に連続してロケット弾を放った。

攻撃ヘリAH-1Zバイパーは、攻撃ヘリAH-1Sコブラの発展型である攻撃ヘリAH-1Wを、さらに改修した新世代型である。

攻撃ヘリAH-1Sコブラはエンジンが単発だったが、AH-1Wはエンジンを双発にしてパワーアップし、攻撃ヘリAH-64Dアパッチ・ロングボウ並みにしたものだ。

そのＡＨ－１Ｗをさらに改修した攻撃ヘリＡＨ－１Ｚバイパーは、第３世代の電子工学的センサーであるＴＳＳを搭載し、ＡＨ－１Ｗの夜間目標指示システムや、攻撃ヘリＡＨ－64Ｄアパッチの目標捕捉および指示照準器／パイロット暗視センサーなどの二倍以上の性能を持っている。

ロケット弾は洞窟の奥まで飛び込み、爆発を起こしている。おそらく洞窟内に潜む敵兵を粉砕していることだろう。

これまで何度も投降を呼びかけてきたのに、その答えは銃撃だった。敵が頑強に抵抗しているのは、味方がきっと救援に来ると思っているからだろう。

だが、中国艦隊はすでにはるか彼方に遁走しているし、敵兵の望みは断たれたも同然なのだが、彼らはまだ事態が飲み込めていないらしい。

『まもなく目標上空』

ヘッドフォンに、パイロットの声が響いた。

「よし。上空に来たら、停止してくれ」

『了解』

笠間１尉は機内の部下たちを見回した。

一番機の機内には、笠間本人も含めて八人の分隊が搭乗している。

二番機、三番機、四番機にも、それぞれ八人ずつ偵察隊員が搭乗していた。

ヘリがホバリングを始めた。徐々に高度を下げて行く。いまのところ下からの敵の銃撃はない。

「着上陸用意！」

笠間1尉はインカムに叫んだ。

偵察隊員は冷静にロープに懸垂《けんすい》降下装置を装着し、眼下の岩場を見下ろしている。

「ロープ下ろせ！」

ヘリの左右から、ばらばらとロープが何本も投げ下ろされた。

攻撃ヘリAH‐1Zバイパーが掩護《えんご》射撃を開始した。バルカン砲が唸り、薬莢《やっきょう》がばらばらと弾き出されて岩にあたる。

「降下！　俺に続け！」

笠間1尉は怒鳴りながら、真っ先にロープに飛び移った。懸垂降下装置が、笠間1尉をするすると地上に降ろして行く。

隊員たちも次々にロープの懸垂降下装置を使って続いた。

普通はロープで懸垂降下している時が、敵の攻撃に曝されやすく、最も危険である。

だが、ロープ懸垂降下装置は隊員が手でロープを握る必要がない。一定の速度で隊員の軀を地上に降ろす装置なので、降下中でも隊員は両手を使うことができ、地上に向かって銃で応戦が可能だった。

いきなり洞窟の近くの岩陰から敵兵が顔を出し、ＡＫ‐74自動小銃を乱射した。

アパッチが即座に、バルカン砲の銃弾を敵兵に浴びせ掛けた。

笠間1尉は地上に着くと同時に、懸垂降下装置からフックを外し、岩陰に飛び込んだ。

ヘリより後から降下してくる隊員たちを、敵から守らねばならない。

笠間1尉は降下散開した部下たちに命じた。

「援護射撃！　撃て！」

笠間1尉も岩陰から9ミリ機関拳銃を突出し、敵に向かって応戦した。

敵も機関銃で激しく撃ち返してくる。

一番機が飛び去り、二番機が接近してホバリングを開始した。

「小宮班長！」

笠間1尉はインカムで、一班長の小宮3尉を呼んだ。

『右二時』

笠間1尉は右手二時の方角に目をやった。小宮3尉が岩陰から応戦している。

「そこに何人いる？」

『二人。一人負傷』

笠間1尉は、近くにいる加藤陸曹長を振り向いた。

加藤陸曹長は指を三本上げた。彼を含めて三人いるという合図だ。

二番機からロープが落とされた。二班の隊員が降りてくる。

「援護射撃しろ！」

笠間1尉は怒鳴り、また9ミリ機関小銃を敵の銃座に向けて撃ち捲った。

隊員たちがロープを使って、降下を開始した。

敵の銃座から、凄まじい射撃が始まった。

降下中の隊員たちが、被弾するのが見える。

「手投げ弾用意！　擲弾筒《てきだんとう》も用意しろ！」

笠間1尉は胸に付けた手投げ弾を引き抜き、安全ピンを抜いた。

加藤陸曹長たちも、手投げ弾を用意している。

「投擲！」

笠間1尉は岩陰から手投げ弾を思い切り投げた。その間も、敵は機関銃を猛然と撃ってくる。

続け様に手投げ弾が炸裂した。銃座までは届かなくても、敵兵への牽制にはなる。

敵兵の応射が途絶えた。

二番機から二班の隊員たちが地上に飛び降り、岩場に散開した。

二番機が飛び去り、三番機が交替してホバリングを開始する。再びロープが投げ降ろされた。

敵の応射がまた開始された。

加藤陸曹長や部下の隊員が、89式小銃に擲弾を装着した。

「擲弾撃て！」

軽い発射音が何発か響き、上空に擲弾が発射された。緩い放物線を描いて、敵の銃座に落下する。

「援護射撃！」

笠間1尉は怒鳴った。同時に9ミリ機関小銃を敵に向けて撃ち放つ。

敵の銃座が連続して爆発した。擲弾が炸裂したのだ。

三番機から丹羽3尉率いる三班の隊員たちが、次々に降下して来る。

擲弾の効果があったのか、敵の応射が沈黙した。

笠間1尉は、9ミリ機関小銃の弾倉を交換した。

「一、二班、突撃！」

笠間1尉は叫びながら、9ミリ機関小銃を構え、岩陰から飛び出した。

一気に敵の銃座に向かって突進する。

後から小宮3尉や加藤陸曹長たちが、喚声を上げて突撃して来た。

銃座の周辺から、散発的に敵の応射が起こった。笠間1尉の足元を削って弾丸が飛ぶ。

笠間1尉は、敵兵のいる岩に飛び上がった。

上がり様に9ミリ機関小銃を向け、銃を構えた敵兵に弾を叩き込んだ。

付いてきた隊員たちが、岩の上に駆け上がった。擲弾で爆破された銃座には、四人の敵兵が転がっていた。

少年のように若い敵兵がしゃがみ込み、両手をおずおずと上げた。

「降伏しろ！」

笠間1尉は中国語で叫んだ。

岩場のあちこちに、敵兵が隠れている様子だった。

「手を上げろ。抵抗するな！」

笠間1尉は敵兵に命ずると、部下に四方を探すよう合図した。

三番機から降りた偵察隊員たちが、岩場に駆け付けた。続いて四番機からも、降下が始まった。

「二班、三班は洞窟を制圧しろ！　二班は岩場を警戒。捕虜を確保しろ！」

笠間1尉は怒鳴るように言うと、真っ先に洞窟へ駆け寄った。

洞窟内はしんと静まり返っていた。

「照明弾！」

笠間1尉は二班長の内藤准陸尉に命じた。

内藤准陸尉は隊員の一人に、照明弾を投げるよう合図した。

隊員が手投げ照明弾を洞窟内に放り込んだ。

笠間1尉は、腕で目を覆った。

照明弾は燃え上がり、洞窟内を真っ白に明るく照らした。

照明弾が明かりを放っているうちに、笠間1尉は先頭を切って飛び込んだ。

ロケット弾で爆破された土嚢を乗り越え、洞窟内に進んで行く。

洞窟内には黒焦げの死体が散乱していた。

さらに奥にも土嚢が積まれていた。そこにも数人の兵士が息絶えて転がっている。土嚢の陰に、半ば壊れた通信機器が倒れていた。

「島陸曹、来てくれ！」

笠間1尉は通信兵の島陸曹を呼んだ。

すぐに通信機を背負った島陸曹が駆けつけた。

「通信機を見てくれ」

「了解」

島陸曹は残された通信機器を調べ始めた。

その間にも、内藤准陸尉に率いられた二班の隊員たちがさらに洞窟の奥を調べ、中に潜んでいた敵兵の身柄を次々に確保した。

丹波3尉の三班の隊員たちも、焼け爛《ただ》れた洞窟内を隈無く探し、遺《のこ》されていたPCや電子機器を捜し出した。

『隊長、外は完全制圧しました』

小宮3尉の声が、インカムのイヤホンから聞こえた。

「よし。我の損害は？」

『戦死二人。負傷六名』

小宮3尉の報告が聞こえた。

島陸曹が立ち上がり、笠間1尉に言った。

「隊長、通信機は持ち帰れば、なんとか修理回復できそうです」

「ようし。佐藤3曹、大田《おおた》陸士長、島陸曹を手伝い、通信機を運び出せ」

笠間1尉は部下たちに命ずると、洞窟から外に出た。

部下たちには内緒にしているが、笠間1尉は閉所恐怖症だった。

戦闘の最中は緊張でそれを忘れるが、戦いが終われば、洞窟の中にじっとしているのは耐えられない。

外に出ると、岩場では一班と四班の偵察隊員が、捕虜十数人を一ヶ所に集めているところだった。

「皆ご苦労だった。衛生兵は捕虜の怪我の手当てをしてやってくれ」

「了解しました」

笠間1尉が命ずるまでもなく、衛生兵たちはすでに捕虜や味方の隊員の区別なく、手当てを始めていた。

「隊長、味方が上がって来ました」

隊員の一人が叫び、岩場の先を指差した。

岩場を登って来る第12旅団戦闘団の隊員たちの野戦迷彩服が、次々に姿を見せた。

偵察隊員たちが、手を振って歓迎した。

第12旅団戦闘団の隊員たちも、89式小銃を掲げて喜んでいる。

上空を攻撃ヘリＡＨ‐１Ｚバイパーや攻撃ヘリＡＨ‐64Ｄアパッチ・ロングボウが、轟音を立てて駆け抜けた。

笠間１尉は第12旅団の隊員たちが掲げる日章旗を見て、ほっと溜め息をついた。

与那国解放という重大な任務を果たしたのだ。

「一本、吸いますか」

加藤陸曹長が煙草の箱を差し出した。

ピース・インフィニティ（永遠の平和）だった。

「うむ」

笠間はヘルメットを脱ぎ、一本引き抜いて口に銜えた。

加藤は火のついたジッポを差し出した。

笠間は煙草の先を炎の中に入れ、深々と煙草を吸った。

爽やかな海風が、笠間の頬を撫でて吹いた。

第六章　中国経済制裁開始

一

北京、０９００時。

窓の外を見下ろすと、通りに続々と公安の車両が到着し、公安隊員が小銃を手に車両から飛び降りていた。

正門前には黒塗りの乗用車が止まり、門衛たちと「入れろ」「入れない」で押し問答している。

数台の装甲車も大通りに現れ、大使館前に停車した。

ヘルメットを被った人民解放軍の兵士たちが装甲車の背後のドアから降りて、大使館を包囲するように散開した。

「全部処分したか？」

下桐勇次2佐は、窓から通りの様子を窺いながら田中陸曹長に訊いた。

「すべて処分完了です」

下桐2佐は最後に暗号記憶チップをパソコンから引き抜くと、電子処理器に入れ、すべての電子記録を消去した。

「よし、行くぞ」

下桐2佐は部屋を出て、階段を駆け登った。後から田中陸曹長がついてくる。階段を登り切ると、下桐2佐は三階の大使室のドアをノックした。

「下桐です」

「ああ、入ってくれ。開いている」

鯨岡和樹大使の返事が聞こえた。ドアを開けると、鯨岡大使は牧良彦《まきよしひこ》一等書記官や佐藤真人《まさと》理事官とパソコンのディスプレイに見入っていた。

「いよいよ中国政府の日系工場や会社の接収が始まった」

ディスプレイいっぱいに、日本の中国進出企業の分布状態が表示されていた。

牧一等書記官がキーを叩き、中国全土から北京市内に縮小し、北京近郊の日系企業の分布図を出した。

北京市街の内外に数百個のドットが印されている。そのほとんどが青色から白色や赤色に変わり、点滅を開始していた。

青色の点は、普段通りに操業している工場や企業だ。白色の点はなんらかの理由で操業や営業がストップしており、点滅した赤色の点は中国政府当局から介入を受けていることを示している。

先刻より、ひっきりなしに隣室から電話の音が鳴り響いていた。電話を受ける係員の返事が聞こえる。

進出企業から、緊急事態発生の連絡が入っているのだ。

ほかにもネットを通じて、ダイレクトにパソコンに資産を接収されたというメールが届けられている。それらすべてを集約したデータが、表示されているのだ。

中国全土に進出している日本企業は、八〇〇〇社。在留邦人は旅行者を含めて、およそ三万人であった。

「いまのところ、北京、上海、済南、広州、大連など、沿岸都市部の日本企業と日本資産が政府に接収されている模様だが、今後は内陸部まで接収の動きが拡大加速されると思われます」

牧一等書記官がディスプレイを睨みながら言った。

いきなり電話が鳴り響き、佐藤理事官が受話器を取り上げた。

佐藤理事官は受話器を耳にあて、返事をすると、鯨岡大使に差し出した。

「大使閣下、中国外務部次官からです」

「うむ」

鯨岡大使はおもむろに受話器を受け取り、耳にあてた。

「鯨岡です」

『……』

中国外務部次官は北京語で、何かを激しくまくし立てていた。

間に入った同時通訳が、瞬時に日本語に翻訳する。

次官の声が途切れると、鯨岡は静かな口調で応じた。

「我が国としても、貴国が歴史的事実を無視して、一方的に琉球諸島を自国領と主張し、軍事的に占領したことを遺憾に思い、厳重に抗議してきました。にもかかわらず、軍事的占領を続けようとする以上、我が国としても国際的に認められた自衛権を行使せざるを得なかった……」

中国外務部次官は猛烈な勢いで、また反論している様子である。

下桐2佐は鯨岡大使と、思わず顔を見合わせていた。

「相当怒っているようですな」

鯨岡大使は受話器の送話口を手で覆い、頭を振りながら笑った。

「周囲にいる党幹部たちの手前、意気軒高《けんこう》に日本を罵倒しなければならないのだよ。日頃、個人的に話す時は、次官もいたって友好的なのだがね」

鯨岡大使は片目をつむり、また日本語で応答した。同時通訳が、即座に北京語に訳して伝える。

「遺憾ながら、我が国としても貴国の無謀な覇権主義政策に抗議し、貴国と国交断絶して、大使館を閉鎖せざるを得ませんな……」

鯨岡大使が答えた時、突然、窓ガラスが割れる音が響いた。ガラスの破片と一緒に、挙大の石が絨毯の床に転がっていた。

続いて、また窓ガラスが割れ、石が一個、二個と飛び込んでくる。

田中陸曹長が急いで窓に駆けつけ、分厚い遮光カーテンを引いて閉めた。

「通りに抗議の暴徒たちが集まっています。軍は何も阻止せず、傍観している」

「だろうな」

下桐2佐は苦笑しながら、鯨岡大使に目をやった。

鯨岡大使は、なおも受話器を握り絞めていた。

「不意討ちとおっしゃるが、貴国こそ先に琉球諸島へ奇襲攻撃をかけ、四島を軍事占領したのではありませんか……」

なおも中国外務部次官は激しく言い募っている。鯨岡大使は、思わず受話器を耳から少し離した。

「……貴国が我が国固有の領土である琉球諸島を軍事占領したから、我が国は自衛権を行使したのであって、貴国へ侵略しようという意図はありません。だから、まだ貴国へ宣戦布告していない。いまのところ、自衛権を発動しただけで、それ以上も以下もない」

『……』

再び次官が激しく罵《ののし》る声が、受話器から漏れた。

鯨岡大使は受話器を耳から離したまま、なおも続けた。

「我が国は平和憲法を守っております。したがって、我が国には自衛権はあるが、宣戦布告する権利は持ち合わせていないことをご承知願いたい」

鯨岡大使は諭《さと》すように言ったが、次官はなおも喚いた。

「我が国の総理がなにを言ったにせよ、それはあくまで総理の個人的見解であって、政府見解ではない。あくまで我が国は、自衛戦争の範囲内で侵略軍を追い出しただけで、追撃したり、貴国まで兵を送ることはしない。そのことは、日本政府代表として明言しておきます」

鯨岡大使は毅然《きぜん》として、さらに話を続けた。

「……貴国が一方的に我が国に宣戦布告しても、我が国としては受けるつもりはなく、直ちに国連安保理に提訴し、貴国の侵略行為を止めるように勧告してもらうことになりましょう」

いきなり、相手との通話が切れた音がした。中国外務部次官は癇癪《かんしゃく》を起こして、通話を叩き切ったらしい。

「やれやれ」

鯨岡大使は苦笑しながら、受話器をフックに戻した。

「結局、なんだと言っていたのです?」

下桐2佐が問いかけると、鯨岡大使は頭を振った。

「二四時間以内に、大使以下、総領事をはじめとする日本人スタッフは全員国外退去せよ、という命令だった。すでに東京には、在京中国大使以下、総領事館員、中国大使館員全員退去の命令を出したそうだ」

「大使、中国政府は正式に、我が国に宣戦布告すると通告してきたのですか?」

「いや、まだらしい。中国政府や党中央も、だいぶ混乱している様子だ。協力者の中南海はなんと言っていた？」

鯨岡大使は机の引き出しから煙草を取り出し、下桐2佐に顔を向け、口に銜えた。下桐2佐もピース・インフィニティを銜え、ジッポを擦ると、火を点けて差し出した。

鯨岡大使はそのジッポで煙草に火を点けると、煙を深々と吸って天井に吹き上げた。

下桐2佐も煙草を炎にかざし、火を点けながら言った。

「〝中南海〟が密かに教えてくれた情報では、党中央は中国政府の方針を決めたようです。それまでは新聞やマスコミに、琉球諸島戦争における敗北が漏れるのを必死で抑えていましたが、ネットで暴露されてしまいました。このままでは党の権威にもかかわるということになり、急遽、外務部に総参謀部の反対を押し切らせて、空母一隻と護衛の駆逐艦四隻、さらに多数の航空機を失ったと、公式に琉球諸島戦争における敗北を認めるコメントを出させたそうです」

「ほう、めずらしい。党中央が敗北を認めるとは」

鯨岡大使はそう言うと、皮肉な笑みを浮かべた。

「それで、軍部はかんかんに怒っています。総参謀部は外務部とは別個に記者たちを集めて、独自の記者会見をしました。空母二隻の損害は軽微だ。航空機の損害も想定内で、たいしたことはないと。そして、これから新たな対日全面戦争を行うとコメントしています」

「党、政府と軍部の意見が割れているというのかね」

「はい。党中央と北京政府は敗北の事実を国民に告げて、反日気運を盛り上げ、国論統一に全力を上げようと踏み切ったのです」

「対する軍部は？」

「軍部は今回の琉球諸島戦争に負けたという事実を国民に告げたら、反日気運のデモを装った反政府運動をするのではないかと危うんでいるのです。民衆の怒りが、戦争に負けた軍や政府、党に向けられることを恐れている。軍部が負けたとなると、チベット族やウイグル族などの分離独立運動を勇気づけるだろうと。少数民族の分離主義者を活気つけてしまうことの方が恐ろしいと、軍の幹部たちは考えているそうです」

「つまりは、反日運動と分離独立運動の綱引きというわけだね」

「そうです。いよいよ、中国民主化の絶好の機会が到来すると言っていいでしょう」

下桐2佐は答えながら、紫煙《しえん》を勢いよく吹き上げた。

鯨岡大使は下桐2佐と田中陸曹長を交互に見てから訊いた。

「それで、君たちはどうするのかね？」

「予定通り、自分と田中陸曹長は抜け出して、地下へ潜行します」

「そうか。やってくれるか」

「日本の興廃《こうはい》、この一戦にあり、です。これは少々言い方が古いですか」

下桐2佐は笑いながら答えた。

「下桐さん、お願いがあります」

突然、佐藤理事官が進み出て言った。

「自分も中国に残りたいのですが……。残って下桐さんたちのお手伝いをしたい」

「君が？」

下桐2佐は意外そうな顔になった。

「自分には中国人の妻や二人の子供もいます。家族を置いて、自分だけ日本へ引き揚げるわけにはいきません。残って祖国日本と第二の母国中国のために働きたい」

「申し出はありがたいが、非常に危険な仕事だぞ」

「覚悟しています。しかし、自分ならば、きっとお役に立つはずです。北京語も広東語も話せるし、中国には子供時代からいたので、古い知己《ちき》も多い。民主化運動を進める反政府人士とも友達です。彼らを支援して、中国民主化を果たしたい」

佐藤理事官は語学堪能なところを買われて、現地採用された館員だった。

鯨岡大使は大きくうなずき、佐藤理事官の手を握った。

「わかった。佐藤理事官、日本のため、中国のために、やってくれるか」

「はい。微力ながら、頑張ります」

「よし。では君も下桐2佐たちと一緒に行ってくれ。君の骨は私が拾う。私が正式に、その任務を君に与えたことにする。帰国したら、外務大臣にも報告しておこう」

「ありがとうございます」

「いやあ。佐藤君が一緒に行ってくれれば、こんなに心強いことはない。よろしく頼むぞ」

下桐2佐も笑みを浮かべ、佐藤理事官の手を握った。

「こちらこそ、よろしくお願いします」

「頼みにしている」

田中陸曹長も歩み寄り、佐藤としっかり握手をした。

その時、階段を上がってくる靴音がした。下桐2佐は田中陸曹長と佐藤理事官に目配せした。

「国家安全部が来る。ここは大使や牧一等書記官に任せて、我々は抜け出す準備をしよう」

下桐2佐は隣室のドアへ向かった。田中陸曹長と佐藤理事官が、その後に続いた。

二

香港は喧騒に溢れていた。

田島優輝《たじまゆうき》は合同通信社香港支局へ上がる途中、九龍《クーロン》大路の新聞売店で、いつものように香港時報や香港タイムス、北京周報などを買い漁った。

さらに交差点近くの路上で「号外、号外」と叫んでいる顔見知りの売り子の張《チャン》から、号外を一部買い込んだ。

号外には「日本自衛隊、我が中国海軍空母艦隊を撃破。琉球戦争、中国敗北す」という派手な大見出しが躍っている。

ネットの動画投稿サイトから無断で引用したような手振れの激しい写真が大写しになっていた。

中国海軍の空母らしい艦艇が黒煙を上げ、飛行甲板が斜めに傾いている。号外を出したのは、日頃は芸能界のスキャンダルやゴシップ記事を出している人気三流大衆新聞だ。

それでも時折、中国政界の動きや中国軍の生の軍事情報を載せるので、田島は馬鹿にしないで、いつも購入している。

おそらく新聞社内に、中国政府や中国軍内部に詳しいオタクがいるのだろう。絶対に新華社通信や北京周報、香港時報などの一流紙を読んでいては得られない情報だった。

その中には、完全な憶測記事や誤報が入っていることもあるが、それは真実の情報を流す上でのダミーだと、田島は思っている。

いくら自由な香港といっても、権力を握っているのは北京政府である。北京政府に睨まれたら、経営基盤の弱い三流紙などはすぐに警察に取り締まられ、潰されてしまう。

（本当にえらいことだ。これは全面戦争になるぞ……）

田島は顔をしかめた。いまごろ支局には本社から、記事を送れという電話やメールが、がんがん入っているに違いない。

「ユウさん、日本強いね。応援しているよ」

張は笑いながら、大声で田島に話しかけた。

「冗談じゃない。サッカーじゃないんだ。生き死にを懸けた、ほんものの戦争なんだぞ。軽々しく応援なんかするなんて言ってはだめだ」

「ユウさん、香港人は、北京よりも日本が好きだ。北京なんかに負けてほしくないね」

売り子の張は、通行人に号外を渡しながら言った。

「ありがとうよ」

田島は手を振り、支局の入ったオフィスビルの玄関ロビーに入って行った。

エレベーターに乗り込み、一〇階に上がる。

合同通信社香港支局は、UPIやAPなどの通信社や日本の新聞各紙の支局とともに、一〇階にオフィスを構えていた。

一〇階の廊下は、いつになく喧騒に包まれていた。どの通信社や新聞社の支局のドアからも、大声で話す電話の声、パソコンの発する電子音、アージェント（緊急）を知らせる警報が、ひっきりなしに鳴り響いている。

ドアを開けて支局に入るやいなや、田島は正岡《まさおか》支局長の怒声をまともに受けた。

「田島、遅い。どこで油を売っていたんだ！」

「すみません。つい寝坊して」

「馬鹿野郎、おまえが寝坊している間に、中国との戦争がおっぱじまったんだ。テレビや新聞で見ていなかったのか！」

「アパートには、テレビがないんで。通りすがりの新聞販売店で知りました」

一〇台ほど並んだパソコンの前に、支局長以下七人の支局員たちが張りついて、記事を打ち込んだり、電話をかけながら、資料の検索や取材した情報の裏取りをしている。

七人の記者のうち、支局長をはじめ中島《なかじま》デスク、田島ら平記者は、東京本社から派遣された外信部員だ。残り三人が現地採用の中国人記者や通訳、コーディネーターたちだった。

田島は同僚たちに挨拶し、自分の席に着いた。堆《うずたか》く積んだ本や資料に囲まれた根城で、買い込んだ新聞各紙に目を通す。

香港は一応中国の統治領だが、上海や北京などの本土の都市より、遥かに政府の検閲が少なく、報道機関への圧力や干渉が少なかった。

そのため、新聞各紙は政府の出方を考えながら、限定的だったが自由な報道をすることができた。

北京や上海などでは、政府や軍の検閲のために報道できないようなニュースも、香港では自由に流れている。

どの新聞も大同小異、琉球諸島戦争のことを書いており、中国海軍が日本自衛隊の攻撃を受けて敗走したことが報じられていた。

号外以外の新聞は、いずれも写真が間に合わなかったらしく、四色刷りの派手な戦闘シーンを描いたイラスト入りになっていた。

中国海軍の空母が、周囲を飛び回る日本航空自衛隊のF‐15戦闘機に攻撃されているイラストだが、どう見ても太平洋戦争のころの航空母艦をゼロ戦が攻撃しているような絵柄を想像させる時代錯誤のイラストだった。

（まるで、戦争マンガじゃないか……）

田島は苦笑した。各紙のページをめくりながら、見出しだけを飛ばし読みしているうちに、ふと香港日報の社会面に載った小さな囲み記事に目が止まった。

『日本軍部、中国海軍に対抗して空母建造か？』

日本軍部とは恐れ入った表現だが、中国人の脳裏には、前世紀の日本軍のイメージが焼き付いているのだ。

囲み記事はコラムリストが中国軍幹部から耳にした日本軍の最新情報として、日本軍部が密かに原子力空母を建造し、米国第七艦隊並みの空母艦隊を編成しようとしている。日本も遠からず外洋艦隊を持ち、アジアに再び覇権を求めるだろうから、警戒しようという内容だった。

普段なら、香港日報の飛ばし記事だろうと問題にしない。

しかし、気になったのは記事の中に、日本は空母建造を国内ではなく国外でやろうとしており、米国や英国、フランス、イタリア、ロシア、インド、イスラエルなどのいずれかに建造を依頼しているらしいこと。そのため中国は国家安全部の総力を上げて、建造している国の造船所を探索し、事前に破壊しようとしているという箇所があったからだった。

田島はコラム記事を、赤鉛筆で丸く囲んだ。

「田島、ちょっと」

正岡支局長の声を聞き、田島は資料の山越しに支局長席を窺った。

「なんです?」

「北京総局、上海支局に公安が駈けつけて、閉鎖になった。支局長以下、皆が公安に拘束されているらしい」

「いよいよ、始まりましたね」

「喜んでいる場合ではない。我が社は中国の情報のすべてを、この香港支局に依存することになった。だが、この香港支局も、いつ何時公安に踏み込まれ、支局を閉鎖させられるかわからないから、いまのうちから覚悟しておくように」

正岡支局長は田島だけでなく、ほかの支局員にも聞こえるように大声で言った。

「了解しました」

田島は厳しい顔になってうなずいた。

香港は一国二体制ということで、本土の社会主義体制とは違った資本主義体制が許されている。

そのため、ある程度、香港政府に自治を任せてあり、中国国内とは違って、公安や国家安全部が直接乗り出して来ることはなかった。

だが、戦争が始まったとなると事情は違う。香港には、各国の情報機関が入り込んでいる。中国政府がいつまでも、香港を自由にさせておくはずはなかった。

そこで、正岡支局長は万が一、中国当局が乗り出して来た場合は、田島に支局を離れ、潜行して取材を続けるよう命令していたのだ。

さっきの注意喚起は、その準備を怠るなという示唆でもあった。

「支局長！」

突然、女性記者の王燦《ワンツアヌ》が声を上げた。

「どうした？」

「広州市や深圳《シエンヂエン》経済特区で、今朝、公安や武警の部隊が出動し、一斉に日系企業の工場閉鎖に乗り出したとのことです」

「そうか、ついに始まったか……」

正岡支局長は溜め息をついた。

田島も急いで王燦の机に向かった。正岡支局長が、王燦のパソコンのディスプレイを覗き込んでいる。

ネット配信の動画がディスプレイに映っていた。

高層ビルのベランダか、あるいは窓から俯瞰して撮影した動画で、深圳の経済特区の自動車工場に、公安や武警の部隊を満載したトラックが続々と到着し、武装した隊員が工場の門を閉鎖していた。

隊員は朝になって出勤して来た従業員たちを、次々と追い返している。

門には日本の自動車会社のマークと会社名が書かれてあり、ポールに掲げられた日の丸や会社の旗が、公安隊員の手によって引きずり降ろされていた。代わりに中国国旗が、するすると掲げられていく。

「支局長、テレビで中国政府の報道官が、日本企業の資産凍結を発表しています」

吉川《よしかわ》記者が、大声で正岡支局長に報告した。

「どれ」

田島が吉川記者のパソコンを覗き込んだ。

そこには、北京中央電子台のテレビ放送が映っていた。

女性報道官が硬い表情で、本日正午、政府は中国国内外にある日本企業の資産を凍結する措置に踏み切ったと発表していた。

あわせて、中日両国の開戦にあたり、政府は中国在住の日本人の反国家活動やスパイ活動を防止するため、公安や武警に日本人の身柄を拘束し、収容所に入れるよう命令した。

女性報道官は冷ややかな表情で、中国人民は統一と団結を守り、日本軍の再侵略に備えるようにと冷静な口調で繰り返した。

「テレビでもやっているぞ」

支局員の一人が叫んだ。田島は壁に備え付けてあるハイビジョンテレビに目をやった。

香港テレビのニュース番組が始まり、ＣＮＮの画像が流れていた。

上海市の高層ビル街に、公安や武警の部隊がトラックや装甲車で乗りつけ、検問所を作って通行人をチェックし始めていた。

ニュースキャスターは、通行人にパスポートや身分証の提示を求め、日本人とわかるとその場で身柄を拘束し、トラックの荷台へ押し込めていると告げていた。

ハイビジョンテレビには、日本人観光客らしい夫婦や家族が、次々に拘束される光景が映っていた。

日本人の子供が公安の警察官の姿を恐がって、泣いている場面も流れている。

突然、田島の机の電話のベルが鳴り響いた。

「はい、合同通信」

『ジョナサンです。田島さん、支局の皆さんに、至急逃げるように言ってほしい』

香港警察のジョナサン林《リン》警部は、田島が懇意にしている香港人警官だった。

ジョナサンは日頃は犯罪捜査が担当で、田島が警察署に出入りしているうちに、親しくなった男だった。

「いったい、どうしたんだ？」

『北京の国家安全部から、香港警察に対し緊急の命令が出た。香港在住の日本人ジャーナリストを全員逮捕拘留せよと』

「容疑は？」

『反国家罪容疑だ。日本人記者は中国に対してスパイ工作をする危険性が高いので、予防拘束しろというのだ』

　ジョナサンの話を聞き、田島は思わず声を荒げた。

「香港警察は、そんな不当な命令を聞くのか？　それではとても法治国家とはいえない違法な命令ではないか」

『田島、我々の立場を理解してくれ。我々もそんな命令を聞きたくはない。だが、香港政府も北京政府には逆らえないんだ。せいぜい我々ができることといったら、こうして逃げろと忠告することしかない』

「警官隊は、いつ乗り込んでくるのだ？」

『まもなく香港警察部隊が出動する。いまのうちに逃げろ』

「わかった。恩に着る」

『すまない。私にできることは、このくらいだ』

　ジョナサンからの通話が切れた。

　田島は正岡支局長のデスクに駆け寄った。

「支局長、まもなく警官隊が、我々マスコミ関係者を拘束しようとやって来ます。逃げましょう」

「いよいよ来るか。田島、君は逃げてくれ」

「しかし……」

正岡支局長は席から立ち上がると、大音声《だいおんじょう》で言った。

「みんな、聞いてくれ。まもなく警官隊が我々を逮捕しに来る。私は支局長としてここに残るが、皆はどこかへ逃げてほしい。いつかこの戦争が収まり、平和になったら、またここに戻って来てくれ。それまでは身を隠してほしい」

正岡支局長の話を聞き、支局内は騒然となった。帰り支度を始める者、押収されてはまずいものを処理する者、パソコンに向かい、どこかへメールを打つ者、各員各様だった。

田島は正岡支局長に、手を差し出した。

「支局長、約束通り俺は潜行し、ジャーナリストとして取材を続けます」

「うむ、やってくれ。頼むぞ」

正岡支局長は田島としっかり握手を交わした。

田島はノートパソコンを抱えると、長年親しんだ支局の部屋に別れを告げ、ドアから出て行った。

　エレベーターで一階まで降り、玄関から外に出た時、通りの向こうから香港警察のパトカーや警官隊を載せたトラックがやって来るのが見えた。

　田島は支局の入ったビルを見上げ、正岡支局長や同僚たちの無事を祈りながら、地下鉄の駅へ急いだ。

三

　国防会議の後、河井首相は総理執務室に戻り、成嶋官房長官、危機管理担当の田中敦夫副官房長官、真崎防相、戸田一誠副総理兼国家戦略局担当大臣、佐々城外相の五人と昼食の弁当を食べながら、引き続き鳩首《きゅうしゅ》会談を開いていた。

　河井首相は秘書官の桜木正雄が運んできたお茶を飲みながら、一息ついた。

「さて、会議を再開しよう。真崎防相、その後、沖縄の状況はどうかね」

「はい。最後まで与那国に残留し、頑強に抵抗していた中国軍特殊部隊も、我が陸自部隊の攻撃の前に、ついに降伏しました。これで琉球諸島から中国軍を一掃したことになります」

「それはよかった」

「現在は中国軍の再来襲に備えて、与那国、石垣島、宮古諸島に陸自部隊を緊急展開中です。施設部隊を投入し、港湾施設や空港施設を整備拡張し、緊急時に備えて、海自の艦艇や航空機、空自の航空機が離発着できるようにしております」

「地元住民の反発はどうかね？」

「中国軍部隊に突然進駐され、地元民に犠牲者まで出たこともあり、おおむね地元住民の自衛隊進駐に対する反発は少ないようです」

「沖縄県民は太平洋戦争で多くの住民を犠牲にしているから、軍隊や基地への反発は並大抵のものではないが、現実に被害を受けると、ある程度、自衛隊への反発も減るのではないか」

「そう願いたいですな。特にこの度の琉球諸島戦争は、住民の犠牲者を最小限に留めるべく、わが自衛隊も努力しました。その効果があったと思います」

真崎防相は満足そうに言った。河井首相も満面に笑みを浮かべて、戸田副総理を見た。

「どうかね。国家戦略局の別室の面々の反応は？」

「委員たちも満足しています。とりわけ琉球諸島への自衛隊の配備は、今後の戦況を左右する重要な意味があると見ています」

「ほう、それはどういうことかね？」

「太平洋戦争時の古い発想でもあるのですが、与那国、石垣、宮古諸島に航空基地を造り、そこに那覇基地以外にも空自の戦闘攻撃機を配置できれば、我が国は東シナ海に巨大な不沈空母を展開することになる。しかも、与那国、石垣、宮古と三島が横並びになり、沖縄本島の那覇基地と連携するわけですから。地図上でご覧になるとよくわかると思いますが、中国海軍の太平洋への出入口を封鎖し、中国の第一列島線、第二列島線を分断する格好になります。これは中国にとって、容易ならざることでしょう」

戸田一誠副総理兼国家戦略局担当大臣は、執務室の壁に架けられた琉球諸島の地図を指差しながら言った。

真崎防相は地図を見ながら、大きくうなずいた。

「なるほど、不沈空母三隻ねえ。おもしろい。沖縄本島も入れれば、四隻の不沈空母で中国を封鎖することになりますな」

佐々城外相が、にやりと笑って言った。

「しかし、中国海軍は将来六隻、いや、ロシア製の練習空母『遼寧』を含めれば、七隻の空母を持つ計画だと聞きますから、それに対抗するには四隻ではまだ足りないのでは？」

戸田副総理は、頭を左右に振った。

「外相、空母は所詮、海に浮く船。収容できる戦闘機の数にも制限がある。離発着する航空機も、狭くて短い滑走路を使うので、陸上の滑走路を使用する戦闘機よりも性能が落ちる。それが付け目でしょう。空母を沈められるとか、飛行甲板に爆弾で穴を空けられれば、飛行機は離発着できない。そういう弱点がある。だが、島の滑走路を利用する航空機は、空母の艦船機よりもいい性能の機種だ。不沈空母の島ひとつは、巨大空母三隻以上の戦力を保持しているといえましょう」

田中副官房長官が、目を輝かせながら言った。

「それはすごい。期せずして我が国は四隻もの空母を保有することになったわけですな」

戸田副総理はうなずいたが、すぐに釘を刺した。

「ただし、離島に自衛隊が進駐する上では、地元へ迷惑をかけぬよう細心の配慮が必要になるでしょう。かつて日本軍が米軍を迎え撃つにあたり、島の住民を犠牲にした。そのことを彼らは忘れていない。そうした住民たちの軍に対する不信の念を、無視しないようにしなければならない。ですから戦略上、地元住民を最大限守ることを前提にした作戦を考えねばなりません」

「というのは？」

河井首相が訝ると、戸田副総理は答えた。

「政府の責任で、住民が安全に非難できる防空施設を建造したり、万が一の場合、住民を本島や内地へ避難させる施策を考える必要があるでしょう。自衛隊に、その責任まで負わせるわけにはいきません」

「なるほど。戸田副総理のおっしゃる通りです。至急に政府が沖縄復興対策法を作り、予算を付ける必要がありますな」

成嶋官房長官が、賛意を示して言った。

「それから、住民に約束する必要がありましょう」

戸田副総理が付け加えると、河井首相が訊いた。

「何をかね」

「戦争終決後は、与那国、石垣、宮古などに展開した自衛隊を漸次撤退させることを約束せねばなりますない。でないと、対中国戦争を口実に、それらの平和な島を基地化し、永久に占拠するのではないかと、住民たちは不安を抱くからです。その恐れを解消する必要がありましょう」

「つまり、中国の脅威がなくなるまでの有期限の進駐だと宣言するのだね」

「そういうことです」

戸田副総理がうなずくと、河井首相は再び真崎防相に訊ねた。

「その後の中国軍の動きは、どうなっているかね」

「中国軍はできたてほやほやの空母艦隊を我が自衛隊に叩かれ、だいぶショックを受けた様子です」

「懲りたということか？」

「そうならばいいのですが、リベンジに燃え、中国軍を本気にさせてしまったと言っていいでしょう」

「つまり逆効果だったと言うのかね」

「あくまで想定内のことですが、結果的にはそうですな、戸田副総理」

真崎防相に問いかけられ、戸田副総理はうなずいて言った。

「真崎防相の言う通りです。中国軍の太平洋進出の出鼻を挫く。その結果、一時的に中国軍は進出をやめましたが、諦めたわけではない。国家戦略局の推算では、今後短くとも一年間は、中国軍はおとなしくしていると見ています」

「たった一年間かね」

「それでも、我が国には貴重な一年です。中国軍は、朝鮮半島の対馬沖に出していた空母『遼寧』を急遽、戦域から引き揚げさせた。その狙いは空母艦隊の再編成にあると見られます」

「ほう、どういうことかね？」

河井首相が怪訝な顔をすると、戸田副総理は秘書官に合図した。

秘書官はハイビジョンテレビを点けた。ディスプレイに衛星写真が映し出された。上空から見下ろした空母の姿だった。

一隻は飛行甲板が爆発してめくれ上がり、後部も吹き飛んだ姿をしていた。四隻のタグボートが、巨大な空母を曳航している。

「偵察衛星の写真解析による敵の損害評価は、最新空母二隻のうち一隻が大破、自力航行不能にしています。沈まなかったのが不思議なほどの大打撃を受けたと見ています」

「それで、もう一隻の空母は？」

河井首相が訊くと、ディスプレイにもう一隻の空母が映し出された。

「こちらは見かけこそ無傷のようですが、実は船腹に魚雷を一発食らっています」

三次元の映像が動き、やや斜め上空から船体を眺める位置になった。船腹に大きな穴が空き、船体が傾いているのが見えた。

「飛行甲板の傾きは、およそ二〇度。そのため、無事帰投した艦載機が全部海に投げ出され、艦内に搭載してあった艦載機もかなりのダメージを受けた模様です」

「ということは、空母の艦載機は大打撃を受けているというのだね」

「おそらく八割以上の艦載機が、使用不能になったと見ています。そのため、練習空母を引き揚げさせ、空母を修理するとともに、艦載機の搭乗員、整備員など空母の要員の再養成、訓練が必要になったと思われます」

「その結果、中国軍は最低一年は戦えないというのか」

「通常の国ならそうなるのですが、相手が中国となると、予測不能の行動を取る可能性も想定しておかねばなりますまい」

「どういう予測不能の行動かね」

河井首相はディスプレイを見つめたまま、戸田副総理に問いかけた。

「一番考えられるのは、練習空母『遼寧』を投入して、再度琉球諸島へ攻撃をかけることです」

「なぜそんなことをあえてするのか」

「中国軍の面子を守るためです」

「そこまでして、面子を守る必要があるのか……」

河井首相が呆れた声を出すと、戸田副総理は肩をすくめた。

「党中央や政府に軍を握られないようにするためです。それはいかなる犠牲を払ってもいいから、どこかで一度勝利しないと引っ込みがつかないのです」

「ということは、まだ危険だというわけだな」

「はい。おそらく、中国軍は危険な賭けに出ると思われます」

「それは、どのようなものだと考えている？」

「本土の都市に向けて、ゲリラ的に突然ミサイル攻撃を仕掛けてくるとか、特殊部隊を本土のどこかに上陸させ、原発を攻撃するかもしれません。あるいは、リイバー攻撃によって原発を暴走させようとしたり、自衛隊の電子システムを破壊しようと企んだり、政府機関の機能の攪乱《かくらん》を狙う恐れもあります。国内に潜入させた工作員にテロ活動をさせるなど、いくらでも方法はありましょう。ともあれ、多岐にわたる軍事作戦を行ってくると考えられます」

「厄介だな。防相、国家戦略局や警察と協力して、それらの対策を練っておいてくれ」

「わかりました。至急に命じておきます」

真崎防相はメモを取りながら、険しい顔で返事をした。

戸田副総理は、最後に話を付け加えた。

「国家戦略局の別室は、中国はしばらくは軍事面よりも、政治外交面や経済面で、より強力に攻勢を行ってくるのではないかと見ています」

「なるほど、よくわかった」

河井首相はうなずくと、今度は佐々城外相に顔を向けた。

「佐々城外相、中国の動きについて、北京から何か新しい情報は入っているかね?」

佐々城外相は、手元の資料をぽんと叩いて答えた。

「いよいよ中国政府は、日本企業や日本人の取り締まりを開始しました。上海領事館からの知らせでは、今朝、上海黄埔《ファンプー》地区にある日本企業の工場が、公安と武警によってすべて閉鎖されたようです。さらに中国政府は、日本企業の資産凍結を発表しました」

「上海がそうだとすれば、北京はもちろん、中国全土で日本企業の資産が凍結されるのを覚悟せねばならんな」

「中国政府は我が国にある在日大使館、領事館をすべて閉鎖し、大使の召還を通知してきました。あわせて、中国政府は日本大使館の閉鎖と大使召還を要求してきています」

「やむを得ぬな。我が国も対抗処置として、大使を引き揚げさせよう。在留日本人の様子はどうだ？」

「まだ日本人に対する取り締まりは始まっていないようですが、空港では帰国しようとしていた日本人観光客の団体が、当局によって足止めされたという報告が入っています」

「まもなく、日本人狩りが始まるな」

河井首相は苦い顔をして首を振った。

「対抗処置として、我が国に在留する中国人の帰国を規制するというのはいかがでしょうか」

「いや、いまのところは自由に帰国させよう。今回の戦争はあちらが仕掛けたものだが、一般の中国人に責任はない」

成嶋官房長官が、河井首相に提案した。

「中国が日本企業の工場を押さえ、資産凍結をするなら、こちらも対抗して、中国企業の商取引を全面停止し、中国企業の資産凍結を発表したらいかがでしょう」

佐々城外相が、すぐに頭を振って答えた。

「そうはいっても、日本に来ている中国企業はそんなに多くありませんし、資産もたいしたことはないと思われます。凍結しても、対抗措置にはならないでしょう」

「そうか。ではもう少し、相手の出方を見よう。中国がやることに対して、いちいち対抗していたら、日中間の緊張は高まるばかりだ。日本はあくまで中国の被害者であることを世界に訴えるためにも、なるべく対抗処置を取らず、フリーハンドでいた方が現実的だろう」

戸田副総理が賛意を示すと、佐々城外相はうなずいて言った。

「総理に賛成ですな。相手のやることに対して、報復に報復を重ねていたら、延々と恨みが続くだけだ。そうなれば、和平の道は遠くなるばかりです」

真崎防相が、いささか不満げに口を挟んだ。

「副総理、しかし、戦争は始まったばかりですぞ。いま戦況は日本有利に展開している。和平工作は、まだ早いのではありませんか」

「真崎防相、和平工作というものは、戦争が始まった時には終わっているというのが理想ですからな。でないと後手に回る。戦況が不利になってからの和平工作は、非常に苦しいということは、先の大戦で証明済みではないですかな」

戸田副総理の話を聞き、河井首相は興味深げに言った。

「戸田副総理、では、和平工作は君が言うように、もう済んでいるということかね」

「はい。すでにいくつか手を打ってあります」

真崎防相が身を乗り出し、戸田副総理に訊ねた。

「いったいどのような？」

「秘密交渉ですので、まだ明らかにするわけにはいきません」

「わしにも内緒ということかね」

河井首相が不快感を示すと、戸田副総理はにやりと笑った。

「いよいよというところまでは、たとえ総理であったとしても、お教えするわけにはいきません。それでは秘密交渉になりませんから。ともあれ、和平工作は自分に任せてください。国家戦略局が責任をもって、下工作を進めておきます。最後の最後に、いざ和平を結ぶことになった時に、総理にも明らかにします。それまでは我慢してください」

戸田副総理は不敵な笑みを浮かべると、ほかの閣僚たちを見回した。

四

下桐2佐と田中陸曹長、佐藤真人理事官の三人は、非常用の地下通路を使い、大使館と通りを挟んで建っているオフィスビルに無事脱出した。

いつかこんな日がくるかもしれないと考え、長年かけて掘り抜いた秘密の地下道である。

オフィスビルの四階には、秘密のセイフハウスを確保してあった。

そこで三人は、それぞれ服装を替え、ばらばらに外へ出た。

最後に下桐2佐がビルを後にした時、ロシア製のジープに乗った国家安全部の趙大佐が、大使館前に到着した。

趙大佐はジープの後部座席で、ふんぞり返っている。

下桐2佐はその姿を見て、思わずほくそ笑んだ。

趙大佐は、下桐2佐や田中陸曹長にスパイ法の嫌疑をかけて身柄を確保し、締め上げて日本の軍事情報や暗号表などを得ようという魂胆だったはずである。

それなのにまんまと鼻を明かされ、下桐2佐たちが密かに脱出していたと知ったら、趙大佐は怒り狂うに違いない。

下桐2佐は舗道に集まって、反日のシュプレヒコールを繰り返している群衆を掻き分けながら、次の集合場所であるファーストフード店のマクドナルドへと向かった。

マクドナルドは、北京の繁華街王府井《ワンフーチン》にある。

王府井は、いつもながら買物客でごった返していた。日本のポップスや世界の流行歌が街頭のスピーカーからがんがん流れ、若者たちの足を浮き立たせている。

吉野家や回転寿司屋、ラーメン屋、日本食を売りにしたファミリーレストランが建ち並び、店の前には客の長い列ができていた。

ユニクロをはじめとする日系企業のブランド店やワコールなどの下着専門店、資生堂、カネボウなどの化粧品店のショーウインドーが通りを飾り立てている。

電化製品店のショーウインドーには、日本製の8Kハイビジョンテレビやカメラ、パソコン、プレステなどゲーム機が並んでいた。

下桐2佐は王府井が反日スローガンを掲げるデモ隊で埋まっているのではないかと危惧していたこともあり、いつもと変わらぬ平和な繁華街に拍子抜けした。

日本と中国が琉球諸島をめぐって戦火を交えたことも、ここでは別世界の出来事のように無縁なものに見える。

マクドナルドの店内も、大勢の若者たちや子供連れの親たちで溢れていた。店内には、いま流行のアメリカンポップスが流れている。

注文カウンター前に並んだ客たちが、次々と好みのハンバーガーやコーラのカップを手に、店内の空いたテーブルに散って行った。

下桐2佐はコーラを買い込み、集合場所の二階へ上がった。

王府井の通りを見下ろす窓際のテーブルに、田中陸曹長と佐藤真人理事官が席を占めていた。

田中陸曹長が親指を上にしてうなずいた。安全を確認したという合図だ。

しかし、下桐2佐は念のため、再度周囲のテーブルに目をやり、怪しい素振りの不審人物を見逃していないかどうかを確かめ、ゆっくりと田中陸曹長たちがいるテーブルに近づいた。

「同志への連絡は取れたか?」

下桐2佐は空いた席に座りながら、さりげなく佐藤理事官に北京語で訊いた。

大勢の人込みの中で日本語を使うと、すぐに日本人だとわかってしまう。

周囲は若者たちで賑わっているが、どこに国家安全部や公安が潜んでいるかわからない。

警察国家の中国では、怪しい外国人と見れば、すぐに公安に通報される。一〇人に一人は、国家安全部の協力者だ。

「連絡は取れました。まもなくここへ連絡員が迎えに来ます」

佐藤理事官が流暢な北京語で言った。

「それは信用できる人物なのだろうな」

「大丈夫です。昔、大学時代に親しくなった民主化運動の活動家です。彼女の身元については、私が太鼓判を押します」

「彼女？」

下桐2佐は田中陸曹長と、思わず顔を見合わせた。

しばらくして現れたのは、サングラスをかけたジーンズ姿の若い女性だった。

佐藤理事官は下桐2佐と田中陸曹長に、その女性が麗麗《リーリー》という名前であると紹介した。

麗麗はサングラスを上げ、下桐2佐と田中陸曹長を交互に見た。大きな黒い瞳で、二人を吟味するように見つめている。

「では行きましょう」

麗麗は男のような仕草で、佐藤理事官や下桐2佐たちを外に促した。

先頭を切って、麗麗は颯爽と歩きだした。

四人は店を出て、王府井の繁華街を突っ切り、天安門《テイエンアンメン》広場の方角に進み、バス停で立ち止まった。

バス停には、大勢の乗客たちが列も作らずに屯《たむろ》していた。

「バスでいったいどこへ行こうとしているのだ?」

下桐2佐は不安になって、佐藤理事官に訊いた。

「心配ないです。タクシーや乗用車を使えば、公安が不審を抱いて尾行したりするが、バスの乗客に紛れれば、公安もついては来れない。彼らは常にそうやって、大衆の海を泳いで活動しているのです」

佐藤理事官はにんまりと笑った。

やがて、バス停に市内巡回バスが一台、二台と続け様にやってきた。

バスの昇降口の扉が開く間もなく、群衆は殺到し、押し合いへし合いしながら乗り込んでいく。

下桐2佐たちは麗麗を見失わぬよう、群衆の波にもまれながらバスに乗り込んだ。

五

下桐2佐たちが麗麗に案内された先は、北京市内でも故宮《グーゴン》に近い旧市街地だった。旧市街地といっても、北京オリンピックの際に都市開発地域に指定され、古くからあった多くの胡同《フートン》が潰されて、いまは中低層の市営住宅ビル街に変貌している。

麗麗は尾行に注意しながら、下桐2佐たちを市営住宅ビルの一棟に連れて行った。なんの変哲もない住宅ビルで、家の前の空き地では、家庭の主婦たちが子供を遊ばせながら立ち話をしている。

子供公園では、元気な児童たちが喚声を上げて築山を駆け回っていた。

麗麗は市営住宅ビルの階段を登り、二階の部屋に案内した。

ドアの前では、目つきの鋭い若者たちが見張っている。

すでに連絡が入っているのか、男たちは麗麗を見ると、ドアをさっと引き開けた。

部屋に入ると、護衛の男たちが数人出て来て、下桐2佐たちを囲んだ。

ボディタッチをして、武器を隠し持っていないかどうか丹念に調べていく。

一通りの儀式が終わると、慌ただしく外から四、五人の男たちが部屋に傾《なだ》れ込んできた。

「お待たせしました。我々は民主化運動連絡協議会のメンバーです。私は代表の朱一明《チュー・イーミン》。もちろん、これは仮の名前です」

朱一明は気さくに声をかけ、下桐たち一人一人と握手をした。

ほかの活動家たちは挨拶はしたものの、名前は名乗らず、握手もしなかった。

田中陸曹長が、下桐2佐に囁いた。

「歓迎されていませんね」

「それはそうだろう。民主化運動は反日運動と連動しているからな」

佐藤真人理事官が北京語で、今回の琉球諸島戦争において日本は被害者なのだと、必死に日本の立場を説明していた。

だが、民主化運動連絡協議会の活動家たちは、真剣に聞いている様子はなかった。

下桐2佐が佐藤理事官を手で制し、北京語で言った。

「我々がこうして諸君ら民主化運動のリーダーたちに会いに来たのは、諸君にいまの中国政府を倒し、民主革命を起こしてもらいたいからだ。それは何も、君たちだけのためというわけではなく、率直にいえば日本の我々にとって、今後のアジア、ひいては世界の平和と安全のために、中国の民主化が不可欠だからである」

下桐2佐の発言を聞き、活動家たちは互いに顔を見合わせた。

「我が国は過去に、中国を侵略するという行為を犯してしまった。これは大変な誤りで、いくら反省をしても反省しきれないが、今後、日本は中国大陸へ軍を進めることは絶対にない。それは憲法において誓ったことである。だが、中国から軍事的に攻められれば、日本も自衛のための戦争は辞さないだろう。今回の戦争は、中国が我が国固有の領土である尖閣諸島をはじめとする琉球諸島を突然、軍事占領したために起こったものだ。我が国が先に手を出したわけではない」

朱一明が皆を代弁するように、大声で言った。

「しかし、尖閣諸島は歴史的に中国領だ。日本領ではない」

「君たちはそう言うが、一九五〇年代、中国政府が尖閣諸島について、歴史的に日本領であることを認めている事実を知っているのかね」

下桐2佐が問いかけると、活動家たちは騒がしくなった。

「我々日本人は、歴史的にも尖閣諸島が自国領であると昔から主張しているし、それを変えることはないだろう。だが、こうした意見の違いを言い争っているだけでは、いつまでたっても両国の溝は埋まらない。そうではなく、大きな一致点を求めて、大同団結していくべきではないか。大同について小異につかず……つまり小異にはこだわらず、一致できる大同で進む。将来に解決を持ち越そう。いま大同できる問題である中国の民主化だけで一致し、互いに協力しないかというのが、我が国政府の諸君への提案だ」

「それはどういう意味ですか？」

朱一明が訝しげな顔で、下桐2佐に訊いた。

「我々は君たちが民主化運動を進めるにあたり、必要な物資、資金を提供する用意がある。遠慮なく言ってほしい」

「それはありがたい申し出だが、我々としては日本の紐付きになるのを恐れている」

「約束しよう。日本は中国の民主化に協力を惜しまないが、中国の進む道に口を出すつもりはない。中国の将来は、中国人が決めることだ。日本はいっさい口出ししない。日本は、ただ側面援助をするだけだ。将来、意見が相違することがあっても、それは友好で乗り越えていく」

朱一明は下桐2佐に、挑むように言った。

「ひとつだけはっきり訊いておきたい。日本が中国を侵略しないという根拠は何か」

「日本には、中国を侵略するような軍事力はない。自衛隊は陸海空合わせてわずか二二万人しかいない。それに対して、中国は二三〇万人も兵員がいる。中国には大陸弾道弾もあるし、核兵器も保有している。最近は空母さえ持っているではないか。我々日本には、いずれもない。単純に考えても、日本自衛隊は、中国を侵略できるような軍隊ではないことがわかるだろう」

下桐2佐の話を聞き、活動家たちはざわめいた。

「具体的に我々に何をしてほしいのだ？」

朱一明は単刀直入に切り込んだ。

「それは、我々の質問だ。諸君こそ、我々に何をしてほしいのか。我々はそれを君たちに聞いて、なんとか実現したいと思っている」

下桐は活動家たちを見回し、きっぱりと言い切った。

六

チベット自治区首都ラサ、１８００時。

ラマ僧に扮した辛島信蔵は、チベット仏教の有力寺院であるジョカン寺（大昭寺《だいしょうじ》）

前の広場に立った。

日が沈み、薄暗くなっているにもかかわらず、チベット族の敬虔な仏教徒たちが地面に軀を伏せては祈りを捧げる五体投地《ごたいとうち》を繰り返している。

このジョカン寺周辺のチベット族居住区で、これまで何度も反政府暴動が行われてきた。

そのため、広場の近くには、AK‐47自動小銃を持った武装警察官たちが常時警戒にあたり、時に隊列を組んで巡回している。

あまり待つまでもなく、寺の通用口から案内人のラマ僧が現れた。

「こちらへどうぞ」

案内人のラマ僧は言葉少なに言うと、辛島の先に立って歩きだした。

辛島は黙って、ラマ僧の後について行く。

案内人のラマ僧は悠々と広場を横切り、武装警察官の前を堂々と歩いて、チベット族居住区の混みあった建物の間の小道に辛島を連れて行った。

くねくねした路地を辿り、奥へ進むと、やがて石造りの二階建の家屋に着いた。

ラマ僧は、その家屋の出入口に立っていた見張りの男たちに何事かを囁いた。

男たちはラマ僧姿の辛島を、黙って家の中に入れた。

案内人のラマ僧は部屋の中に入るよう辛島を促し、長椅子で休んでいるように言うと、どこかへ姿を消した。

辛島は長椅子に座り、目をつむって瞑想に耽《ふけ》った。

インドで会ったダライ・ラマの後継者の紹介で、チベット独立運動の指導者の一人と会見する手筈になっている。

だが、彼らから、辛島信蔵がどこまで信用されるかが問題だった。

これまでも、何人もの国家戦略局の要員がラサまで派遣されたが、いずれも失敗していた。

中国の公安に捕まって、スパイとして処刑されたり、不運な事故に遭ったり、ようやく独立運動の指導者と会ったものの、信用されず、追い返されたりしていたのだ。

しかし、今回だけは失敗するわけにはいかない。日本の命運がかかる工作のひとつだからである。

やがて、扉の外に人の気配がした。扉が開くと同時に、どやどやと小銃や拳銃で武装した男たちが入ってきた。

男たちは辛島の軀に触れ、念入りに武器を隠していないかを調べた。

それが終わると、リーダーらしい男が、チベット語で若い男に命じた。

「トバン族長をお呼びしろ」

若い男はうなずき、すぐに外に走り出た。

リーダーらしい男は、辛島に英語で少し待つように言った。

「こいつは本当に日本人か？」

八人の男たちは緊張した顔で、じろじろと辛島信蔵を見回し、小声で話し合っている。

「私は日本人だ」

辛島はにやっと笑い、合掌しながら、チベット語で答えた。

「なんだ、おまえはチベット語を話すのか？」

リーダーの男はふいに親しげな表情になると、思わず目を細めた。

「チベットの独立の手伝いに来たのに、チベット語が話せなくては失礼だろう」

「日本人なのに、我々の言葉を話すぞ」

他の男たちも喜び、辛島に日本のことをあれこれ聞きたがった。

いきなりリーダーが緊張した顔になると、男たちに小声で命じた。

「静まれ。族長がお出になられたぞ」

男たちは一斉に静まり返り、厳しい顔に戻った。

やがて扉が開き、先刻の案内人のラマ僧と一緒に、精悍な顔つきをしたチベット人が現れた。一目で族長だとわかる堂々たる壮年の男だった。

案内人のラマ僧が、早口で辛島信蔵のことを族長に話した。

辛島はチベット語で、自己紹介をした。

驚いて目を見開いている族長に、辛島はダライ・ラマの紹介状と、戸田一誠副総理兼国家戦略局担当大臣の信任状を差し出した。

辛島を見つめる族長の顔がほころんだ。

「まさかチベット語を話せるとはな。それも、昔ながらの正統なチベット語を使うとは驚きだ」

族長は笑みを浮かべると、紹介状と信任状に目を通し、辛島に握手を求めた。

「私は族長のトバン。辛島信蔵、君を日本政府代表として信用しよう」

辛島はがっしりと、トバン族長と握手を交わした。

「さっそくだが、琉球諸島の戦いで、貴国の日本が中国に勝利したことを祝って、我々から祝福の言葉を捧げたい」

「ありがとうございます」

辛島は大きくうなずくと、トバン族長に言った。

「トバン族長、今回はまだ緒戦も緒戦です。これから始まる長い戦争のほんのとば口にすぎません。本当に中国に勝利するには、チベットの皆さんをはじめとする人々の助けが必要です。中国の植民地にされ、苦しんでいる諸民族の力を借りねばできないことなのです」

「どうして我々チベット族の力が必要なのだ？」

「チベットに対する中国の植民地支配をやめさせること、その戦いにチベット族が立ち上がることが、強大な中国を弱体化させることにつながるからです。中国の強権支配を止めるには、日本をはじめ台湾、新疆ウイグル自治区のウイグル族、内モンゴル族、そして、チベット族が連携し、一斉に立ち上がってこそ成せるものであると、我々は考えています」

辛島の言葉に、トバン族長は力強くうなずいた。

「その意見には賛成だが、我々には戦力が不足している。戦いたいと思っても、我々にはこのチベット族居住区を包囲する中国の軍隊を倒す武器も弾薬も資金もない」

「それを我が日本が支援しようというのです」

「しかし、どうやって？」

「チベットの各地に武器弾薬や資金、訓練要員を空輸しましょう」

「空輸？」

「そうです。空から密かに必要なものを運び込むのです」

辛島の壮大な中国崩壊のプランを聞き、詰めかけたチベット族の男たちは息を呑んだ。

辺境最深部のチベットから革命の火をつける。チベットに上った炎は、必ずや新疆ウイグル地区の独立運動を呼び起こし、さらに北のモンゴル族や朝鮮民族にも飛火するだろう。


（次巻につづく）

コスミック文庫

日中世界大戦《にっちゅうせかいたいせん》

1

【著 者】
森《もり》 詠《えい》

【発行者】
杉原葉子

【発 行】
株式会社コスミック出版
〒154-0002 東京都世田谷区下馬 6-15-4
代表 TEL.03(5432)7081
営業 TEL.03(5432)7084
FAX.03(5432)7088
編集 TEL.03(5432)7086
FAX.03(5432)7090

【ホームページ】
http://www.cosmicpub.com/

【振替口座】
00110 - 8 - 611382

【印刷／製本】
中央精版印刷株式会社

乱丁・落丁本は、小社へ直接お送り下さい。郵送料小社負担にてお取り替え致します。定価はカバーに表示してあります。

ISBN978-4-7747-6117-6 C0193